El juego

Primera edición: febrero de 2025
Título original: *The Game*

Diseño de cubierta: Taller de los Libros
Imagen de cubierta: iStock - 4x6 | Freepik - valeniastudio
Corrección: Gemma Benavent, Celeste Bustos, Maite Martín

Publicado por Chic Editorial
C/ Roger de Flor, n.º 49, escalera B, entresuelo, oficina 10
08013, Barcelona
chic@chiceditorial.com
www.chiceditorial.com

ISBN: 978-84-19702-41-8
THEMA: FRD
Depósito Legal: B 2213-2025
Preimpresión: Taller de los Libros
Impresión y encuadernación: Liberdúplex
Impreso en España – *Printed in Spain*

EL JUEGO

Vi **Keeland**

TRADUCCIÓN DE
Azahara Martín

«Al final…
Solo nos arrepentimos de las oportunidades
que no tomamos, de las relaciones que temimos
tener y de las decisiones que tardamos
demasiado tiempo en tomar».
Lewis Carroll

Capítulo 1

Bella

—Sigo sin creerme que todo esto sea tuyo... —Miller agachó la cabeza para mirar por la ventanilla del copiloto desde el asiento del conductor.

—No es todo mío, el veinticinco por ciento es propiedad de un grupo inversor.

—Da lo mismo. Sigues siendo la reina de ese castillo. ¿Estás segura de que no quieres que entre contigo?

Eché un vistazo al imponente edificio.

—Agradezco la oferta, pero creo que debo hacer yo sola.

—Vale, pero no tengo que ir a la oficina hasta esta tarde, así que, si cambias de opinión, llámame. —Me guiñó un ojo—. Tal vez necesites un asistente que entre al vestuario antes que tú y se asegure de que esos futbolistas sudorosos están vestidos.

Me incliné, le di un beso en la mejilla a Miller y sonreí.

—Eres muy generoso. Gracias por traerme.

Abrí la puerta del coche y me detuve a respirar hondo mientras observaba el imponente estadio. A lo lejos vi a un chico con una sudadera con capucha que llevaba lo que parecía una docena de cajas de *pizza*.

Miller señaló.

—¿No deberías entrar por un acceso distinto al de los repartidores?

—No tengo ni idea, pero si mis adorables hermanas tienen algo que ver con esto, estoy segura de que la entrada me llevará directa a una mazmorra.

—No dejes que esas idiotas ricas y mimadas te intimiden. Y ponte bien las malditas gafas. Vuelves a llevarlas torcidas.

Suspiré y me subí las gafas por la nariz.

—Lo haré lo mejor que pueda.

El trayecto desde el aparcamiento hasta la entrada del estadio de los Bruins fue muy parecido a caminar por el tablón de un barco pirata, sobre todo porque sabía que había tiburones esperándome en el interior. Cuando llegué a la puerta, vi unas cuantas personas que pululaban por la zona con cámaras. No sabía si estaban allí por mí, ya que últimamente había reporteros acampados frente a mi apartamento, o si tal vez habían acudido porque los jugadores entrenaban hoy. Pero agaché la cabeza para evitar el contacto visual y seguí caminando hasta que estuve a salvo en el interior. Un guardia de seguridad me detuvo cuando entré en el edificio.

—¿Puedo ayudarla?

—Ummm, bueno, trabajo aquí.

—Nunca la he visto. ¿Es nueva?

Asentí con la cabeza.

—Técnicamente, es mi primer día.

Cogió una libreta.

—¿Nombre?

—Bella Keating.

Escudriñó la lista y señaló la máquina de rayos X, a unos pasos de allí.

—Como en el aeropuerto. Tiene que sacar el teléfono móvil, el portátil y cualquier otro dispositivo electrónico del bolso antes de dejarlos en la cinta de la máquina. Cuando lo haya hecho, espere a que la llamen en la línea amarilla para pasar por el detector de metales.

Seguí las instrucciones y puse el teléfono móvil en una pequeña bandeja redonda antes de colocar el portátil en otra gris más grande. Al otro lado del detector de metales había dos guardias de seguridad que hablaban mientras yo esperaba en la línea amarilla. De lejos, vi cómo el chico de las *pizzas* de la sudadera con capucha se detenía a hablar con una mujer. Ella se atusó el cabello y se rio por algún comentario de él antes de meterse en el ascensor y desaparecer. Unos segundos después, las puertas del ascensor de al lado se abrieron y un joven con traje salió del interior. Llevaba la nariz enterrada en el teléfono mientras caminaba hacia la zona de seguridad. Cuando por fin levantó la vista, abrió los ojos de par en par y su caminar tranquilo se convirtió en un esprint. Eché un vistazo detrás de mí y me pregunté hacia quién corría.

—¡Señorita Keating! Siento llegar tarde. —Frunció el ceño a los dos guardias de seguridad que, hasta ahora, me habían ignorado mientras citaban estadísticas del partido del fin de semana pasado y yo esperaba pacientemente en la línea amarilla, como me habían indicado—. Disculpa, ¿sabes quién es la persona a la que has hecho esperar?

El guardia que había comprobado mi documento de identidad se encogió de hombros.

—Se apellida Keating, ¿no? Es nueva.

El chico del traje puso los brazos en jarras y negó con la cabeza.

—¿Y cómo se llama la nueva propietaria del equipo? ¿La persona cuyo nombre estará en tu próxima nómina?

El guardia abrió los ojos de par en par.

—Santo cielo. ¿Usted es la señorita Keating?

Vacilé antes de asentir con la cabeza.

—Sí, soy Bella Keating.

—Lo siento mucho. —Me agarró del codo y me guio para que pasara por el detector de metales. El aparato pitó mientras lo atravesaba y me detuve, pero el guardia me hizo un gesto para que siguiera adelante—. Está bien, no es necesario que pase por seguridad.

El joven del traje negó con la cabeza.

—Lo siento, señorita Keating. No la esperaba tan pronto. Solo había bajado para asegurarme de que el equipo de seguridad supiera que vendría hoy y pedirles que me llamaran en cuanto llegara. —Extendió la mano—. Me llamo Josh Sullivan, soy su asistente. Es decir, era el asistente del señor Barrett. Hemos hablado por teléfono varias veces.

—Oh, claro… Josh. —Sonreí—. Es un placer conocerte en persona.

—¿Le gustaría que le hiciera una visita guiada por el estadio o prefiere ir directamente a su despacho?

Teniendo en cuenta que ni siquiera sabía si dispondría de uno, supuse que ese sería tan buen lugar como otro para empezar.

—Sería genial ir al despacho.

Josh hizo un ademán para que pasara primero. Di algunos pasos, pero entonces recordé que había dejado las cosas en la máquina de rayos X y que no las había recogido. Comenté:

—Casi olvido mis cosas.

En el ascensor, Josh insertó una tarjeta en una ranura del panel de mandos.

—Para acceder a las *suites* ejecutivas hace falta una tarjeta de seguridad. En su despacho encontrará un juego y un montón de llaves que necesitará.

—Gracias.

La última planta de las *suites* ejecutivas no tenía nada que ver con mi antigua y sucia oficina. Los luminosos pasillos estaban decorados con fotografías enmarcadas de jugadores en acción y una serie de premios y reconocimientos. Cuando llegué al final del pasillo, Josh se sacó las llaves del bolsillo y abrió la puerta.

—Ya estamos. —Empujó la puerta para abrirla, pero se hizo a un lado para dejarme pasar.

—¿Esto es un despacho?

Se rio entre dientes.

—Sí, y es todo suyo.

Caminé hacia la larga pared acristalada que daba al estadio. Algunos jugadores estaban abajo, en el campo, haciendo estiramientos.

—Sabes que le he pedido a Tom Lauren que se quede como presidente interino del equipo, el cargo que ocupa desde la muerte de John Barrett, ¿no? Soy la copresidenta, pero eso es solo un cargo. Tengo mucho que aprender. Así que tal vez Tom debería quedarse con este despacho.

Josh sonrió.

—El suyo no está nada mal. Se encuentra al final del pasillo. Le he programado una reunión con él a las once, y a las doce y media tiene un almuerzo con el personal. Luego, a las cuatro, cuando acabe el entrenamiento, podrá saludar al equipo en una charla rápida. Aproveche el resto del día para instalarse.

—Vale, fantástico.

—Por cierto, ¿prefiere una agenda electrónica, una de las de toda la vida o las dos?

—Preferiría de las de toda la vida, si no te importa.

Sonrió de nuevo.

—Su padre también. A veces, la vieja escuela simplemente funciona mejor.

Asentí. Llevar una agenda de papel con un boli no era tan excepcional, pero me aferré a esa pizca de información sobre John Barrett. Sabía muy poco de él, pero tenía la sensación de que, ahora que estaba aquí, eso cambiaría pronto.

Josh se dirigió hacia la ventana.

—El entrenamiento comienza a las diez, así que esto se llenará pronto. —Señaló el escritorio más grande que jamás había visto—. Le he pedido un ordenador nuevo y le he instalado el portal de gestión del club. Le dará acceso a todo lo que quiera saber sobre el equipo y los atletas: estadísticas por jugador, lesiones, partes médicos, salarios, informes disciplinarios… Ahí dentro hay un documento para todo. —Se dirigió a la puerta que había en la pared de detrás del escritorio—. Aquí tiene un baño privado. Está equipado con una ducha y una sala de masajes.

—¿Una sala de masajes?

—El señor Barrett solía recurrir a los masajistas del equipo. Puedo programarle las citas que desee. —Caminó hacia una estantería que llegaba hasta el techo—. Todos los libros de jugadas del equipo están impresos y archivados, así como los expedientes de cada integrante del equipo. También hay libros sobre posibles fichajes que los reclutadores están siguiendo y uno sobre todos los jugadores de la liga cuyos contratos llegan a su fin en los próximos doce meses. Al otro lado de esa puerta… —De repente, Josh se detuvo. Yo aún tenía los ojos puestos en las decenas de gruesos libros dispuestos en las estanterías. Cuando dirigí la mirada hacia él, sonrió—. Lo siento, hay mucho que asimilar y estoy divagando, ¿no?

—No te preocupes.

—¿Por qué no voy a por un café y le doy unos minutos para que se instale?

Suspiré de alivio.

—Sería genial. Gracias, Josh.

Cerró la puerta tras él y me quedé en el centro del gran espacio. Estar allí era surrealista, y era nada menos que mi despacho. Apenas había vuelto a mirarlo todo cuando la puerta se abrió de golpe y la pesadilla que tenía como media hermana entró en la habitación.

—¿Lista para dejarlo todo? —gruñó Drizella.

Por supuesto, Drizella no era su nombre real, pero Miller y yo llamábamos así a mis medio hermanas, Drizella y Anastasia, las hermanastras malvadas de *La Cenicienta*.

Esbocé una sonrisa falsa.

—Buenos días, Tiffany.

Ella se burló.

—Vaya chiste. No puedo creer que vayas a intentar dirigir al equipo. ¿Acaso has visto un partido alguna vez?

La ignoré.

—Me alegra que hayas aceptado quedarte. Es evidente que tu experiencia es inestimable.

—Por supuesto que soy inestimable. Porque sé de fútbol, no como tú.

—Bueno, espero aprender mucho de ti. —Sonreí con dulzura.

Durante los últimos dos años, desde que mi vida había dado un vuelco, descubrí que la mejor manera de combatir la maldad de Tiffany era golpearla con amabilidad y cumplidos. Ella solo sabía luchar conmigo. Así que, al cabo de un tiempo, si no mordía el anzuelo, perdía fuelle y se marchaba. Y eso es exactamente lo que sucedió. Se giró y movió su culo demasiado pequeño de regreso hacia la puerta. Mientras lo hacía, pasó el repartidor de *pizzas*. Era la tercera vez que lo veía y pensé que era un poco extraño.

—¿Quién pide *pizza* antes de las ocho de la mañana? ¿Qué pizzería está abierta tan temprano?

Tiffany miró por el pasillo por detrás del chico y se giró con una sonrisa malvada.

—¿Quieres ser útil?

Supuse que era una pregunta retórica, pero esperaba una respuesta de verdad. Suspiré.

—Claro, Tiffany.

Señaló el pasillo.

—Ese repartidor de *pizza* ha acosado a las mujeres. Hace una semana, hizo un comentario sobre mi trasero. Como nueva líder de esta organización, tal vez puedas comunicarle que semejante comportamiento es intolerable.

—Oh, vaya, eso es terrible.

—Por esa razón te sugiero que hagas algo al respecto. A menos que estés demasiado ocupada… O quizá no te importe cómo tratan a las mujeres aquí.

—Claro que me importa.

—Entonces espero saber cómo se desarrolla la conversación. Nos vemos luego en la reunión de personal.

Tiffany resopló y desapareció. Pensé en hablar con Josh sobre el repartidor cuando regresara, pero, un minuto después, el chico con la sudadera con capucha volvió a pasar frente a la puerta. Esta vez ya no llevaba cajas de *pizza*. Normalmente, temía la confrontación, pero necesitaría acostumbrarme a ello si iba a trabajar aquí, así que salí al pasillo.

—Perdona…

El chico se giró.

Mierda. A esta distancia era realmente guapo.

Se señaló a sí mismo.

—¿Está hablando conmigo?

—Sí. ¿Podemos hablar un momento?

Mostró una sonrisa de anuncio condenadamente deslumbrante. De hecho, puede que le brillasen un poco los dientes. Me pregunto si este chico pensaba que podía decir y hacer lo que quisiera. Aunque está claro que ser guapo no le daba derecho a acosar a las mujeres.

El chico de la sudadera con capucha me siguió al despacho. Me hice a un lado y extendí la mano.

—Pasa, por favor.

Cerré la puerta tras de mí antes de ofrecerle la mano.

—Soy Bella Keating.

—Sé quién eres. He visto tu foto en el periódico. —Me estrechó la mano—. Christian. Encantado de conocerte.

—Obviamente, este no es el tema de conversación ideal cuando conoces a alguien, pero me temo que necesito hablar sobre una queja que he recibido de ti.

Christian arrugó la frente.

—¿Una queja? ¿Qué tipo de queja?

—Una de las empleadas me ha informado de que has acosado a mujeres aquí en los Bruins. Ha mencionado un ejemplo en concreto en el que hiciste un comentario sobre su trasero.

Christian levantó las cejas.

—¿Acosado? No lo creo. A algunas mujeres les gusta flirtear, pero simplemente pierden el tiempo.

—En realidad, eso es un problema común. Una persona cree que está flirteando, pero la otra siente que la están acosando. La línea entre las dos cosas a menudo puede ser difusa. En los Bruins tenemos una política de tolerancia cero hacia el acoso, así que me temo que tendré que pedirte que te abstengas de repartir las *pizzas* aquí en el futuro. ¿Para qué pizzería trabajas?

—¿Pizzería?

—Sí, me gustaría saber quién es tu jefe.

El chico curvó los labios carnosos en una sonrisa mientras colocaba las manos en jarras.

—¿No sabes quién es mi jefe?

—Si lo supiera, no te lo preguntaría.

Se rio entre dientes y caminó hacia la puerta.

—Me voy. Pero ha sido divertido conocerte, Bella.

No daba crédito ante la audacia de este chico. ¿Se estaba riendo?

—¿Sabes? No encuentro nada divertido el acoso sexual, ni tampoco me tomo a la ligera acercarme a alguien para discutir una queja presentada contra esa persona. No iba a llamar a tu jefe, pero creo que tal vez debería hacerlo, teniendo en cuenta lo frívolo que te estás mostrando.

—Por supuesto, llámala. Seguro que será una conversación interesante. —Abrió la puerta y miró por encima del hombro—. Y, oye, como estoy acosando a la gente, podría decirte que eres mucho más guapa en carne y hueso que en las fotos del periódico. ¿Te gustaría cenar conmigo algún día?

Casi se me descuelga la mandíbula. Antes de poder cerrar la boca, Josh regresó. Levantó la barbilla hacia el repartidor.

—¿Qué tal, Christian? Supongo que has conocido a la jefa.

—Desde luego. Bella quiere saber en qué pizzería trabajo. Tal vez puedas informarla. También le gustaría recibir el número de mi jefa. Tengo que irme. —Christian me lanzó un beso—. Nos vemos, guapa. Por cierto, tienes las gafas un poco torcidas.

Josh me tendió un café y negó con la cabeza.

—Eso ha sido extraño.

—No me digas. —Me ajusté las gafas—. Espero que sepas para quién trabaja.

Josh señaló hacia la puerta.

—¿Christian?

—¿Sí?

—Bueno, ya que ahora eres la propietaria del equipo, supongo que trabaja para ti.

Arrugué la nariz.

—¿El repartidor de *pizza* trabaja para el equipo?

Josh estudió mi cara.

—Oh, mierda. No tienes ni idea de quién era, ¿no?

—Ehhh… ¿el repartidor de *pizza?*

—Era Christian Knox. El *quarterback* titular de los Bruins y el capitán de tu equipo.

Cerré los ojos de golpe. «Voy a matar a Drizella».

—¿Qué tal tu primer día?

Eché la cabeza hacia atrás contra el reposacabezas en cuanto cerré la puerta del coche de Miller.

—¿Recuerdas lo que sucedió el primer día que trabajamos juntos en la universidad?

—¿Te refieres al señor de las pelotas grandes?

—El único e inigualable.

—¿Qué pasa con él?

—El error que cometí con él fue menos embarazoso que el de hoy.

En nuestro segundo año, Miller me había conseguido un empleo con él (ofrecía soporte técnico en una empresa de *software* de nóminas). Antes de empezar, debería haber sabido que era una mala idea. Los clientes llamaban cuando tenían un problema y compartíamos las pantallas para mostrarles los pasos a seguir para solucionarlo. También había un chat en la parte inferior de la pantalla en el que podías ver la foto de perfil del cliente y ellos, la tuya. Tercer cliente de mi turno, un hombre que contacta para pedir ayuda y cuya foto de perfil lo muestra de pie. Lo veía hasta la mitad del muslo. Juro que hasta el día de hoy no tengo ni idea de qué pasaba en esa foto, pero en mi pantalla parecía que tenía unas pelotas gigantes. No me refiero solo a un bulto prominente. Eran dos bolas redondas que trataban de escapar de sus pantalones. Me las arreglé para hablar con él por el chat de atención al cliente, pero antes de que nos desconectáramos, hice una foto a la imagen de perfil con el teléfono para mostrársela a Miller. Entonces creí que me había desconectado de la conversación con el hombre. Ya te imaginarás a dónde lleva esto…

En pocas palabras, procedí a enviarle la foto a Miller por el chat de los empleados donde mantuvimos una larga conversación sobre si las pelotas podían ser tan grandes. Incluso hice cosas como investigar en Google qué condiciones podrían causar inflamación testicular y luego busqué al hombre en las redes sociales para ver si su foto de perfil se había distorsionado de alguna manera o si era así de verdad. No hace falta decir, que, en realidad, no me había desconectado, por lo que el señor de las pelotas grandes había visto todo lo que había hecho en la pantalla antes de llamar a mi jefe. A Miller y a mí nos despidieron y mi primer día se convirtió en el último.

—¿Qué puede haber sido peor que lo del señor de las pelotas grandes?

—Oh, no sé. ¿Tal vez confundir al mejor *quarterback* de la liga con el repartidor de *pizza* y echarle un sermón sobre acoso sexual a las mujeres en el lugar de trabajo?

Miller me miró horrorizado y luego volvió a concentrarse en la carretera.

—¿Qué diablos ha pasado?

—Drizella es lo que ha pasado.

—Pero ¿cómo no lo has reconocido? Memorizaste las estadísticas de todos los jugadores del equipo.

—Sabes que las caras y yo no nos llevamos bien. Memoricé los números, no su físico, que, por cierto, es asombroso. La mandíbula de este hombre podría hacer llorar a un escultor.

Miller negó con la cabeza.

—Odio decírtelo, pero ya no haces algoritmos. Tendrás que empezar a prestar atención a la gente. Usa los trucos de siempre cuando necesites poner cara a los nombres.

Hice un puchero.

—No soy una persona sociable. Soy matemática.

—Ya no, princesa. Eres la multimillonaria dueña de un equipo de la NFL.

—Creo que quiero volver a mi antiguo trabajo. Estoy harta de la gente.

Miller se rio entre dientes.

—Mejorarás en eso, te lo aseguro.

Capítulo 2

Christian

—Bueno, bueno, bueno. ¡Mira quién viene por aquí! Has tardado mucho.

Me acerqué al entrenador e iba a extender la mano derecha en un gesto automático cuando me contuve en el último segundo y le ofrecí la izquierda. El entrenador tenía afectado el lado derecho a causa del ictus que había sufrido hacía unos años. Esa también era la razón por la que iba en silla de ruedas.

Nos estrechamos la mano.

—¿Cómo va lo de chupar banquillo? —preguntó.

Le di unas palmaditas en el hombro con la mano libre.

—Me gusta tanto como a ti estar sentado en esta silla, viejo.

El entrenador se rio entre dientes. Marvin Barrett, «el entrenador», y yo llevábamos dándole a la pelota desde mis días de fútbol americano infantil. Había sido mi primer entrenador, pero también era el padre de John Barrett, uno de los mejores jugadores de fútbol americano de todos los tiempos y propietario de los New York Bruins. Bueno, John había sido el propietario hasta que murió de un cáncer de páncreas hacía dos años. Ahora, al parecer, el equipo estaba dirigido por una mujer que me había confundido con un repartidor de *pizza* y me había echado un sermón sobre el acoso sexual.

—¿Qué tal? ¿Cómo va la recuperación? —preguntó el entrenador.

Me habían operado para unir un ligamento de la rodilla que se me había desgarrado hacía un mes, cuando me lesioné en un partido.

—Estoy bien. Me estoy matando en fisioterapia y no tenía la rodilla tan ágil desde que iba a la universidad. Pero el médico no me dará el alta hasta al menos dentro de tres semanas.

—Estoy seguro de que saben lo que hacen. ¿Recuerdas aquella vez en la que te partiste dos dientes en el tercer tiempo del partido en el instituto? No se lo dijiste a nadie hasta que terminó porque temías que te sentaran durante los últimos ocho minutos. Y, si no me falla la memoria, tu equipo llevaba una ventaja enorme. Tuvieron que ponerte nueve puntos porque te hiciste un buen corte en el interior de la boca. Parecía que te habías comido la hoja de una navaja. El doctor hace bien en no fiarse de que seas capaz de tomar una buena decisión por ti mismo.

Le hice un gesto con la mano.

—¿Quieres salir a tomar algo de aire fresco?

—Sí, ¿por qué no? Pasear contigo es mejor que pasear con un cachorro. Todas las damas quieren detenerse y murmurar palabras de admiración y, desde aquí tengo buenas vistas, justo al nivel del pecho, ya sabes a lo que me refiero.

Me reí entre dientes.

—Sigues siendo un viejo verde.

En el exterior, el entrenador y yo paseamos por el barrio. Tras el ictus, se había mudado a una comunidad residencial con cuidados las veinticuatro horas. Tenía su propia casa unifamiliar y vivía de forma bastante independiente, pero había cuidadores y otros miembros del personal que le proporcionaban una ayuda adicional de vez en cuando. Paseamos por el lago y el parque, donde solíamos jugar a las damas cuando lo visitaba.

—¿Tengo que volver a darte una patada en el culo? —preguntó entre risas.

—La última vez tuviste suerte. Todavía iba muy medicado, así que no dejes que se te suba a la cabeza. Además, incluso una ardilla ciega encuentra una nuez a veces.

El entrenador se rio.

—Veo que sigues siendo un mal perdedor.

—¿Quieres apostar algo?

—Vale, pero no quiero tu dinero. Si gano, me traerás un pastrami con centeno de la tienda de Katz.

—Vale. —Me rasqué la barbilla mientras pensaba en qué iba a apostar—. Cuando gane, llevarás una camiseta con la foto de mi cara y te sentarás en las gradas del equipo visitante en el próximo partido en casa.

—Eso es cruel. —Sonrió—. Me gusta.

Coloqué al entrenador a un lado de la mesa de damas hecha de hormigón y preparé el tablero.

—La edad antes que la belleza. Tú vas primero.

El entrenador deslizó una dama negra hacia delante.

—Entonces, ¿ya has conocido a mi nieta? Se suponía que iba a tomar el mando esta semana.

—Sí. Ayer. Es… interesante.

—Es perfecta. Inteligente y bonita. Se graduó la primera de su clase en Yale. Qué lástima que no pudiera estar orgulloso cuando sucedió, teniendo en cuenta que no sabía que existía en aquel entonces.

Cuando visitaba al entrenador, las conversaciones casi siempre se centraban en los partidos, no en nuestra vida personal, así que sabía lo mismo que la mayoría de la gente a través de los periódicos (que su hijo, John Barrett, le había dejado el equipo a una hija que nunca llegó a conocer en vida y no a las dos que ya trabajaban en el club). Los periódicos siguieron la historia durante más de dos años mientras su familia impugnaba el testamento y, en última instancia, el fallo había llegado hacía solo unas semanas. Así que, desde luego, sentía curiosidad por Bella Keating.

—¿La has conocido? —pregunté.

El entrenador asintió con la cabeza.

—Viene a visitarme casi todos los sábados. La primera vez que lo hizo fue unas semanas después de la lectura del testamento. Buscaba respuestas que no tenía. Como la razón por la que el idiota de mi hijo no reconoció su existencia en vida.

No tenía ni idea.

—¿Cómo crees que va a dirigir el equipo?

—Creo que Bella sorprenderá a todo el mundo. —Movió un dedo torcido—. ¿Sabes? Se dedicaba a desarrollar algoritmos para determinar los patrones de compra de millones de personas. No tendrá ningún problema en aprender un deporte que dos tontos como nosotros podrían dominar. Bella solo necesita salir de su cascarón mental y trabajar en sus habilidades sociales. Lo logrará.

«Habilidades sociales como reconocer a los jugadores de su equipo podría ser un buen comienzo». Me guardé el pensamiento para mí. No sirve de nada criticar a la familia de otro hombre, aunque se trate de un nuevo miembro.

El entrenador movió una dama hacia delante.

—No se parece mucho a sus hermanas, ¿verdad?

En absoluto. Tiffany y Rebecca eran altas y delgadas, con la piel aceitunada, el cabello oscuro y los ojos como los de su padre. Eran atractivas, pero tenían algo de dureza en sus facciones, tal vez la mandíbula angular o los ojos, no estaba seguro. Bella, sin embargo, tenía la piel de porcelana, unos ojos verdes brillantes y el cabello castaño rojizo. Los labios carnosos se curvaban en una bonita y pequeña V en el centro, formando casi un arco. Apenas medía metro sesenta, pero tenía curvas en todos los lugares adecuados. Al pensar en las gafas de montura gruesa y ligeramente torcidas que llevaba, sonreí.

—No, no le he visto ningún parecido —dije—. Si no te importa que lo pregunte, ¿por qué John le dejó el equipo a ella y no a Tiffany y Rebecca?

El entrenador se encogió de hombros.

—Lo único que sé es lo que escribió en la carta que dejó con el testamento: que ellas ya estaban bastante mimadas. No pude estar más de acuerdo. Y se disculpó por no hacerse cargo de Bella mientras lo pasaba mal tras la muerte de su madre,

Rose, una señora muy dulce. Trabajaba en el estadio de los Bruins como azafata en los palcos VIP. Es un nombre elegante para referirse a quien tiene que aguantar la mierda de un montón de gente rica y servir bebidas y todo eso a invitados que probablemente no daban ni las gracias. Me encontré con Rose muchas veces a lo largo de los años, pero nunca sospeché que hubiera nada entre ella y mi hijo. Imagino que dejó el equipo a Bella porque se sentía muy culpable y en los últimos meses de vida quiso enmendar esa culpa. Rose y Bella no tuvieron una vida fácil, y Bella sufrió mucho cuando Rose murió, no era más que una adolescente. Pero no te preocupes, a diferencia de mi hijo, Bella es tan valiente como parece. ¿Sabes que se ofreció a cederme el equipo? Tuve que hablar con ella para que no lo intentara también con sus malditas hermanas. Sentía que no debían habérselo legado porque no había hecho nada para ganárselo. —Negó con la cabeza—. ¿Te imaginas a las otras dos pensando que necesitaban ganarse algo? Las quiero, pero mis otras nietas creen que tienen derecho por nacimiento a heredar la Tierra.

No conocía muy bien a Rebecca, pero en cuanto a Tiffany, tenía toda la razón. Unos meses atrás había decidido que tenía derecho a mi polla y me llamó a su despacho para reclamarla.

Empezó a quitarse la ropa como si la decisión de follar fuera solo suya, pero yo no estaba dispuesto. A ver, era atractiva. No habría sido difícil darle lo que quería, pero una mujer como ella nunca está satisfecha solo con un polvo. Requiere muchísimo más de lo que yo estaba dispuesto a dar.

Durante la hora siguiente, gané al entrenador a las damas tres veces. Ahora tendría que llevar una camiseta con mi cara estampada en ella, un dedo gigante de espuma con mi número y mi camiseta colgada de un palo sujeto a la silla de ruedas, izada como una bandera. Aunque la próxima vez que pasara por aquí le traería el maldito sándwich, porque este hombre era más un padre para mí de lo que nunca lo fue mi verdadero padre.

Al final de la visita, me aseguré de dejarlo en el sillón reclinable de la sala de estar antes de despedirme.

—¿Necesitas algo, ahora que todavía estoy aquí?

Negó con la cabeza.

—Todo bien. Pero ¿puedes hacerme un favor?

—Dime.

—De vez en cuando, comprueba cómo está Bella. Imagino que en esa torre de marfil no hay muchas personas contentas con el hecho de que ella dirija el barco. Puede que le venga bien tener un amigo.

Le di una palmadita en el hombro.

—Claro. Veré si le gusta la *pizza*…

Dos días después, estaba en la planta superior del estadio para mantener una reunión con Carl Robbins, vicepresidente de relaciones comunitarias. Había previsto realizar unos lanzamientos de pelota al día siguiente por la tarde con algunos niños de la liga juvenil que patrocinaba el equipo, pero el entrenador era muy estricto con respecto a lo que no podía hacer y me había prohibido incluso esa sesión. En su lugar, querían que diera una charla sobre lo difícil que era llegar a la NFL. Carl había escrito algunos puntos clave, como si yo no supiera qué decir a los chicos a pesar de que fui yo el que se las ingenió para llegar hasta aquí. En fin, sabía que tenía buenas intenciones y que algunos chicos del equipo le habrían hecho escribir cada palabra de lo que debía decir en cualquier presentación.

A Carl le gustaba hablar, así que seguía parloteando mientras me acompañaba a la puerta de su despacho al final de la reunión. Salí al pasillo y traté de interrumpirlo de forma educada, pero tuve que mirar dos veces al encontrar a cierta belleza de ojos verdes que venía directa hacia mí. Bella vaciló al andar y eso le dio a Carl alguien nuevo con quien charlar.

—Bella —bramó—. ¿Ya has tenido la oportunidad de conocer a Christian Knox?

Me miró y luego observó a Carl. Supuse que trataba de averiguar cuánto decir, así que decidí divertirme un poco y responder primero.

—De hecho, nos conocimos el otro día. —Sonreí—. Bella me pidió recomendaciones sobre sitios de la zona donde pedir el almuerzo. Le sugerí Three Brother's Pizza, aunque le dije que quizá no sería recomendable que pidiera comida para llevar, porque el repartidor ha tenido algunos problemas últimamente.

Bella hizo una mueca.

—Hola, Christian. Encantada de verte de nuevo.

—Christian va a dar una charla a la liga juvenil que patrocinamos —la informó Carl—. Todavía estoy preparando el listado que me pediste de los eventos benéficos en los que podrías participar, pero creo que este podría gustarte.

—Es un equipo de fútbol femenino de la ciudad. Además, son muy buenas.

—¿En serio? ¿Un equipo femenino? Eso suena interesante. —Bella señaló con la cabeza en dirección a su despacho—. Tengo una reunión en unos minutos, pero, Christian, tal vez puedas hablarme un poco más sobre ello.

—Por supuesto. —Estreché la mano de Carl y le dije que lo vería mañana por la tarde. Entonces seguí a Bella por el pasillo. No pude evitar maravillarme con su trasero, pero me obligué a subir la mirada tan rápido como pude, no quería recibir otro sermón sobre acoso sexual.

Ya en su despacho, cerró la puerta detrás de nosotros.

—Quizá no deberías cerrarla. —Crucé los brazos sobre el pecho—. No querría que pensaras que estoy tratando de quedarme contigo a solas para poder acosarte.

Bella suspiró.

—Me lo merezco. Y parece que te diste cuenta de que te había confundido con otra persona.

—El repartidor de *pizza* mujeriego…

—Te debo una gran disculpa. Al parecer, mi medio hermana quería divertirse a mi costa, aunque me hago totalmente responsable de mi error, debería haberte reconocido.

No estaba enfadado de verdad. Cuando me di cuenta de que en realidad no me reprochando acosar a nadie, lo encontré hasta divertido. Así que lo dejé pasar y me encogí de hombros.

—Disculpa aceptada.

—¿De verdad?

—¿Te haría sentir mejor si tuvieras que humillarte primero? Volvió a suspirar.

—En realidad, probablemente lo haría. Por aquí, la gente amable me hace sospechar.

—Supongo que no has recibido una bienvenida muy amistosa, ¿no?

—Mis hermanas me odian y la mayoría del personal, que son hombres, me habla con un tono condescendiente.

—¿Quieres saber qué haría con ese tipo de gente?

—¿Qué?

—Mandarlos a tomar viento. Ignóralos y haz lo que tengas que hacer. —Me di unos toquecitos con dos dedos en la sien—. No dejes que se te metan en la cabeza.

—Gracias, te lo agradezco. —Sonrió—. Por cierto, ¿por qué llevabas esas cajas de *pizza* a las ocho de la mañana?

—Es una tradición. Cuando ganamos un partido en casa, todo el mundo come *pizza* para desayunar al día siguiente, cortesía de Three Brother's Pizza. El propietario es un forofo y la tradición se remonta a antes de que yo llegara al equipo. Cualquier pringado que esté lesionado tiene que ir a por ellas.

—¿Y qué pasa si perdéis?

Fruncí el ceño.

—Que no hay *pizza*.

Bella se rio.

—¿Crees que podemos dejar atrás el incidente del repartidor de *pizza* y volver a empezar? ¿Fingir que esta es la primera vez que nos vemos?

—Pensaba que ya lo habíamos hecho, pero está bien. —Extendí la mano—. Soy Christian Knox, encantado de conocerte.

Me estrechó la mano.

—Bella Keating. Es muy emocionante conocerte, Christian. Soy una gran fan.

Levanté una ceja.

—Creo que eso es mucho decir, ya que ni siquiera sabías cómo era.

—No suelo contarle esto a la gente, pero el hecho de que no pueda poner cara a las personas no es por falta de interés. Tengo prosopagnosia.

—¿Prosopo… qué?

—Prosopagnosia. Es la incapacidad de reconocer a las personas por su rostro.

—¿Eso existe?

Sonrió.

—Eso me temo. Es un desorden cognitivo que suele estar causado por una lesión cerebral, pero también puede ser congénito. Cuando tenía cinco años, me caí de los columpios en el parque y eso afectó el giro fusiforme, que es la parte del cerebro que controla el reconocimiento.

—No fastidies.

—Brad Pitt también lo tiene, aunque creo que lo suyo es congénito. —Bella se rio—. Ni siquiera sé por qué te acabo de contar todo esto, solo se lo había explicado a tres personas en toda mi vida. Se me da bastante bien ocultarlo si memorizo las señales no faciales de una persona, como su forma de caminar, su voz o cómo viste. Hasta un colgante que una persona lleva o su constitución me pueden ayudar a identificarla mejor que una cara.

—Me lo has contado porque no querías que mi ego se viera afectado.

—No quería que pensaras que no era una admiradora, porque lo soy. He estudiado tu carrera.

Me froté el labio con el pulgar.

—Me has estudiado, ¿eh?

Se enderezó.

—Tasa de finalización de 67,4 en el último año, con 4274 yardas. 44 anotaciones y 8 intercepciones. La temporada anterior, tasa de finalización de 71,8, 4611 yardas, 40 anotaciones y 12 intercepciones. El año anterior a ese, tasa de finalización de 64,2, 4906 yardas, 43 anotaciones y 12 intercepciones. Fuiste a la Universidad de Notre Dame, donde conseguiste dos campeonatos de liga con los Fighting Irish. Tienes un hermano gemelo que también es *quarterback*. Ha estado en la lista de lesionados esta semana, al igual que tú, aunque volverá a jugar el domingo, y lo más probable es que tú estés de baja unas cuantas semanas más. Y tienes otro hermano, que jugó para el Michigan State, pero no llegó a la NFL. Creo que es policía en Nueva Jersey.

—¿Quién fue el entrenador de fútbol de mi equipo infantil?

Se le descompuso la cara.

—No lo sé, pero espero que no sea relevante para probar que sé quién eres como jugador, aunque no reconociera tu cara.

Levanté el dedo índice frente a su rostro.

—No estaría tan seguro de eso. No puedes entenderlo todo a través de hechos y números. Ya no te dedicas a crear algoritmos.

Bajó la cabeza.

—Parece que tú también has hecho los deberes. Sabes a lo que me dedicaba antes para ganarme la vida…

La alarma del teléfono sonó. Lo saqué del bolsillo y lo apagué.

—Tengo que irme, el entrenamiento comienza en diez minutos. No puedo salir al campo mientras estoy lesionado, pero estoy seguro de que puedo entrenar desde el banquillo al tipo que juega en mi posición. ¿Tal vez podemos charlar sobre el equipo juvenil femenino en otro momento?

Bella sonrió.

—Claro, y gracias de nuevo por ser tan comprensivo sobre lo del otro día.

Asentí y caminé hacia la puerta.

—Por cierto, solo para que quede claro, ¿se considera acoso sexual cuando dos personas trabajan juntas y una invita a salir a la otra?

—Creo que, si se hace de manera en que la otra parte se sienta cómoda negándose si no está interesada, no se consideraría acoso.

Miré rápidamente a Bella mientras ella me observaba.

—Es bueno saberlo. Espero verte por aquí, Bella.

Capítulo 3

Bella

—¿Por qué estás sentado aquí?

A la semana siguiente, acudí a mi primer partido oficial en casa como propietaria del equipo. Justo antes del descanso, estaba sentada en el palco de la directiva con unos amigos cuando el jumbotrón enfocó a un hombre en los asientos de las gradas del equipo visitante. Mi abuelo. Sabía que tenía abonos de temporada justo detrás del banquillo del equipo local, así que bajé a ver por qué no estaba sentado en su sitio.

Fruncí el ceño cuando vi la camiseta que llevaba.

—Por el amor de Dios, ¿qué llevas puesto? —Me incliné para verlo mejor.

—Perdí una maldita apuesta con Knox.

«Madre mía, ¿esa es la cara de Christian?».

—¿Qué apuesta perdiste?

—Me ganó a las damas, así que tengo que sentarme aquí con toda esta mierda puesta.

—¿Por qué jugaste a las damas con Christian?

—Porque es un mal perdedor. La última vez gané, así que quería la revancha.

Negué con la cabeza.

—Pero ¿por qué jugabas con él?

Mi abuelo se encogió de hombros.

—Ya has visto el parque al aire libre de mi casa…

—¿Sí? ¿Por qué lo dices?

—Tienen esas mesas de hormigón con tableros de damas pintados encima.

—Vale…

—A veces nos sentamos ahí cuando vamos de paseo.

Estaba muy confusa.

—¿Christian te visita?

—Una o dos veces al mes. Antes era yo quien venía al entrenamiento de mi equipo, pero, desde que me jubilé, es él quien me visita en casa.

—No sabía que erais amigos.

—Desde que entrené a su equipo de fútbol americano infantil… Hace demasiados años para contarlos. Seguí su carrera a lo largo del tiempo, y le pedí a tu padre que fuera a ver algunos partidos del instituto. Fue así como se interesó en Knox para los Bruins.

«Fútbol infantil». Y yo que creía que Christian se burlaba de mí por ser una experta en estadísticas y no conocer muy bien a la gente. No tenía ni idea de que mi abuelo hubiera sido su entrenador.

—Bueno, el jumbotrón te ha encontrado sentado en la grada del equipo visitante y los locutores se están regodeando en ello. ¿Por qué no vienes a mi palco y ves allí el resto del partido?

Negó con la cabeza.

—No puedo. Siempre pago mis deudas. Una apuesta es una apuesta.

Suspiré.

—Vale… está bien. Mi amigo Miller ha venido con unos amigos, así que tengo que subir otra vez. Pero volveré dentro de un rato para hacerte compañía.

—Disfruta con tus amigos. Estoy bien aquí solo viendo el partido.

Sonreí.

—Volveré de todos modos.

La segunda parte ya había comenzado cuando regresé al elegante palco.

—¿Todo bien con tu abuelo? —preguntó Miller.

—Sí, está bien. Perdió una apuesta y por eso está sentado en la grada del equipo visitante con una camiseta con la cara de Christian Knox estampada.

—Suena a algo que haríamos nosotros. —Miller dio un sorbo al vino y señaló la zona de asientos privada del exterior donde su nuevo novio, Trent, y el hermano de este, Travis, estaban sentados—. ¿Qué opinas de Trav?

Entrecerré los ojos.

—Creía que habías dicho que esto de hoy no era para emparejarme.

—Y no lo es, pero tiene una sonrisa preciosa, ¿verdad?

Por desgracia, ni siquiera me había dado cuenta. Aunque lo que sí había notado desde aquí era que Christian Knox tenía una sonrisa fantástica mientras permanecía sentado en el banquillo. Era más bien una sonrisita de satisfacción. En la foto oficial de jugador, se le marcaba un hoyuelo. Pero en algunas entrevistas que había visto esta semana, también aparecía un segundo hoyuelo. Y no, no lo había acosado. Lo había investigado. Ahora era la propietaria del equipo y necesitaba saber quiénes eran los jugadores. Al menos, eso me había dicho a mí misma en más de una ocasión mientras clicaba en su foto de la página web del equipo.

Me encogí de hombros.

—Supongo que sí, pero ya sabes que acabo de empezar a salir con Julian.

—A salir no. Una cita. Has tenido una cita. Y, por cierto, ¿te ha llamado ya?

—No, pero solo ha pasado una semana.

—Llamé a Trent cinco minutos después de que terminara nuestra cita para ver si quería volver a quedar. Todavía estaba literalmente en el barrio, de camino al tren que lo lleva a casa.

—En las citas, no a todo el mundo le gusta ir a una velocidad vertiginosa como a ti. Además, conozco a Julian desde hace mucho. No es de esos chicos que se apresuran a hacer las cosas, ni siquiera con los proyectos en los que trabajamos juntos. Es una de las cosas que nos dio muchos puntos cuando calculé nuestra compatibilidad.

—«Nuestra compatibilidad» —se burló Miller—. Sé que eres un genio de las matemáticas, pero no todo puede resolverse con una fórmula. Si has desarrollado algún algoritmo estúpido para elegir a los hombres con los que salir…

Lo interrumpí.

—No he desarrollado el algoritmo, utilicé el modelo Gale-Shapley. Se ha demostrado que funciona en aplicaciones de citas como Hinge, en admisiones universitarias y a la hora de emparejar a los pacientes en los hospitales. Es una solución fiable para problemas serios de emparejamiento. Te recuerdo que los desarrolladores ganaron el Premio Nobel por ello. Además, fuiste tú quien me empujó a encontrar a alguien con el que pudiera mantener una relación duradera para… —Dibujé unas comillas en el aire— no terminar siendo una solterona.

—Me refería a salir y conocer gente o salir con un chico más de cinco veces, no a introducir a todos los hombres que conoces en una base de datos.

—Tú tienes tu forma de hacer las cosas y yo la mía.

—Vale, pero si vas a poner nota a los hombres, al menos deberías conocer la información de Travis. Es soltero, contratista, tiene una puntuación crediticia de 812, conduce un Tesla y es dueño de su propia casa. Además, no compra botellas de plástico de un solo uso porque le preocupa el medioambiente.

—Y me cuentas todo esto porque lo de hoy no ha sido una emboscada.

Miller sonrió.

—Eso es verdad.

—Voy a por una bebida y vuelvo enseguida para ver el partido.

Se bebió el resto del vino y me pasó la copa.

—Mientras tú haces eso, yo necesito ir al baño.

Travis sonrió cuando nos sentamos con ellos en el exterior. Miller estaba en lo cierto, tenía una sonrisa bonita. Pero, de repente, la estaba comparando con la de Christian, algo absolutamente ridículo.

—Entonces, ¿cómo es dirigir un equipo de fútbol? —preguntó.

—Bueno, solo llevo dos semanas, pero básicamente consiste en ir de reunión en reunión. No estoy acostumbrada a eso. Creo que a mucha gente le gusta escucharse hablar.

Travis se rio entre dientes.

—Yo tampoco soy mucho de reuniones. De hecho, cambié de trabajo por ello.

—Miller me ha dicho que eres contratista. ¿Qué hacías antes?

—Estudié arquitectura. Cuando me gradué, tardé menos de un año en darme cuenta de que, aunque me encantaba construir cosas, no estaba hecho para el trabajo. Pasaba más de la mitad del tiempo enfrascado en reuniones con propietarios, inspectores, miembros del departamento de construcción o con los jefes. Así que dimití y me compré una casa en ruinas cerca de donde vivía. Alquilé una habitación mientras la arreglaba y luego la vendí. A un amigo de mi padre le encantaron las reformas que había hecho y me pidió que lo hiciera con su casa de verano. A partir de ahí, todo se multiplicó e hice la transición a contratista.

—¿Te gusta tener tu propia empresa?

Se giró en el asiento para mirarme a la cara.

—Sí. Lo bueno de ser el jefe es que, si hay ciertas cosas de tu trabajo que no te gustan, puedes encargárselas a otra persona. Mi asistente se ocupa de todos los problemas del departamento de construcción y el gerente lleva los asuntos de los propietarios, así que yo me concentro en la parte de la construcción, que es lo que me gusta.

—Me encantaría hacer algo así, aunque estoy segura de que todavía no conozco todas las partes de mi trabajo.

—Pronto lo harás. Cuando empecé en la empresa de arquitectura, tuve que hacer un montón de preguntas a los contratistas con los que iba a trabajar. Pensándolo bien, veo que en ese momento ya estaba más interesado en la parte de los contratistas que en la de los arquitectos.

Sonreí.

—El otro día le hice un millón de preguntas al responsable de los datos.

—¿Qué hace exactamente esa persona?

—Se encarga de gestionar las estadísticas que los entrenadores usan en las sesiones de trabajo con los jugadores y para preparar los partidos.

—¿Supongo que eso te gusta?

Golpeé la carpeta de tres anillas que tenía sobre el regazo. Llevaba todo el día anotando cosas en ella.

—He empezado a trabajar en un algoritmo que predice estadísticas del partido, pero solo por diversión, en mi tiempo libre. Se me dan mejor los números que las personas.

—No estoy de acuerdo con eso. Ahora mismo, lo estás haciendo muy bien.

Parecía un tipo bastante encantador, pero necesitaba concentrarme en el equipo y si hablaba con él, no podía seguir las estadísticas que quería apuntar. Así que, poco después, me disculpé y fui a sentarme con mi abuelo. Aprendí más en un rato con él que en los dos últimos años leyendo centenares de libros de fútbol americano.

Cuando terminó el partido y ya empezábamos a salir, Christian Knox apareció en el banquillo que había justo debajo de nosotros.

Golpeó la barrera.

—Bonita camiseta, ¡viejo!

—La usaré como trapo cuando llegue a casa —gritó mi abuelo—. Por cierto, has estado genial hoy en el campo… Oh, espera, no eras tú el que ha llevado al equipo a la victoria. El chico ha hecho tu trabajo.

Christian se llevó las manos al pecho.

—Golpe bajo, entrenador. Golpe bajo.

Los dos sonrieron. Christian levantó la barbilla hacia mí.

—¿Qué pasa, jefa?

—No mucho. Acabo de recibir más cultura futbolística en una hora que en los dos últimos años en los que he intentado aprender por mi cuenta.

—Es un rollo, ¿verdad? Yo también creo que lo sé todo hasta que me siento con él. ¿Os vais a quedar por aquí un rato? —preguntó y señaló con el pulgar por encima del hombro—. Ahora voy a la reunión que hay después del partido, pero, si quieres, entrenador, puedo quitarle la camioneta al médico y llevarte a casa. —Me miró—. Está adaptada para silla de ruedas y no les importa que la tome prestada para llevarlo a casa.

Mi abuelo levantó un dedo.

—Vale. Me ha traído Lenny Riddler, pero sé que su hija está en la ciudad, así que preferiría no molestarlo más. —Señaló a Christian—. Por otro lado, no me importa hacerte perder el tiempo.

Christian se rio.

—¿Os quedaréis por aquí?

—En realidad —añadí—, tengo unos amigos en el palco. ¿Por qué no pasas a buscarnos por allí?

Asintió con la cabeza.

—Hecho.

Cuarenta y cinco minutos más tarde, Christian entró en el palco con tres *pizzas*. Me guiñó el ojo.

—He pensado que tendríais hambre.

Negué con la cabeza con una sonrisa.

—Nunca me libraré de esto, ¿verdad?

Él sonrió.

—No lo creo.

Miller y su novio se acercaron, con Travis detrás. Vi chiribitas en sus ojos, así que los presenté.

—Christian, este es mi amigo Miller, su novio Trent y el hermano de Trent, Travis.

Christian les estrechó la mano a todos.

—Soy un gran admirador —dijo Miller.

—Sí, un gran admirador. —Puse los ojos en blanco—. Antes me ha preguntado en qué entrada estábamos, como si fuera un partido de béisbol.

Christian se rio entre dientes.

—Bueno, al menos dan comida y alcohol en los partidos.

Miller se inclinó y tomó una fuente llena de entremeses.

—No solo comida. Caviar y champán. Si hubiera sabido que los partidos eran así, lo habría intentado con el fútbol en vez de con el bádminton.

—Um… En realidad, no lo intentaste con el bádminton —le recordé—. Fuiste el chico del agua porque estabas enamorado del entrenador, que tenía veinticinco años.

Miller me hizo un gesto con la mano.

—No es necesario dar tantos detalles ahora…

Le quité las cajas de *pizza* a Christian mientras me reía.

—¿Qué te traigo de beber?

—Lo mismo que estés tomando me parece bien.

—Se está tomando una limonada Mike's Hard —dijo Miller—. He tenido que meterla a escondidas en el estadio. Imaginaba que no habría en los elegantes refrigeradores de vino del palco.

Christian parecía divertido.

—Creo que no he bebido una de esas cosas desde el instituto, pero me tomaré una.

Travis giró la cabeza y estornudó. Estaba a más de un metro y medio de mí y se cubrió la boca, pero, de todos modos, contuve la respiración y comencé a contar. Miller se dio cuenta de lo que estaba haciendo y sonrió, mientras que Christian nos observaba a uno y a otro.

—¿Qué me estoy perdiendo? —quiso saber.

Señalé a Miller, ya que todavía no había llegado a quince.

Él se balanceó sobre los talones hacia delante y hacia atrás.

—Cuando alguien estornuda, contiene la respiración durante quince segundos.

Christian dibujó una sonrisa torcida.

—¿Por qué?

—Gérmenes.

Christian se rio entre dientes, pero no dijo nada más.

Durante la siguiente media hora, mis invitados formaron una especie de círculo en torno al deportista. Sería imposible afirmar si esas charlas realmente le importaban, aunque fue muy amable en todo momento. En un momento dado, se disculpó para ir al baño y, cuando volvió, yo ya estaba recogiendo mis cosas.

—¿Has venido en coche hasta aquí? —preguntó mientras se subía las mangas de la camisa blanca de vestir.

Me fijé en los antebrazos musculosos y, para cuando aparté la vista, había olvidado por completo de lo que estábamos hablando.

—Ummm… Lo siento. ¿Qué me has preguntado?

Torció un poco la comisura de la boca.

—Te he preguntado si has venido en coche.

—No, en realidad no conduzco. He venido con Miller.

Miró a los tres hombres que ahora estaban charlando con el entrenador.

—¿Cita doble?

—No… Bueno, al menos no era consciente de ello. Aunque creo que Miller tenía otro plan.

—¿Te llevo a casa, entonces? Podemos llevar primero al entrenador.

—De hecho, vivo en la ciudad.

—Yo también.

—Oh, entonces supongo que sí, claro. —Sonreí, pero me puse un poco nerviosa—. Tengo que decírselo a Miller.

Mi amigo seguía con Trent y Travis cuando me acerqué.

—Oye —dije—, Christian y yo vamos a llevar a mi abuelo. Después me acompañará a casa.

Los ojos de Miller brillaron de emoción y noté que la sonrisa de Travis se marchitaba un poquito. Cuando salí a la zona de los asientos para comprobar que no me había dejado nada, Travis se acercó a mí.

—Ey. —Se metió las manos en los bolsillos—. ¿Crees que podrías darme tu número de teléfono y cenar conmigo algún día?

Rechazar a un chico siempre me hacía sentir fatal, sobre todo cuando era alguien agradable. De hecho, había acudido a algunas citas solo para no declinar la oferta y sentirme culpable. Esta vez, al menos, tenía una razón válida que darle, aunque no necesitaba ninguna.

—Lo siento. Hace poco empecé a salir con alguien y estos días estoy muy ocupada. Creo que no es buen momento.

Travis forzó una sonrisa.

—Oh, claro, por supuesto.

—Pero me ha encantado conocerte.

—Lo mismo digo. Gracias por dejarme venir hoy, me lo he pasado genial.

Cuando Travis se giró, vi que Christian me estaba mirando a través del cristal. Al contrario que la mayoría de las personas, no apartó la vista. En vez de eso, sonrió y mantuvo los ojos fijos en mí mientras me aproximaba a la puerta y la abría.

—Le has roto el corazón, ¿eh? —Sonrió más a medida que entraba.

—¿Cómo sabes de qué estábamos hablando?

—Conozco la expresión de la derrota.

—Oh, ¿en serio? ¿Te rechazan muchas mujeres?

—Nah. —Sonrió—. Normalmente, soy la razón por la que rechazan a otro chico.

Puse los ojos en blanco.

—¿Tan engreído eres?

Christian se encogió de hombros.

—Solo soy sincero.

—Vamos, Abe el Honesto,* salgamos de aquí. El personal de limpieza se ha asomado varias veces para ver si todavía estábamos aquí. Estoy segura de que les gustaría irse a casa pronto.

Una hora después, dejamos a mi abuelo en casa y Christian y yo nos quedamos solos en la furgoneta.

—Entonces, hoy ha sido el primer partido que ves en el palco, ¿no? —preguntó.

Asentí.

—He asistido a todos los partidos del equipo durante los últimos dos años, pero en la grada. Mis hermanas no iban a compartir conmigo el palco a menos que se vieran obligadas a hacerlo.

Christian permaneció en silencio un instante.

—Tiene que haber sido una locura descubrir quién era tu padre y saber que te había dejado un equipo de fútbol, todo el mismo día.

Volví a asentir.

—Exacto. Imagino que mucha gente pensará que gané la lotería al heredar la mayoría de las acciones de un equipo de fútbol profesional, pero no me sentí así en absoluto. En realidad, fue muy triste darme cuenta de que mi padre sabía de mi existencia, pero que no se tomó la molestia de conocerme.

—Así que no tenías ni idea de que era tu padre, ¿eh?

Negué con la cabeza.

—Mi madre me tuvo solo con diecinueve años. Siempre dijo que mi padre era un chico al que había conocido en un concierto fuera del estadio y que ni siquiera sabía su apellido. Tras su muerte, me fui a vivir con mi tía durante un tiempo. Le pregunté si sabía quién era mi padre y admitió que mi ma-

* Apodo con el que se conoce a Abraham Lincoln. *(N. de la T.)*

dre le había confesado que estaba casado. Pero desconocía su nombre y sospeché que ella no le habría contado al susodicho que estaba embarazada.

Christian me miró a los ojos.

—Y, sin embargo, está claro que John lo sabía, ya que te incluyó en su testamento.

Asentí.

—Sí, aunque no tengo ni idea de si lo supo desde el primer día o si lo averiguó años después. Mi madre fue azafata de los palcos VIP del estadio durante dieciséis años, desde los dieciocho. A veces trabajaba en la *suite* del propietario. Lo suyo pudo haber sido una aventura larga o un rollo de una noche. Cuando lo averigüé, hablé con mis medio hermanas para ver lo que sabían, pero no estaban muy dispuestas a charlar conmigo, y mucho menos a compartir algo personal que supieran sobre su padre.

—No me sorprende, conociendo a Tiffany y Rebecca.

—Sí.

—Debieron de asustarse cuando se hizo la lectura del testamento.

—Imagino, no estuve presente en la lectura. Un día, un abogado contactó conmigo y me dijo que John Barrett me había incluido en su herencia. Ni siquiera sabía quién era hasta que el hombre me explicó que era el dueño de los Bruins. Pensé que tal vez fuera un amigo de mi madre. —Negué con la cabeza—. En cualquier caso, tenía que ir a trabajar, así que no asistí a la lectura. Esa noche, viendo las noticias, me enteré de lo que me había dejado.

—Madre mía.

—Sí. Fue una época convulsa. Un día tenía una vida tranquila y, al día siguiente, no podía ir a ninguna parte sin que un periodista me pusiera un micrófono en la cara. Y mis queridas y nuevas medio hermanas dieron una rueda de prensa para decir que yo era una cazafortunas que había manipulado a un hombre enfermo cuando yo ni siquiera conocía a John Barrett.

—Dios, y yo que pensaba que tenía mucha presión.

—A mi abuelo le gusta decir que la presión hace diamantes, pero olvida que también puede causar un ataque de nervios.

Christian me miró una vez más y sonrió.

—Nah… Lo tienes controlado.

Un poco más tarde, llegamos a la dirección que le había dado. Christian arqueó las cejas mientras observaba el viejo edificio destartalado.

—¿Tienes que parar en la tienda o algo?

Me reí.

—No, vivo aquí. —Señalé la ventana del tercer piso, dos plantas por encima de la frutería—. Es un edificio sin ascensor, pero el alquiler está bien y tengo tragaluz.

—¿Cuánto hace que vives aquí?

—Desde los dieciséis. Trabajé para el señor Zhang, el propietario, a cambio de alojamiento hasta que acabé la universidad y luego pasé a trabajar a jornada completa.

—Has dicho que tu tía te cuidó tras la muerte de tu madre, ¿no?

Asentí.

—Así es, pero murió durante una operación rutinaria de hernia seis meses después que mi madre. Tuvo una reacción alérgica a la anestesia. Así que el estado me mandó con un primo de mi madre, pero eso no funcionó y me independicé.

—¿A los dieciséis? ¿Al estado no le importó?

—No lo sabían. Los servicios sociales están tan saturados que no controlan demasiado a las personas acogidas por familiares.

Christian guardó silencio mientras echaba otro vistazo a la frutería.

—Supongo que es práctico para encontrar fruta fresca.

Sonreí.

—Pues sí. ¿Y supongo que tú vives en un lugar un poco más elegante?

Christian miró el edificio con los ojos entrecerrados.

—¿Cómo entras?

—A través de la tienda. Hay una puerta al fondo que conduce arriba, a los dos apartamentos.

—¿Qué pasa cuando la tienda está cerrada?

—Abre veinticuatro horas, así que nunca ha sido un problema.

Christian sonrió.

—Te has lanzado directa a la vida de multimillonaria, ¿eh?

—Totalmente. —Me reí—. Bueno, gracias por traerme a casa y por llevar a mi abuelo.

—Espera, déjame aparcar y te acompaño.

—No hace falta.

—Tal vez no, pero está oscuro y voy a hacerlo de todos modos. —Miró a su alrededor. La calle estaba llena de coches pegados los unos a los otros, así que pulsó el botón de las luces de emergencia—. ¿Sabes qué? Aquí mismo está bien.

Christian salió de la furgoneta y corrió a mi lado para abrir la puerta del pasajero. Extendió una mano para ayudarme a bajar. Con lo torpe que soy, la carpeta se me cayó mientras saltaba a la acera. Aterrizó en el suelo, rebotó y el contenido se desparramó por la calle.

—Mierda. —Me agaché para recoger los papeles, pero la brisa atrapó algunas hojas y las envió volando calle abajo.

Christian las persiguió mientras yo atrapaba las demás. Cuando las recuperamos todas, él fue a darme las suyas, pero antes de eso, se las acercó para echarles un vistazo.

—¿Estás haciendo tus propias estadísticas? ¿Sabes que hay un analista en el equipo que hace eso? De hecho, más de uno.

—Lo sé. Utilicé sus estadísticas para crear un algoritmo con el que predecir la tasa de éxito de ciertos partidos en el futuro.

—¿En serio? ¿Puedes hacer eso?

—Bueno, eso pensaba. Funcionó muy bien con algunos jugadores, pero no tan bien con otros.

—¿Con cuáles?

—¿Cómo?

—¿Con cuáles no funcionó?

Revolví los papeles sueltos hasta que encontré los que tenían más tinta roja.

—Yates, por ejemplo. Fue un completo desastre. Y Owens también.

Christian sonrió.

—Ah, estás pasando por alto el factor humano.

—¿A qué te refieres?

—La novia de Yates lo ha dejado esta semana. Es un gran jugador, pero también es muy emocional. Además, se ha pasado la semana sin concentrarse en los entrenamientos. Y Owens está preocupado por la renovación de su contrato. Hace poco, su mujer descubrió que está embarazada de su quinto hijo y él tiene algo más de treinta años. Sus hombros soportan mucho peso y cuenta con un futuro incierto.

—Oh, guau —dije—. No sabía nada de eso.

Christian me tendió los documentos.

—Los números son solo la mitad de la ecuación. También es necesario conocer a las personas.

Arrugué la nariz.

—No soy tan buena en eso.

Sonrió.

—Puedo ayudarte, si quieres. Permaneceré en el banquillo durante un tiempo y me pasaré la mayor parte del tiempo jugando con los pulgares.

—Eres muy amable. Por lo general, cuando le cuento a la gente las cosas que hago por diversión, me miran como si estuviera loca.

Christian me acompañó a la entrada de la frutería, que estaba a poco más de cinco metros de distancia.

—Por cierto, ¿por qué has rechazado antes al chico que te ha pedido salir?

—Umm… Hace poco tuve una primera cita con alguien con quien trabajaba y mi vida es un poco ajetreada ahora mismo.

Posó los ojos en mis labios durante medio segundo. Si hubiera parpadeado, me lo habría perdido.

—¿El chico con el que trabajabas y tú tenéis una relación exclusiva?

—No. —Negué con la cabeza—. Todavía no. Pero también creo que necesito adaptarme a mi nuevo rol y centrarme en esto un tiempo, al menos hasta que conozca a todo el personal del club y sepa en quién puedo confiar y con quién debo andarme con pies de plomo.

Christian se frotó el labio inferior con el pulgar.

—Está bien, lo entiendo. Entonces, nos vemos mañana.

—¿Mañana?

—Sí. Conozco muy bien a todos los miembros del club y a todos los jugadores. Te buscaré después del entrenamiento para ayudarte a resolverlo todo. —Se encogió de hombros—. Cuanto antes te adaptes, antes podrás cenar conmigo.

—No he dicho que vaya a cenar contigo.

Christian se inclinó y me dio un beso en la mejilla.

—Trabajaremos en eso también. Buenas noches, jefa.

Capítulo 4

Bella

—Una última cosa, tenemos que hablar de *Sports Illustrated*.

—¿Qué pasa? —pregunté.

Beau Fallon, vicepresidente de publicidad, dio unos golpecitos al *notepad* con el boli.

—Insisten en que te quieren para la portada. El presidente de la empresa editora de la revista me llamó para preguntarme qué tenía que hacer para conseguirlo.

—Como te dije, no creo que sea buena idea tener un perfil alto ahora mismo. Debería hacerme amiga de los empleados del club, no agobiarlos más mostrando mi cara por todas partes y actuando como si pensara que soy una estrella del *rock*.

—Lo sé, y estuve de acuerdo cuando tomaste esa decisión. Pero quería volver a plantear el tema porque han puesto una buena razón sobre la mesa: eres la persona más joven en ser dueña de un equipo, y, además, eres mujer. Podría ser inspirador para otras jóvenes saber que alguien como ellas está en la cima en un lugar poco probable.

Negué con la cabeza.

—Quizá más adelante, pero ahora no es el momento adecuado.

Sacó algo del maletín de cuero que tenía en el suelo y lo dejó caer sobre la mesa. Parecía una pila de revistas plastificadas.

—Se lo haré saber. Pero me han enviado estas revistas y me han pedido que te las dé.

—¿Qué son?

—Algunos de sus números con mujeres pioneras en el deporte. Bille Jean King, Serena y Venus Williams, Katherine Switzer…

—¿Quién es Katherine Switzer?

—Fue la primera mujer en completar la maratón de Boston en 1967. En aquella época, no estaba permitido que las mujeres compitieran, así que se inscribió como KV Switzer. Durante la carrera, uno de los árbitros se dio cuenta de que una mujer corría e intentó atraparla para sacarla de la competición, pero fue la primera participante oficial en completarla. —Empujó la pila de revistas hacia delante—. Con tu argumento, queda claro por qué querían que te las entregara. La gente no conoce los logros de las mujeres a menos que se cuenten sus historias.

—Entiendo que es importante contar las historias de las mujeres, pero me gustaría conseguir algo antes de que me aclamen.

Beau sonrió.

—Suenas como tu padre.

—¿Ah, sí?

Asintió con la cabeza.

—Llegó a la NFL, rompió una decena de récords durante su carrera y amasó una fortuna gracias a buenas inversiones en petróleo y gas; lo suficiente como para comprar un equipo a los cuarenta años. Sin embargo, nunca sintió que mereciera elogios por ello.

Me costaba mucho reconciliar las cosas positivas que escuchaba sobre John Barrett con el padre que no movió un dedo para aceptar la responsabilidad cuando nací. Pero muchos empleados del club lo reverenciaban, así que me guardé ese pensamiento para mí.

—¿Hay algún otro tema pendiente?

Beau negó con la cabeza.

—Creo que no.

El resto de la tarde pasó volando. Tuve reuniones con el departamento jurídico y el equipo operativo y después, con el de ventas. Eran las cinco pasadas cuando regresé por el largo pasillo que llevaba a mi despacho. De camino, me detuve por primera vez frente a una foto ante la que había pasado una decena de ocasiones. En ella aparecían mi padre, Tiffany y Rebecca. Sostenían el trofeo de la Super Bowl en el aire mientras una lluvia de confeti caía a su alrededor. Estudié el rostro sonriente de él en un intento por averiguar quién era ese hombre. Así me pasé un minuto… O tal vez más. Estaba completamente absorta en mis pensamientos hasta que la voz de un hombre me sacó de ellos.

—Ha sido un día de locos.

Ni siquiera me había dado cuenta de que Christian se aproximaba.

—Oh, hola.

Levantó la barbilla en dirección a la foto enmarcada.

—¿Has visto el partido?

Negué con la cabeza.

—Ni siquiera sabía que se estaba jugando el partido ni los equipos que competían.

—Me gusta lo sincera que eres.

—Puede que seas el único en este edificio.

Christian sonrió.

—Discúlpame por llegar tarde. Me he levantado con la rodilla hinchada y el fisioterapeuta me ha pedido que fuera a hacerme unas pruebas.

—¿Estás bien?

—Sí, tiene pinta de que la sobrecargué más de la cuenta en la sesión de recuperación. ¿Estás lista para la formación del personal de los Bruins 101?

Negué con la cabeza.

—Oye, no tienes que hacer esto, no te sientas obligado.

—Lo sé, pero quiero hacerlo.

No estaba segura de cómo actuar ante esa respuesta, así que incliné la cabeza hacia mi despacho.

—Vamos.

Una vez dentro, Christian señaló el sofá.

—¿Te importa si me siento ahí y pongo el pie en la mesa? Necesito tener la pierna en alto para reducir la hinchazón y que al doctor no le dé un infarto. —Se detuvo en seco y levantó las manos—. Espera, ¿eso te asustará porque tienes fobia a los gérmenes?

—No tengo fobia a los gérmenes. ¿Por qué lo dices?

—Al parecer, contienes la respiración cuando alguien estornuda.

—Oh, eso. Bueno, es que no me gustan los estornudos. ¿Sabías que los patógenos pueden volar desde el cuerpo humano a casi ciento sesenta kilómetros por hora y propagarse hasta ocho metros?

—Eso es un pequeño gran dato. ¿Se lo cuentas a la gente en las fiestas? No me extraña que necesites mejorar tus habilidades sociales.

Entrecerré los ojos.

—Pisa el freno, listillo.

Christian se rio.

—Estás preciosa cuando intentas parecer dura. Sobre todo con esas gafas torcidas.

—Oh, no, ¿otra vez? —Me quité las gafas, doblé una patilla un poco y me las volví a poner—. ¿Mejor ahora?

Christian sonrió y puso el pie sobre la mesa.

—Nah, solo te estaba tomando el pelo, pero ahora las has torcido de verdad.

—Eres un crío. —Arreglé las gafas por segunda vez y luego tomé un cuaderno y un bolígrafo, junto con mi carpeta de algoritmos, y me senté frente a él.

—Entonces, ¿con quién quieres empezar? —preguntó—. ¿Con los jugadores o con el personal corporativo?

Estaba a punto de decir que eligiera él cuando mi mirada reparó en la pila de revistas que había en la mesa de centro.

Me recordó lo que Beau había dicho sobre lo mucho que me parecía a mi padre.

—Imagino que conocías muy bien a John, ¿no?

—¿Barrett? ¿Tu padre?

Asentí.

—Eso creo.

—¿Cómo… era?

Christian paseó la vista entre mis ojos varias veces.

—Era un gran tipo. No estoy seguro de que eso sea lo que quieres oír, teniendo en cuenta cómo gestionó las cosas contigo, pero es la verdad. —Se encogió de hombros—. Al menos, lo que conocí de él.

No dije nada en un rato.

—Si tuvieras que elegir una palabra para describirlo, ¿cuál sería?

—Lo primero que me viene a la mente es honorable, lo cual no me parece correcto ahora mismo. Pero el tipo al que conocí era un hombre de palabra. En el mundo del deporte hay mucho postureo y mucha apuesta. Los propietarios y los entrenadores quieren formar el mejor equipo posible y eso, a menudo, significa pisar a alguien para llegar hasta tu objetivo. Todo el mundo está buscando constantemente el próximo mejor jugador. Puedes ser el rey un año y que otro tipo te quite el puesto al siguiente. El último partido es el que define lo bueno que eres. No hay demasiada lealtad. Pero, cuando mi primer contrato estaba a punto de vencer y John me puso la mano en el hombro y me dijo que no me preocupara, no lo hice.

Negué con la cabeza.

—Supongo que tengo problemas para conciliar al hombre del que habla la gente con el que permitió que una niña pasara por diferentes hogares de acogida tras la muerte del único progenitor que había conocido.

Christian frunció el ceño.

—No te culpo, yo también.

—Miller cree que tengo que dejar de responsabilizar a un hombre muerto o nunca pasaré página. Pero, para mí, no se trata tanto del perdón, sino más bien de entender por qué hizo lo que hizo. Soy de esas personas que no pueden dejar un puzle a medias.

Christian asintió con la cabeza.

—Lo pillo. Creo que a veces nos sentimos ansiosos porque se supone que debemos saber más.

—Exacto. ¿Por qué Miller no entiende mi lógica como tú?

—¿Supongo que sois amigos desde hace mucho tiempo?

—Desde que se me acercó el segundo día de clase en tercero de secundaria y me dijo que jamás volviera a vestirme de naranja.

—¿Por qué no quería que te vistieras de naranja?

Me señalé la cabeza.

—No pega con el tono de mi pelo cobrizo.

—¿En serio se acercó sin que se lo pidieras y te dijo eso?

—Sí.

—¿Y no te importó?

—En ese momento, sí. Lo mandé a la mierda. Pero después, cuando volví a casa y me miré al espejo, pensé que tenía razón. Al día siguiente, me vestí de verde. Miller me dijo que ese color estaba intoxicándome y me pasó medio *brownie* que se estaba comiendo. Desde entonces, somos inseparables. Tiene problemas con los límites, pero es el mejor amigo que una chica podría pedir.

Mi teléfono empezó a sonar en el escritorio, al otro lado del despacho, así que me disculpé para comprobar si era algo importante. Vi el nombre de Wyatt en la pantalla y sonreí.

—Tengo que responder, será solo un minuto.

—Tómate tu tiempo.

Deslicé el dedo por la pantalla y me llevé el teléfono a la oreja.

—¿Qué pasa, trasto?

—Te llamo para recordarte lo del miércoles por la noche.

—¿Alguna vez me olvido de tus partidos?

—Te perdiste la mitad del último.

—Sí, pero no fue por un descuido. Me equivoqué de autobús al cambiar de línea. Hay una diferencia.

—¿Te traerá Miller?

—No. Miller quiere ir, pero tiene un proyecto muy importante en el trabajo y no pueden empezar hasta que el resto de la oficina se haya marchado.

—Entonces, ¿volverás a venir en autobús? Contando el trayecto y el transbordo, tardarás como una hora y media.

—No pasa nada. Me llevaré el ordenador para entretenerme.

—Sabes que ahora existe una cosa que se llama Uber…

Sonreí.

—Esta vez estaré allí para cuando comience, te lo prometo.

—Mi amigo Andre puede llevarte a casa después. Es muy buen conductor.

—¿Andre tiene carné?

—Se lo está sacando.

—Eso no es tener carné de conducir. Espero que no vayas en coche con él.

—¿Sabes qué? Antes eras guay. Ahora te pareces a mamá.

—Me tomaré eso como un cumplido.

—Hazlo…

Me reí.

—Todavía estoy trabajando, así que tengo que colgar. Nos vemos el miércoles, ¿vale?

—Vale, nos vemos.

—Adiós, trasto. —La llamada terminó y me llevé el teléfono al sofá.

—¿Vas al partido de Philly? —preguntó Christian.

—¿El partido de Philly?

—Has mencionado un partido el miércoles. Esta temporada, la liga está experimentando con algunos partidos entre semana. El partido de Philly es este miércoles.

—Oh. —Negué con la cabeza—. No, voy a un partido de instituto, no a uno de la liga. Wyatt y su madre son viejos amigos. De hecho, él creció jugando al fútbol, pero cuando fue al instituto, el entrenador de fútbol americano lo seleccionó como *kicker*. Es muy bueno. Espero que le den una beca, pero va a un instituto católico de Queens al que las universidades no prestan mucha atención.

—¿Qué instituto?

—St. Francis.

Christian asintió. Estaba sentado en el sofá, con un brazo colgado sobre el respaldo y una pierna sobre la mesa de centro. Desde luego, no parecía que tuviera ninguna prisa en levantarse y se le veía muy feliz solo hablando de, bueno… de nada.

Incliné la cabeza.

—¿Puedo preguntarte algo?

Se encogió de hombros.

—Claro.

—¿Por qué estás aquí?

—¿Te refieres en los Bruins?

Negué con la cabeza.

—No, aquí conmigo en este momento. Ahora mismo seguro que podrías estar haciendo un montón de cosas más divertidas que escuchar mis tonterías.

—A lo mejor me gustan las tonterías.

Me reí entre resoplidos.

—A nadie le gustan las tonterías.

Sonrió y, durante una décima de segundo, desvió la mirada a mis labios.

—Tal vez me gustes tú.

Me moví en el asiento para mirarlo de frente.

—¿Por qué?

Christian volvió a encogerse de hombros.

—No lo sé. Creo que eres interesante.

Entrecerré los ojos.

—¿Qué me hace interesante?

—Eres una multimillonaria que vive en un apartamento de alquiler sobre una frutería y quisiste darle a tu abuelo el equipo que habías heredado de tu padre. ¿Hay algo de ti que no sea interesante? Dada tu situación, la mayoría de la gente que conozco ya estaría viviendo en un ático y contrataría un servicio de coche con conductor, no caminaría veinte minutos al estadio todos los días después de bajarse del tren, ni se subiría a dos autobuses para ir a Queens a ver un partido de instituto.

Levanté una ceja y a Christian se le dibujó una sonrisa en la cara.

—Además, estás buena.

La última parte me hizo sonreír.

—Y, técnicamente, soy tu jefa.

Sonrió todavía más.

—Eso lo hace incluso mejor.

Me eché a reír.

—Háblame de ti, Christian. Siento que sabes demasiado sobre mí, pero yo no sé nada de ti, aparte de tus estadísticas, por supuesto.

—¿Qué quieres saber?

—¿Tienes novia?

—Crees que yo también estoy bueno, ¿a que sí?

Me reí.

—Responde a la pregunta, Knox. Algo me dice que ya te hinchan el ego lo suficiente.

—Sí, señora. —Negó con la cabeza—. No tengo novia.

Me di golpecitos en el labio con el dedo.

—¿Qué haces fuera de temporada?

—Recuperarme. Dejar sanar el cuerpo. Dormir. Pescar. Tengo una cabaña en un lago en Maine. Pasar el tiempo con los amigos. Viajar. Seguir con el entrenamiento.

—Eso suena muy… normal.

—Cuando juegas en la NFL, la temporada es de todo menos normal. Es dura para el cuerpo y la mente. Estás viajando constantemente, los medios te siguen a todas partes, las mujeres te dan su ropa interior con el número de teléfono escrito en ella y se cuelan en tu habitación de hotel. Así que lo normal suena bien.

Mi cara se transformó de asombro.

—¿Las mujeres te dan su ropa interior?

Christian sonrió.

—¿Alguna otra pregunta?

—¿Es una locura que tenga curiosidad por saber si la ropa interior está limpia o no?

Se rio.

—Tal vez. Pero me gusta cómo piensas.

Un poco más tarde, el teléfono de Christian sonó. Lo sacó del bolsillo y deslizó un dedo por la pantalla.

—Le prometí al fisioterapeuta que me pasaría por la consulta antes de que cierren a las siete y media para una revisión rápida de la rodilla, así que tengo que irme.

Toqué la pantalla de mi teléfono para comprobar la hora.

—Oh, vaya. No puedo creer que ya sean las siete y cuarto. Ni siquiera hemos hablado de los jugadores, ni del personal.

—Lo que significa que tendré que volver. —Christian me guiñó un ojo y se levantó—. A menos que quieras que regrese después y hablemos durante la cena.

Sonreí.

—Creo que debería marcharme a casa.

Asintió.

—¿En otra ocasión, entonces?

—Claro.

Caminó hacia la puerta.

—Te tomo la palabra.

Capítulo 5

Bella

—Hola, chico. —Saludé a Wyatt con la mano desde el fondo de las gradas mientras él corría. Acababa de anotar un gol de campo de cuarenta yardas al final del segundo tiempo y era todo sonrisas mientras señalaba hacia los postes.

—¿Has visto eso? ¿Dónde está mi contrato? Los Bruins tienen que ficharme.

Me reí.

—Creo que antes deberías acabar el instituto y la universidad.

Me hizo un gesto con la mano.

—Tío… La universidad es para tontos.

—Fui cuatro años a la universidad, hice un máster y tres cuartas partes de un doctorado. ¿Qué dice eso de mí?

Wyatt sonrió.

—Que perdiste mucho dinero. Tienes un equipo de fútbol. No necesitabas hacer todo eso.

Estaba bromeando, así que le ahorré el sermón sobre el valor de una buena educación.

—¿Tu madre está por aquí? No la he visto en las gradas.

—Hoy tiene que trabajar hasta tarde otra vez. Me ha prometido que intentaría llegar al final del partido, pero le he dicho que no hacía falta. No quiero que coja dos trenes solo para ver los últimos sesenta segundos. Hay un partido el sábado al que puede venir.

—Entonces hoy te animaré por las dos.

Me hizo un gesto con la mano.

—Voy al vestuario antes de que el entrenador me dé una patada en el culo. ¿Nos vemos después del partido?

—Trasero. Antes de que el entrenador te dé una patada en el trasero. Y sí, te buscaré cuando el partido termine.

Wyatt regresó corriendo con el equipo.

Tomé asiento en las gradas y pasé el descanso poniéndome al día con los correos electrónicos desde el teléfono. Era difícil imaginar cómo la mayoría de los trabajadores de los Bruins terminaban algo con la cantidad de correos y reuniones que tenían que gestionar. Cinco minutos después del tercer tiempo, vi que una furgoneta de los informativos se detenía en el aparcamiento, no muy lejos de allí. Entonces vi otra, y luego otra. Esperaba que estuvieran aquí por el equipo y no por mí. Me recosté en el asiento, solo por si acaso. Al final del tercer tiempo, debía de haber una decena de furgonetas apiñadas en el aparcamiento, que ya estaba repleto de coches. Pero no había entrado ningún periodista. Habían salido de las furgonetas y estaban allí de pie, esperando algo. Traté de concentrarme en el partido y fingir que no había periodistas.

En un momento dado, el equipo de Wyatt perdía por tres puntos, iban por el tercer intento y necesitaban cubrir doce yardas. Su ataque no había sido demasiado bueno en los primeros intentos largos del partido, así que el entrenador le hizo una señal a Wyatt para que se preparase. Lo miré con una sonrisa en la cara mientras calentaba dando patadas a la red en el lateral por detrás del banquillo de su equipo. Parecía que era ayer cuando cuidaba de él y entrenaba conmigo frente a la portería de fútbol.

Como había pasado durante la mayor parte del partido, su equipo no logró la conversión para un primer intento. Entonces, Wyatt entró corriendo al campo para prepararse para un intento de gol de campo. Me mordí el labio, sentía una opresión en el pecho mientras esperaba el lanzamiento. No tenía ni idea de cómo manejaban el estrés los jugadores. Sentía que se me iba a salir el corazón y no era más que una espectadora en un partido de instituto. Contuve la respiración mientras él corría hacia la pelota y cogía impulso con la pierna para darle una patada.

Pero salté arriba y abajo y grité cuando el balón atravesó los postes.

—¡Gran trabajo, Wyatt! ¡Yuju!

—Madre mía, no te vi saltando así cuando McKenzie metió la pelota para anotar tres puntos el domingo pasado justo antes del descanso. —La voz de un hombre me sobresaltó.

—¿Christian? —Me giré y parpadeé varias veces.

Sonrió.

—¿Bella?

Miré a su alrededor, aunque no tenía ni idea de lo que estaba buscando.

—¿Qué haces aquí?

Se encogió de hombros.

—Traer a la prensa.

—¿A qué te refieres?

—Has dicho que el hijo de tu amiga es buen jugador, pero que no se le presta mucha atención a su instituto. He pensado que podría ayudar con eso.

Aún tenía la mente embotada con la idea de que Christian Knox estaba conmigo en el campo del instituto St. Francis de Queens. Por no mencionar que estaba ridículamente *sexy* con una gorra de béisbol puesta del revés, así que a mi cerebro le llevó un rato entender lo que decía.

—Pero ¿cómo has sabido que había partido?

—Me lo dijiste el otro día en la oficina, cuando hablaste con el chico. Creo que te referías a él como «trasto».

Negué con la cabeza.

—Oh, sí… Claro.

No estaba acostumbrada a que los hombres me escucharan cuando decía algo importante, mucho menos a que prestaran atención cuando mencionaba algo de pasada.

—Es increíble que estés aquí. ¿Todas esas furgonetas de prensa te siguen a todas partes?

Negó con la cabeza.

—He filtrado a uno de los publicistas del equipo a dónde me dirigía. —Christian levantó la barbilla hacia el marcador—. Tu chico acaba de clavarla, ¿eh? Lo he visto marcar mientras caminaba desde el aparcamiento.

—Sí, lo está haciendo genial. Es su tercer gol de campo del partido.

Los reporteros que antes se paseaban por el aparcamiento ahora se encontraban esparcidos por la banda mientras colocaban los trípodes.

Christian me vio mirando alrededor.

—Les he dicho que hablaría con ellos después del partido, pero que le echaran un vistazo al *kicker* del equipo local mientras tanto.

—Eso ha sido muy amable por tu parte. Gracias. Wyatt flipará cuando sepa que todos estos periodistas han venido a verlo. —Me detuve—. Bueno, están aquí para verte a ti, pero ya me entiendes.

—No hay problema.

Nos quedamos uno junto al otro, mirando el partido en silencio durante unos minutos.

—¿Tu amiga está aquí? —preguntó Christian—. Dijiste que era el hijo de una amiga.

Negué con la cabeza.

—No ha podido venir, tenía que trabajar. Siempre intento asistir a todos los partidos de Wyatt, pero me gusta venir sobre todo a los que son por la noche, porque sé que normalmente ella no puede. —Por el rabillo del ojo, vi que Wyatt y la mitad de sus compañeros de equipo estaban en la banda, señalando en nuestra dirección. Hice un gesto—. Creo que te han visto.

Christian los saludó.

—Imagino la emoción que deben de sentir ahora mismo. El entrenador venía a todos mis partidos. Tenía más o menos su edad cuando trajo a su hijo famoso por primera vez. —Sonrió—. Recuerdo que corrí por el campo al final del partido. Estaba deseando conocerlo. A medio camino, me tropecé con mis propios pies y me caí de bruces.

Me cubrí la boca.

—Madre mía.

—Pensé que John no volvería a otro partido, pero lo hizo. —Dejó pasar unos segundos—. ¿Sabes? Al entrenador le encantaría asistir a un partido de instituto como este. ¿Lo has traído alguna vez?

Negué con la cabeza.

—No. Para mí es un poco complicado llevarlo a algún sitio. No conduzco y él no puede moverse con facilidad.

—Sabes que ahora existen los servicios de transporte adaptado, ¿no? Estoy seguro de que es el medio favorito de los multimillonarios para desplazarse.

—Qué gracioso —dije.

Christian se quitó la gorra de béisbol y se la puso hacia delante.

—Gracioso y guapo, eso dicen las chicas.

Me reí.

—Seguro que sí.

Vimos el partido durante un rato. Hacia el final del cuarto tiempo, el entrenador seleccionó a Wyatt para otro intento de gol de campo, que acertó. Aplaudí.

—¡Cuatro de cuatro!

—El chico tiene buena pierna. El entrenador de fútbol europeo no debió de alegrarse cuando el de fútbol americano se quedó con él.

—Pues no, no le hizo ninguna gracia. Y eso que la madre de Wyatt no quería que jugara a fútbol americano. Pero Wyatt tiene la habilidad de convencer a la gente de cualquier cosa, sobre todo a su madre y a mí.

—Parece que sois amigos desde hace mucho tiempo.

Asentí.

—Sí. Además, cuidaba a Wyatt cuando su madre tenía que trabajar, así que estamos muy unidos.

—¿Eso fue antes o después de que empezaras a trabajar para el señor Zhang y vivieras encima de una frutería?

—Vaya, recuerdas hasta el nombre de mi casero. Tienes muy buena memoria.

—Solo cuando me interesa lo que estoy escuchando.

Sentía el estómago como gelatina e intenté ignorarlo.

—Para responder a tu pregunta, fue tanto antes como después de que empezara a trabajar en la frutería. Durante una temporada, Talia, la madre de Wyatt, y yo vivimos en el mismo refugio cuando yo tenía quince años. Así nos conocimos.

A Christian se le descompuso la cara.

—Lo siento.

—No hay nada que sentir. No lo cambiaría por nada porque sé que sin eso no los tendría en mi vida. Talia tenía dieciséis años cuando tuvo a Wyatt. Ella y yo nos llevamos cinco años, así que Wyatt solo tenía cuatro cuando nos conocimos. Por aquel entonces, ella vigilaba mis cosas mientras me iba a la escuela para que siguieran allí cuando regresara y yo cuidaba de su hijo cuando ella trabajaba en el turno de noche del McDonald's. —Miré hacia el campo y hacia Wyatt—. Cuando conseguí el apartamento encima de la tienda del señor Zhang, los dos se quedaron conmigo un tiempo hasta que ella se convirtió en ayudante del gerente y pudo permitirse un apartamento. Hemos sido buenas amigas desde entonces. Ella y Miller son mi familia, la que elegí.

Christian negó con la cabeza.

—No entiendo cómo John pudo permitir que su hija viviera en un refugio con todo lo que tenía.

—Ojalá entendiera mejor muchas cosas de él…

Cuando terminó el partido, Wyatt se acercó corriendo por el campo. Me incliné hacia Christian mientras venía.

—Me alegro de que no haya tropezado.

—¡Hostia puta! ¡No puedo creer que Christian Knox esté aquí!

Christian extendió una mano por encima de la valla.

—Buen partido, Wyatt.

A Wyatt se le salieron los ojos de las órbitas.

—¿Sabes cómo me llamo?

—Claro. He venido a verte jugar. —Levantó la barbilla hacia los reporteros que todavía estaban aposentados en el borde del campo—. Ellos también.

—¿En serio?

—Sí. Pero si tu entrenador se parece en algo al que yo tenía en el instituto, no se alegrará de que estés aquí. Así que ¿por qué no regresas con el equipo para la charla del final del partido? Iré a saludarte en unos minutos.

—¡Vale!

Wyatt corrió hacia su equipo sin siquiera mirar en mi dirección.

—Creo que no se ha dado cuenta de que estoy aquí.

Christian me observó.

—Créeme, es el único.

Sentí que me subía el calor por las mejillas.

—Recuerda que soy tu jefa.

—No, en este momento no lo eres, y hay alrededor de seis niveles de entrenadores y directivos entre nosotros, así que no me preocupa. —Señaló hacia los periodistas—. Tengo que dedicarles algo de tiempo por haber venido. ¿Quieres acompañarme o prefieres escaquearte e ir hacia el otro lado?

Normalmente, evitaría a la prensa a toda costa, pero les agradecía que hubieran venido, y en el mundo de los negocios hoy por ti y mañana por mí, así que decidí acompañar a Christian.

El primer reportero ante el que nos detuvimos era Reggie Carter. Era más mayor y educado que muchos de los jóvenes.

—¿Señora Keating? He supuesto que era usted. Debe de ser un chico importante para que los dos estén aquí.

Christian me miró para que respondiera. Sonreí.

—Sí, lo es. Y agradezco que hayas venido a verlo por ti mismo.

Sacó un pequeño cuaderno de la cartera de cuero a sus pies y buscó una página en blanco.

—Hábleme un poco de él…

—Entonces, ¿qué quieres estudiar en la universidad? —le preguntó Christian a Wyatt mientras echaba un vistazo por el espejo retrovisor. Tras pasar más de una hora lanzando la pelota con el equipo, había insistido en llevarnos a casa.

Wyatt estaba tan ocupado con el teléfono que no respondió.

—¿Wyatt? —lo llamé—. Christian te ha preguntado algo.

—Oh… Lo siento. Mi Snapchat va a reventar por las fotos que he publicado de Christian y yo haciendo una parada. —Wyatt bajó el teléfono—. ¿Qué decías?

Christian sonrió.

—¿Qué piensas estudiar en la universidad?

Wyatt se encogió de hombros.

—No sé. Solo quiero jugar al fútbol. Lo que sea más fácil, supongo.

—Imagino que sabes que muchos jugadores excelentes no llegan a la NFL. Pero, aunque lo hagas, cada vez que sales del campo, corres el riesgo de que tu carrera termine a causa de una lesión. Deberías tomarte algo de tiempo para pensar en lo que te interesa y escoger unos estudios que te ofrezcan un futuro sólido. Todo jugador inteligente tiene un plan B.

—¿Qué estudiaste tú?

—Arqueología.

Wyatt frunció el ceño.

—¿Te refieres a sacar huesos de muertos del suelo?

—Exacto.

—No sé qué estudiar, pero, desde luego, no será eso.

Christian se rio.

—No tiene que gustarte lo mismo que a mí, pero deberías averiguar qué te apasiona.

A Wyatt se le dibujó una gran sonrisa en la cara.

—Ya lo sé. La *pizza*, las chicas y el fútbol.

Hasta yo me reí ante la respuesta. Cuando llegamos a casa de Wyatt, Talia todavía estaba trabajando. Debía de haberse quedado hasta más tarde de lo previsto. Acompañé a Wyatt, pero no me quedé mucho tiempo, ya que Christian había aparcado en doble fila.

—¿Qué harás por tu cumpleaños? —pregunté en la puerta—. Solo faltan unas semanas.

Se encogió de hombros.

—Nada.

—¿Qué te parece si hacemos una pequeña fiesta en mi palco del estadio de los Bruins? Puedes invitar a tu equipo a ver un partido.

—¿A todo el equipo?

Le acaricié la cabeza y le despeiné el pelo.

—Claro. Es lo bastante grande.

—¿Christian estará allí?

—Christian estará abajo en el campo, con el equipo.

—Oh.

—Pero tal vez pueda conseguirnos un pase de campo y podamos bajar a saludar antes de que empiece el partido o después.

—¿En serio?

Señalé con el dedo.

—Solo si piensas en lo que te ha dicho en el coche. Ven al partido con cinco carreras o trabajos que creas que te puedan interesar y te llevaré al campo durante al menos unos minutos. ¿Trato hecho?

—Trato hecho. —Asintió con la cabeza.

Aunque fui bastante rápida, al bajar a la calle vi que había un policía de tráfico junto al coche de Christian. Me monté en el asiento del copiloto pensando que el agente lo estaría multando, pero resultó ser una mujer policía y, cómo no, era todo sonrisas.

Christian garabateó su nombre en una multa de aparcamiento.

—No te olvidarás de anular esto, ¿verdad? —Se la pasó a la mujer.

—No te preocupes. —Tomó la multa—. Esta pequeña va a ser enmarcada, no irá al sistema.

—Gracias. Que tengas una buena noche, agente.

Cuando se marchó, Christian me miró.

—¿Preparada?

—Sí. Pero ¿solo has tenido que sonreír para evitar que te pongan una multa?

—Me ha reconocido y me lo ha ofrecido. No se lo he pedido.

—¿Qué más consigues gratis?

Christian miró por encima del hombro antes de arrancar el motor y ponernos en marcha.

—En realidad, me hace sentir incómodo que la gente no acepte mi dinero en los restaurantes y esas cosas.

Era genial que no se sintiera con ese derecho.

—Lo entiendo, nunca he sido muy buena aceptando limosnas.

Christian me echó un vistazo y luego volvió a mirar a la carretera.

—Puede que seas genéticamente similar a Tiffany y a Rebecca, pero el parecido se limita al ADN.

—Todavía no he olvidado que Tiffany me engañó para que te diera un sermón sobre el acoso sexual. Creo que jamás dejará de odiarme.

—Me parece que ese pequeño ardid estaba dirigido a los dos, no solo a ti.

—¿A qué te refieres?

—Últimamente, Tiff no me ve con buenos ojos.

—Oh, ¿y eso?

Se quedó callado unos segundos mientras meditaba la respuesta.

—Digamos que no siempre acepto cosas gratis, como con lo de la multa de la policía.

Fruncí el ceño.

—¿Tiffany te ofreció algo gratis? ¿El qué?

Me miró a los ojos fugazmente.

—A ella.

Tardé un par de segundos en pillarlo. Y cuando lo hice, abrí mucho los ojos.

—¿Quieres decir que se te ofreció? ¿Para tener sexo?

Christian se encogió de hombros.

—La sutileza no es su fuerte.

Negué con la cabeza.

—Así que te acosó y luego te acusó de haberla acosado.

—No fue para tanto.

—Claro que sí. Si un ejecutivo hombre se lo hiciera a una mujer, ¿pensarías que está bien? Alguien en una posición de poder no debería hacer insinuaciones sexuales no deseadas.

Christian frunció los labios.

—Tienes razón, pensaría que no está bien. Pero yo no me sentí acosado. Ella es así.

Negué con la cabeza.

—Sigue estando muy mal.

En silencio, tamborileó con los dedos sobre el volante.

—Wyatt parece un buen chico.

—Lo es. Es muy diferente cuando está con los chicos de su edad que cuando está conmigo o con su madre. Lo creas o no, es muy tímido. El fútbol lo ha ayudado mucho a salir del cascarón. Y estoy segura de que, después de lo que ha pasado esta noche, durante un tiempo será el rey del instituto. Gracias de nuevo por lo que has hecho.

—No hay de qué.

—Está fascinado. Pronto es su cumpleaños y le he dicho que los llevaré a él y a sus amigos al palco a ver un partido. Y lo primero que ha preguntado es si estarías allí.

Christian negó con la cabeza.

—Vaya, vaya. Tu hermana quiere salir conmigo y tu amiguito también… ¿Qué tengo que hacer para conseguir ese tipo de atención por tu parte?

Sonreí.

—Tienes mi atención. Pero no creo que sea buena idea tener algo más que una amistad, ya que soy la propietaria del equipo para el que trabajas y este año vence tu contrato y está pendiente de renovación.

—Lo has dicho tú, alguien en una posición de poder no debería hacer insinuaciones sexuales. Pero aquí yo no tengo ningún poder, lo tienes tú. Aunque solo para dejarlo claro: si sientes la necesidad de hacer insinuaciones sexuales, serán bienvenidas.

Me reí.

—Me halaga, de verdad. Y, para ser honestos, es muy tentador. Pero…

Christian levantó el dedo índice.

—No había terminado. Tengo que abordar otro asunto. Mi contrato termina este año, pero en el club se rumorea que estás dejando que Tom Lauren dirija el cotarro mientras aprendes a hacerlo tú. ¿Es cierto?

—Bueno, sí…, pero…

Se encogió de hombros.

—Entonces no veo el problema.

—No son solo las circunstancias, sino lo que parecería.

—Lo que puedan parecer las cosas dejó de importarme hace mucho tiempo. Aprendes muy rápido cuando tu cara aparece en los periódicos cada semana y la mitad de los titulares son falsos.

—Aunque no tuviéramos en cuenta el tema laboral, acabo de empezar a salir con alguien. Julian y yo nos conocemos desde hace unos años.

—¿Lo conoces desde hace años y te ha pedido salir ahora? Menudo idiota.

Sonreí.

Christian suspiró.

—Vale, te dejaré en paz. Por ahora. Pero, si quieres, te ayudaré con el asunto del equipo que puede afectar al algoritmo e informarte de lo que motiva a cada miembro.

—Eso sería genial. Gracias.

Señaló al frente.

—¿Tienes hambre?

Vacilé, aunque estaba famélica.

Christian se dio cuenta.

—No es una cita. Solo te propongo que comas conmigo de forma totalmente platónica en mi hamburguesería favorita. —Se detuvo en un semáforo en rojo y me miró con ojos de cachorrito—. No es que me debas nada, pero resulta que no he cenado porque he ido a Queens en hora punta para ver jugar a Wyatt.

Me reí.

—No, señor, desde luego eso no suena a chantaje.

Mostró una sonrisa torcida.

—¿Eso es un sí?

Asentí.

—Claro. Me encantaría compartir una hamburguesa platónica contigo.

Christian aparcó a algo más de medio kilómetro y caminamos calle abajo hasta un pequeño restaurante. Había un cartel escrito a mano pegado a la puerta: «SOLO EFECTIVO». Me detuve mientras Christian abría la puerta.

—Mierda, creo que no llevo efectivo.

—No hace falta. Nunca dejaría pagar a mi cita.

Lo miré con los ojos entrecerrados.

—Pensaba que íbamos a compartir una hamburguesa de forma platónica, que no era una cita.

Me puso una mano en la espalda y me guio al interior.

—Mi ego ya está bastante magullado. Déjame fingir un poco.

Capítulo 6

El teléfono de Bella se movió ligeramente cuando vibró sobre la mesa y el nombre de Julian parpadeó en la pantalla.

No es que yo fuera un cotilla. El teléfono estaba casi en el centro de la mesa, entre los platos de hamburguesas. Pero tenía curiosidad por saber lo que haría…

Se quedó mirando el dispositivo unos segundos y luego alzó la vista hasta mis ojos.

Sonreí.

—Te están llamando…

El teléfono siguió moviéndose sobre la mesa mientras nos mirábamos. Sonó tres veces más y luego paró.

Incliné la cabeza ligeramente.

—¿Por qué no has respondido?

—Porque estamos en mitad de una cena.

—Ah. —Asentí con la cabeza—. ¿Y Julian no se alegraría de oír que estás cenando con un atleta muy atractivo?

—Antes que nada, eres muy engreído. Me refería a que sería grosero por mi parte hablar por teléfono mientras estamos en mitad de la cena.

—Entonces, ¿es una cuestión de modales? ¿A Julian no le molestaría que estuvieras en una cita?

—Esto no es una cita.

—Da igual. ¿No le molestaría?

—Solo hemos tenido una cita.

—¿Hace cuánto?

—¿Dos semanas, tal vez?

—¿Por qué no ha habido una segunda?

—No lo sé. Vaya, qué fisgón eres.

Sonreí.

—Interesado, no fisgón. ¿Ha estado fuera por trabajo en las últimas semanas?

—Es el responsable de inteligencia artificial de mi antigua empresa. —Bella negó con la cabeza—. Su trabajo no implica viajar.

Reflexioné sobre hasta dónde debía seguir la conversación y decidí llevarla un poco más allá mientras estiraba los brazos por encima del reservado.

—¿Qué tiene él que no tenga yo?

—¿Julian?

Asentí.

—Humildad, por ejemplo.

Me reí.

—¿Cuánto mide?

—No lo sé. Supongo que menos de metro ochenta.

—Yo mido más de un metro ochenta.

—¿Eso te da un punto en una tarjeta de puntuación imaginaria?

—Por supuesto.

—Probablemente, Julian no sea el chico más alto ni el más guapo, pero tiene muchas cualidades buenas.

—¿Como cuáles? ¿Una polla grande? Porque si tiene un punto por eso, creo que es justo que te muestre la mía. No es por nada, pero calzo un cuarenta y ocho de pie.

Movió los labios, pero se las arregló para contener la sonrisa.

—Lo tendré en cuenta en caso de que necesite comprarte unos calcetines. Julian y yo tenemos mucho en común, por si te interesa.

—¿Como qué?

—No lo sé, los dos trabajamos en inteligencia artificial, nos encantan las matemáticas y la tecnología y no nos gustan los estornudos.

Fruncí el ceño.

—¿Él también aguanta la respiración?

—No, pero se enfada de forma irracional.

—¿Los estornudos le hacen enfadar? ¿Quién demonios se enfada por unos estornudos? Es una función corporal que no se puede evitar. Si eso es todo lo que tenéis en común, debo decirte que la relación está condenada al fracaso.

—No es así.

—Cariño, ya ni siquiera tenéis en común la inteligencia artificial. Ahora trabajas en el mundo del fútbol americano. Ese punto es para mí, no para Fofito. —Me acerqué y tomé una patata frita de su plato—. ¿Alguna vez has salido con un deportista?

Bella se inclinó hacia mi plato y me robó una patata. La agitó en mi dirección antes de metérsela en la boca.

—No puedo decir que lo haya hecho.

—Escúchame. No puedes saber lo que te gusta hasta que no lo pruebas, ¿verdad? Entonces, ¿cómo sabes que salir con un deportista no es mucho mejor que salir con un chico de apariencia mediocre que… que juega con robots todo el día?

—¿Sabes qué? Tienes razón. —Se dio unos golpecitos en el labio con el dedo—. Me pregunto si Patrick Mannon tendrá planes para el viernes por la noche…

Sonreí. Patrick era el central de los Bruins.

—Está casado y a punto de tener su segundo hijo.

Bella se rindió y se rio.

—La conversación ha tomado un giro extraño.

Un poco más tarde, nos habíamos terminado las hamburguesas y las patatas fritas. Estaba lleno, pero de todas formas pedí postre, ya que no estaba listo para dejarla marchar todavía. La camarera trajo el *coulant* de chocolate con helado de vainilla francesa y lo colocó frente a mí con una cucharilla.

—¿Nos podrías traer otra cucharilla, por favor?

—Claro.

Cuando la trajo, deslicé el postre hacia el centro de la mesa y le hice un gesto a Bella para que lo probara mientras yo tomaba un pedazo por mi lado.

—¿Cómo llegaste al desarrollo de algoritmos? ¿Eras una friki de los ordenadores en el instituto?

—Era más bien una friki de las matemáticas. De hecho, estaba trabajando en mi doctorado en matemáticas, con la esperanza de convertirme en profesora, mientras trabajaba a media jornada como analista de datos. Mi trabajo consistía en realizar un seguimiento de las tendencias de compras en comparación con lo que habían pronosticado los desarrolladores de los algoritmos. Pero no se me da muy bien dejar de lado las cosas que me molestan, así que, cuando las variaciones eran grandes, me gustaba averiguar qué había fallado en el algoritmo. Al final, me ofrecieron trabajo en el departamento de ingeniería de algoritmos para ayudarles a descubrir qué ocurría antes de que se produjera la compra. Tuve que aprender mucho sobre codificación y varios *softwares,* pero me encantaba mi trabajo.

—¿Acabaste el doctorado?

Bella negó con la cabeza.

—Lo abandoné para trabajar a tiempo completo como desarrolladora y nunca miré atrás.

—Entonces, ¿estás diciendo que casi terminas dedicándote a algo que seguramente te habría dejado insatisfecha si no hubieras probado algo nuevo?

Bella se rio.

—Tienes una habilidad asombrosa para redirigir cualquier conversación hacia ti, ¿eh?

—Es un don.

—De todos modos, estaba meditando dejar el trabajo para dirigir mi propio grupo de algoritmos en una empresa más grande, en la que podía trabajar desde casa. Iba a dar el preaviso el día siguiente, pero entonces recibí la llamada de un abogado que me dijo que un hombre que no conocía me había dejado algo. No hace falta decir que eso arruinó mis planes. Si no hubiera pasado, creo que ahora estaría viviendo en Vermont.

—¿Vermont?

Asintió con la cabeza.

—Me encanta. Como podía trabajar desde casa, quería probar a vivir en otro sitio que no fuera la Gran Manzana. Solo he vivido en Manhattan.

—¿Ves? Tenemos más cosas en común de lo que crees. A mí también me encanta Nueva Inglaterra. La cabaña que tengo en Maine no está muy lejos de la frontera con Vermont. Tendré que llevarte algún día.

—Tal vez. —Bella cogió un poco de *coulant* con la cucharilla y luego añadió un poco de helado. Me apuntó con la cucharilla llena antes de metérsela en la boca—. Háblame más de ti. Me sorprendió que le dijeras a Wyatt que habías estudiado arqueología. ¿Te gustaba cavar en la tierra y jugar con huesos?

—De pequeños, mis hermanos y yo nos quedábamos con los abuelos en Colorado durante dos semanas al año. En el verano de tercero de secundaria, una familia nueva se mudó a la casa de al lado. La hija era voluntaria en un campamento cercano, Crow Canyon. Es un centro de investigación arqueológica. Se llamaba Shelby Minton y yo estaba enamoradísimo de ella, así que le pedí a mi abuela que me apuntara en un programa de verano de varias semanas que te introducía a la arqueología. En aquella época, no me interesaba en absoluto. En realidad, solo me interesaban el fútbol y las chicas, pero quería estar cerca de Shelby.

—Entonces, ¿una chica hizo que te interesaras por la arqueología?

—Más bien una mujer. Shelby tenía veintitrés, creo.

Bella se cubrió la boca con la mano mientras sonreía.

—¿Ibas a empezar cuarto? ¿Qué tenías, quince años? ¿Y te gustaba una chica de veintitrés?

Asentí.

—Conducía un Jeep Wrangler sin puertas ni techo incluso cuando llovía y tenía unas tetas enormes. Una tarde lluviosa, esperé en la calle durante horas hasta que llegó a casa solo para verla con la camiseta mojada.

Detrás de sus gafas ligeramente torcidas, a Bella le brillaban los ojos de diversión. Me encantaba cómo sonreía con todo el rostro, hasta cuando se reía de mí.

—¿Seguiste a Shelby durante el campamento de verano?

—Lo hice el primer día. Entonces la vi liándose con otra mujer. Después de eso, supuse que no tenía ninguna posibilidad.

—¿Fue necesario que te enteraras de que le gustaban las mujeres para comprender que no tenías ninguna posibilidad? ¿El hecho de que tuvieras quince años y ella veintitrés no te dio ninguna pista de que no ibas a conseguir nada con ella?

—Nah. Sacaba casi un palmo a los chicos de mi edad, era el cocapitán del equipo de fútbol universitario en mi primer año en el equipo del instituto, y era popular con las chicas. Pensaba que era la leche. No tenía ni idea de que ella jugaba en otra liga.

Bella se rio.

—Seguro que eras un trasto.

—De todos modos, cuando supe que Shelby era una causa perdida, empecé a prestar atención en el campamento. A los cinco días, supe que quería ir a la universidad a estudiar arqueología.

—¿Qué te gusta de ello?

—Supongo que el misterio que conlleva. Es como hacer un puzle sin conocer la imagen que estás formando.

Bella me recorrió el rostro con la mirada. Pensé que tal vez la tenía manchada de chocolate, así que me restregué los dedos por la mejilla.

—¿Qué? ¿Me he manchado con el postre?

Sonrió.

—No. Simplemente, eres distinto a lo que pensaba de ti.

—¿Cómo pensabas que era?

—No estoy segura. Diferente.

—¿Diferente en el buen sentido o en el malo?

—Diferente en el buen sentido.

Arqueé las cejas.

—Entonces, ¿eso significa que saldrás conmigo?

Bella se rio.

—No, pero buen intento.

Un rato más tarde, llegamos al edificio de Bella. Como la última vez, paré en doble fila, me bajé de un salto y fui corriendo a abrirle la puerta, antes de tenderle una mano para ayudarla a bajar de la camioneta. Excepto que, esta vez, no la solté cuando puso los pies en el suelo. En su lugar, apreté la mano alrededor de sus pequeños dedos y me la llevé hasta los labios para darle un beso.

—Gracias por cenar conmigo. A pesar de que vas a fingir que no ha sido una cita, lo he pasado muy bien.

—Yo también me lo he pasado muy bien. Y gracias de nuevo por venir al partido de Wyatt. Ha sido muy considerado por tu parte.

—Cuando quieras. —Caminamos juntos hasta la entrada de la frutería—. ¿Irás al partido de Colorado este fin de semana?

—Sí. Creo que viajaré en el avión del equipo, al menos en la ida. El día después del partido, tengo una reunión con un publicista en las afueras de Denver, así que seguramente tomaré otro vuelo para volver a casa. Pero me gustaría transmitir a los jugadores y al equipo técnico que soy accesible y que me estoy esforzando todo lo posible para adaptarme a este trabajo.

—Eso es una buena idea. El día antes, el entrenamiento acaba temprano. Tal vez pueda darte un poco de información sobre los jugadores y la gestión del equipo.

—Siento que últimamente he monopolizado tu tiempo.

Negué con la cabeza.

—No me importa. ¿Y a ti?

Sonrió.

—Creo que tengo reuniones todos los días hasta las cinco. ¿A qué hora termina el entrenamiento?

—No importa. Vendré sobre las seis, si te va bien.

—Vale, gracias.

Le guiñé un ojo.

—Es una cita. Otra.

Ella puso los ojos en blanco, pero su sonrisa me contaba una historia distinta.

—Buenas noches, Christian.

—Buenas noches, jefa.

A medio camino hacia el coche, grité.

—¡Bella!

—¿Sí?

—¿Vas a devolverle la llamada a Julian esta noche?

Negó con la cabeza.

—No creo. Tal vez mañana.

Sonreí.

—Sí, es una cita.

Capítulo 7

—Wyatt no pegó ojo anoche por la emoción —comentó Talia entre risas—. Debió de entrar unas seis veces en mi habitación mientras intentaba dormirme para decirme algo de Christian que había olvidado contarme durante la charla de dos horas que comenzó en cuanto entré por la puerta.

Talia había llamado por la mañana temprano mientras estaba en la primera reunión del día y ya eran más de las cinco cuando le devolví la llamada. Me coloqué el teléfono en el hombro para poder usar las dos manos y tirar del cajón inferior del escritorio, que estaba atascado, pero no se movió. Una semana antes, no habría imaginado que necesitaría todos los cajones de este descomunal escritorio, pero, de repente, tenía informes y documentos amontonados por todas partes.

—No he podido comprobar si alguno de los reporteros contó la razón por la que Christian fue a ver el partido —dije.

—Seguro que sí. Wyatt me ha mandado vídeos y capturas de pantalla de artículos que mencionaban su nombre. Todavía no ha llegado del entrenamiento, pero me ha pedido que le comprara un álbum para guardar los recortes. —Se rio—. Estoy segura de que su cabeza hinchada de ego no le va a caber en el casco durante una temporada.

—Se lo merece, es un chico fantástico.

—¡Oh, y el entrenador le ha dicho que hoy ha recibido dos llamadas de universidades interesadas en él! Le han pedido que mande un vídeo corto destacado y estadísticas y le han dicho que estarían en contacto. No me lo puedo creer. No sé cómo agradecértelo, Bella.

—No hice nada. No tenía ni idea de que Christian iba a presentarse acompañado de la prensa. El mérito es suyo.

—Bueno, por favor, dale las gracias de mi parte —me pidió Talia—. ¿Y qué pasa con él? ¿Está tratando de ganar puntos con la nueva propietaria o algo?

Yo me preguntaba lo mismo. ¿Por qué Christian Knox era tan generoso con su tiempo? Bueno, había dejado bastante claro que quería salir conmigo. Pero los hombres como él, que jugaban al fútbol profesional, no tenían que esforzarse tanto para conseguir una cita.

—Ignoro cuál es el motivo exacto. Pero… me ha pedido que salga con él.

—¡¿En serio?!

Tuve que alejar el teléfono de la oreja para evitar el grito que soltó.

—¿Por qué no me llamaste enseguida y me contaste que ibas a salir con el hombre más buenorro del planeta?

—Porque no lo voy a hacer.

—¿Qué quieres decir con eso?

—Él me lo pidió, pero dije que no.

—¿Sigue suelto el tercer escalón que lleva a tu apartamento de mierda y te has golpeado la cabeza al caerte?

Me reí.

—Soy su jefa, Talia. Además, las cosas entre Julian y yo acaban de empezar y no quiero estropearlo. Somos muy compatibles.

—No me había dado cuenta de que la cosa había mejorado después de la primera y aburrida cita que acabó con un apretón de manos. Entonces, ¿el tema está progresando?

Fruncí el ceño.

—En realidad, no hemos vuelto a salir. Creo que se está tomando las cosas con calma. Y eso es algo que me parece bien. Estoy abrumada con todos los cambios que ha habido en mi vida.

—Pero ¿habláis de forma habitual?

—Ayer me llamó. —Eso me recordó que no le había devuelto la llamada…

—No me digas que es la primera vez que contacta contigo desde que salisteis hace semanas.

Suspiré.

—Es… tímido.

—Una cosa es ser tímido y otra un completo estúpido. ¿Quién sale con una mujer y no la llama en semanas? ¿Y no vas a salir con un Adonis por eso? ¿Quieres saber lo que pienso?

—No.

—Qué pena. Creo que te gusta Christian y esa es la razón por la que no quieres salir con él.

—Oh, sí, eso tiene mucho sentido. Porque prefiero tener relaciones con personas que no me gustan…

—No, no tienes relaciones, Bella. Te acuestas con hombres guapos y luego los dejas antes de que ellos te dejen a ti. Lo has hecho desde que tenías diecisiete años, desde que le dijiste a aquel hijo de puta de veinticinco años que la virginidad era muy importante para ti. Sí, te dejó una semana después, a pesar de que te había perseguido durante meses, pero eso no va a suceder siempre. Nunca sales con un hombre que valga realmente la pena.

—Salí con Julian, ¿no?

—Sí, porque alguna fórmula de citas absurda que creaste lo consideró un buen partido. Eso no es normal, Bella. Además, supongo que no te importa continuar las cosas con él porque lo ves como algo seguro.

Beau, del equipo de publicidad, llamó a la puerta abierta. Era la segunda vez que venía hoy, así que creí que era la excusa perfecta para poner fin a esta conversación. Levanté un dedo para pedirle unos segundos.

—Tal, tengo que colgar. Te llamaré pronto, ¿vale?

—Eh, claro que lo harás. ¿Por qué mi hijo me ha dicho que vas a organizar una visita en tu palco por su cumpleaños?

—Sí, lo siento. Después de proponérselo pensé que debería habértelo dicho a ti primero. Espero que no tengas otros planes.

—Los tengo. Pero puedo fregar el suelo y hacer la colada otro día.

Me reí.

—Muy bien, genial. Te llamaré durante el fin de semana para hablar sobre la fiesta.

Después de colgar, le hice un gesto a Beau para que entrara en el despacho.

—Lo siento, ha sido un día muy intenso.

Sonrió.

—Llevo siete años trabajando aquí. Estoy esperando a que llegue un día que *no* sea muy intenso.

Señalé la mesa redonda en el centro de la oficina.

—Gracias, Beau, eso es alentador.

—No te robaré mucho tiempo. Solo quería hablarte de la visita al St. Francis de ayer.

—Oh, lo siento. No pensé que fueran a llamarte hoy.

—No pasa nada, pero estoy recibiendo algunas llamadas. Así que ¿te importaría contarme cómo surgió la visita? Me vendrían bien algunos puntos de conversación. A diferencia de la mayoría de la gente de aquí, no puedo ignorar a la prensa cuando me apetece, porque a menudo somos cómplices. Si quiero que la prensa se presente en los eventos que quiero destacar, tengo que darles al menos un titular cuando son ellos los que me llaman.

—Por supuesto. —Asentí—. Lo entiendo.

—Le he dejado un mensaje a Christian, pero no me ha respondido todavía. ¿Puedes decirme quién es Wyatt Kane?

—Claro. Es el hijo de una buena amiga mía. Jugaba a fútbol europeo, pero el entrenador de fútbol americano lo reclutó como *kicker*, y desde que empezó, ha batido todos los récords del instituto.

Beau garabateó en el *notepad*.

—¿Y es júnior?

—Sí.

—¿Tiene algún compromiso con alguna universidad?

—No. En realidad, esa es la razón por la que Christian decidió ir al partido. Wyatt y sus compañeros de equipo no han recibido muchas visitas por parte de los entrenadores universitarios.

Beau sonrió.

—Supongo que eso está a punto de cambiar…

Le devolví la sonrisa.

—Ya lo ha hecho.

—¿Y Christian y tú?

Fruncí el ceño.

—¿Fuimos al partido?

Beau se rio entre dientes.

—Lo siento. No quería sonar demasiado cotilla. Pero un periodista me ha preguntado cuánto tiempo lleváis saliendo.

Parpadeé.

—No somos pareja. ¿Por qué preguntarían algo así?

Beau sacó el teléfono. Pulsó el código para desbloquearlo y deslizó el dedo por la pantalla durante unos segundos antes de colocar el teléfono en la mesa y girarlo hacia mí.

—Sean Haggerty de *Sports Network* me envió estas fotos y me pidió un comentario.

En la primera imagen, Christian y yo estábamos juntos en las gradas del instituto de Wyatt. Nos estábamos mirando. Yo me reía mientras que él lucía una sonrisa con hoyuelo incluido. Debía de correr la brisa, porque su cabello se mecía con el aire, lo que confería una sensación extrañamente romántica al momento. Pasé el dedo para ver el resto. Había unas cuantas más en las que se nos veía relajados en el partido, y en las últimas me estaba montando en la camioneta de Christian. En una se le veía abriéndome la puerta, mientras que en el resto tenía la mano sobre mi espalda mientras se aseguraba de que me subía al vehículo sin problemas. Sentí una presión en el pecho.

—Esto no es lo que parece. Christian y yo solo estábamos charlando. Nos quedamos solos para que los fans no lo bombardearan y simplemente se comportó como un caballero al abrirme la puerta y ayudarme a entrar. El SUV es muy alto.

—Así que la versión oficial es que no hay nada entre vosotros.

—Bueno, no solo es la versión oficial. También es la verdad. Aquí todo el mundo tiene una opinión muy mala de mí. No necesito más chismes.

—Lo siento, no pretendía molestarte. Sean Haggerty me preguntó, y es un tipo decente. Estoy seguro de que puedo hacer que queme las fotos.

Suspiré.

—Te lo agradecería.

Beau y yo hablamos un ratito más y, cuando tuvo todo lo que necesitaba, cerró el cuaderno y se levantó… justo cuando Christian aparecía por la puerta. Mostraba su característica sonrisa juvenil y llevaba una bolsa.

—He traído tacos para la cena.

Beau lo miró primero a él y luego a mí. No dijo una palabra, pero su cara cuestionaba todo lo que le había dicho durante los últimos diez minutos.

—Hola, Christian. —Levantó la barbilla y luego asintió—. Me voy. A nadie le gustan los tacos fríos.

Me sentí un poco triste, pero forcé una sonrisa.

—Gracias de nuevo, Beau.

Cuando salió del despacho, Christian entró. Hizo un gesto detrás de él.

—¿Debería cerrar la puerta? Puede que no quieras que nos oigan hablar del equipo.

Suspiré.

—Sí, por favor. Ya están hablando de nosotros…

Christian colocó la bolsa en la mesa.

—¿Quién está hablando de nosotros?

—Al menos un periodista. Nos hizo unas fotos en las gradas mientras nos reíamos y parecíamos muy íntimos el uno con el otro. Le ha pedido a Beau algún comentario sobre nuestra relación.

Una sonrisa diabólica se dibujó en la cara de Christian.

—Todos parecen verlo, excepto tú…

—Cállate y dame un taco.

Metió la mano en la bolsa y me ofreció algo envuelto en papel de aluminio.

—Eres de las que se enfadan, ¿eh? Lo tendré en cuenta para prepararte el desayuno cuando te quedes a dormir. —Me guiñó un ojo.

—La próxima vez que visites al médico del equipo, puede que tenga que revisarte la vista. Ese párpado sigue cerrándose solo.

Christian sonrió y hurgó en la comida.

—¿Qué tal la charla con Julian?

Desenvolví el taco y señalé dos pequeños recipientes de plástico.

—¿Salsa picante?

Indicó un punto rojo en una de las tapas.

—Esa es superpicante. Me gusta que pique, pero este restaurante tritura las semillas y las añade a la salsa. Es como comer fuego.

Opté por la otra.

—Gracias por la advertencia. Me encanta el picante, pero últimamente he tenido acidez de estómago.

—El estrés —confirmó, y asintió con la cabeza.

—¿En serio? ¿El estrés provoca acidez de estómago? Creí que simplemente había tomado más comida para llevar de lo habitual.

—Tal vez, pero el estrés también puede ser la causa. Cuando mi madre enfermó hace unos años, sufrí ardor en el pecho.

El médico del equipo me hizo unas pruebas para asegurarse de que no fuera el corazón. Resultó ser acidez de estómago. Nunca me había pasado. El doctor me recetó algo y desapareció.

—Lamento lo de tu madre. ¿Está bien?

Christian asintió.

—Le diagnosticaron cáncer de páncreas el día antes del primer partido de la temporada. La tasa de supervivencia es baja y fue difícil no estar siempre con ella durante los tratamientos. Pero lleva tres años limpia de cáncer sin recaídas. De todos modos, tu acidez de estómago podría deberse al estrés también. ¿Qué estás haciendo al respecto?

—¿Para tratar la acidez de estómago?

Negó con la cabeza.

—No, para evitar el estrés.

—Ummm… ¿Comer demasiado chocolate y beber vino?

El hoyuelo izquierdo se hizo más profundo.

—Necesitarás algo mejor que eso estando en la NFL.

—¿Qué haces para combatir el estrés?

Una sonrisa traviesa se dibujó en su cara.

—Podría mostrártelo, si quieres.

Sentí un cosquilleo en el vientre. «Dios, apuesto a que es muy bueno ayudando a aliviar el estrés».

—En serio —dijo Christian—, deberías encontrar algo que te ayude a despejar la mente. ¿Haces ejercicio?

—¿Cuenta subir las escaleras hasta mi apartamento?

—Me temo que no. Si no te gusta hacer deporte, tal vez debas probar la meditación. Mi hermano tiene mucha fe en ello. Incluso utiliza aceites y esas cosas. Yo lo intenté, pero no era para mí. Necesito algo más físico. Por eso practico ejercicio hasta que me duelen los músculos y luego pienso en algo positivo.

—¿Algo positivo?

—Césped. Estar descalzo en la hierba, sobre todo. Me hace feliz. Empezó cuando estaba en el equipo de fútbol infantil. Entrenábamos duro toda la semana y normalmente teníamos un partido los sábados por la mañana. Pero el último entreno de los viernes por la tarde terminaba media hora antes y el Entrenador llamaba al camión de los helados. Podíamos comernos lo que quisiéramos y luego nos quitábamos las zapatillas y corríamos descalzos por el campo. Yo siempre me pedía un Chipwich, helado de vainilla entre dos galletas con chispas de chocolate. Era mi momento favorito de la semana y, desde entonces, cuando estoy estresado, me compro un helado y me quedo descalzo en el césped.

—En Manhattan no es fácil encontrar un trozo de césped en el que quieras meter los pies.

Sonrió.

—Lo sé. Por ese motivo, planté una pequeña zona de césped de tres metros por tres en mi balcón. Los chicos se burlan de mí, dicen que es como mi hijo porque siempre lo estoy regando y pidiéndole a la gente que no lo pisotee.

Me reí.

—Algún día tendré que probarlo, aunque creo que, en mi barrio, lo más cercano a tener césped es un poco de moho en la fruta que lleva demasiado tiempo en la tienda del señor Zhang.

—Cuando quieres, puedes venir a plantar los dedos de los pies en mi césped.

Los dos estábamos sonriendo cuando, de repente, la puerta del despacho se abrió con un silbido. Tiffany no parecía contenta.

—¿Qué está pasando aquí? —ladró.

Respiré hondo.

—Hola, Tiffany. Me alegro de verte. Christian y yo estamos en medio de una comida, pero ¿en qué puedo ayudarte?

—¿Por qué coméis juntos?

—Christian está ayudándome con un proyecto.

Puso los brazos en jarras.

—¿Qué proyecto?

Dejé el taco y me aclaré la garganta.

—¿Necesitas algo, Tiffany?

Miró a Christian y luego a mí. No, en realidad nos fulminó con la mirada.

—¿Has visto la carpeta de actas de las reuniones de la junta directiva de 2020?

Negué con la cabeza.

—No creo.

Tiffany agitó la mano hacia una pared llena de carpetas.

—Será una de esas.

—En realidad, no. Las he mirado todas y no he encontrado ninguna con actas de juntas directivas.

—¿Has revisado todas estas carpetas?

Asentí con la cabeza.

—La semana pasada.

—Lo dudo, pero bueno. ¿Puedes echar un vistazo? El sindicato de jugadores quiere una copia de una condición que adoptamos en una reunión y no encuentro las de 2019 y 2020. Mi padre siempre las guardaba aquí.

—Volveré a mirar, pero no creo que las tenga.

Frunció los labios mientras desviaba la atención a Christian.

—No pensaba que fueras el tipo de hombre que prefería la espaldilla al *filet mignon.*

—No dejes que la puerta te golpee en el trasero mientras sales, Tiff —dijo Christian.

Sonrió.

—El trasero que ya conoces.

La puerta se cerró de golpe y yo luché por digerir los últimos diez segundos.

—¿Le has visto el culo a Tiffany? ¿Os habéis…?

Christian negó con la cabeza.

—Por supuesto que no. ¿Recuerdas que te conté que se me había insinuado?

—¿Sí?

—Quería ahorrarte la imagen, pero hace unos meses me llamó a su despacho y cerró la puerta con llave. Entonces, empezó a desnudarse.

—¿Estás de broma?

Christian se encogió de hombros.

—No. Cuando logré que se detuviera, estaba inclinada sobre el escritorio, con el trasero apuntando en mi dirección, sin nada más que un tanga.

Me froté las sienes.

—Y supongo que el comentario de la carne significa que piensa que somos… pareja de algún modo. Dios mío, ¿todo el mundo cree que estamos juntos?

Christian sonrió.

—Tal vez todo el mundo sepa algo que tú no, y quizá deberías reconsiderarlo…

No pude evitar reírme.

—Vaya, esa mujer ya me odiaba.

—Lamento decírtelo, pero nunca ibais a peinaros la una a la otra ni a hacer fiestas de pijamas en las que os quedaríais hablando de chicos hasta tarde.

Suspiré.

—De todas formas, nunca he estado en una. Cuando iba al instituto, me pasaba los viernes por la noche tratando de refutar el teorema de Noether.

—¿Otro teorema?

—El teorema de Noether, de Emmy Noether, la matemática alemana que demostró la simetría diferenciable.

Christian frunció el ceño.

—¿Por qué querrías hacer eso?

—Porque soy una *geek*, Christian, ¿o no lo has notado?

Bajó la vista a mis labios y se tomó su tiempo para subirla de nuevo a los ojos.

—No me había dado cuenta.

Vaya, otro cosquilleo me atravesó el vientre. Esta vez más abajo que la última vez.

No tenía respuesta. De hecho, estaba bastante segura de que tenía las palabras atascadas en algún lugar por detrás del enjambre de mariposas que bloqueaba el paso desde el vientre. Me enderecé en el asiento y me aclaré la garganta.

—¿Por qué no empezamos a hablar del equipo?

—No me creo que sean casi las once. —Me recliné en la silla y estiré los brazos sobre la cabeza. Christian y yo habíamos trabajado en los ajustes que había que hacer en el algoritmo, basados en factores humanos relativos a los jugadores, durante casi cinco horas.

—Creo que voy a tener que trabajar horas extra con la jefa.

Sonreí.

—Valdría la pena. Eres una fuente de conocimiento, Christian Knox. Me emociona hacer los cambios y ver cómo salen las predicciones de rendimiento en el partido de esta semana.

—Todavía hay muchas variables. Tienes las estadísticas del equipo contrario, pero no sabes lo que les pasa a los jugadores.

—Cierto. ¿Crees que podrías hacerte amigo del capitán del Colorado y enterarte de los chismes del equipo?

Christian se rio.

—Estoy seguro de que estaría dispuesto a compartir conmigo quién está teniendo una mala semana.

Cerré el cuaderno.

—Te agradezco de verdad que te tomes el tiempo para ayudarme.

—Lo hago encantado. Por cierto, ¿qué tal la llamada de hoy con Fofito? ¿Te ha pedido una cita?

—Si te refieres a Julian, todavía no le he devuelto la llamada. El día ha pasado volando con una reunión tras otra.

Christian esbozó una sonrisa presuntuosa.

—Oh, oh.

Entrecerré los ojos.

—No veas cosas donde no las haya. He estado muy ocupada.

—No lo hago, solo me remito a los hechos.

—¿Qué hechos?

Se encogió de hombros.

—No has tenido tiempo para llamar a Fofito. Has pasado las últimas cinco horas conmigo.

—Eso está relacionado con el trabajo.

Su sonrisa de satisfacción se ensanchó, si es que eso era posible.

—Claro.

Había una hoja con notas sobre la mesa. Hice una bola con ella y se la tiré a la cara.

Por supuesto, la atrapó.

—Tal vez me la quede, así tendré que volver.

Me di unos golpecitos en la sien con el dedo.

—No es necesario, lo tengo todo aquí.

Christian se rio entre dientes.

—Mañana temprano tengo una resonancia magnética antes de la reunión del equipo, así que me voy a casa. Quiero poner la pierna en alto para bajar la inflamación. Necesito que la rodilla esté perfecta para que por fin me den el visto bueno para jugar. ¿Quieres que te lleve a casa?

—Creo que me quedaré un rato para revisar las carpetas por si he pasado por alto la que está buscando Tiffany. Si la encuentro, podría servir como pipa de la paz.

Christian negó con la cabeza.

—No cuentes con eso, es muy rencorosa.

Tenía razón, por supuesto, pero aun así quería esforzarme por ayudar, aunque no me lo fuera a agradecer.

—Está bien. De todas formas, echaré un vistazo.

—¿Puedo esperar o ayudarte a buscarla?

—Gracias, pero no hace falta.

Christian parecía decepcionado, pero asintió con la cabeza.

—¿Cómo volverás a casa?

—Es tarde, así que creo que pediré uno de esos coches elegantes que me dijiste que era el medio de transporte favorito de los multimillonarios.

Sonrió.

—Bien. ¿Te veré mañana por la noche en el avión?

Asentí.

—Sí. Y, gracias de nuevo, Christian.

Me dirigí al escritorio y abrí el cajón superior para guardar el portátil. Tenía la costumbre de dejarlo ahí. Pero, cuando lo cerré, el cajón atascado de debajo llamó mi atención.

—Oye, ¿Christian?

—¿Sí?

—¿Te importaría ver si puedes abrir este cajón del escritorio? Lo he intentado varias veces, pero está atascado.

—¿Estás segura de que no se cierra con llave?

Negué con la cabeza.

—No creo, no hay cerradura.

Christian se acercó por detrás del escritorio y tiró del cajón. No se movió. Se arrodilló y palpó el fondo y los laterales, y luego miró por el hueco de la parte superior.

—No veo ninguna cerradura. ¿Estás segura de que quieres que lo abra? Podría romperse.

—De todas formas, se tendrá que arreglar. Pero si puedes abrirlo, me gustaría ver si la carpeta que Tiffany está buscando está aquí.

Se encogió de hombros.

—Está bien, pero apártate por si acaso.

—Vale. —Me dirigí hacia el otro lado del escritorio y observé a Christian darle un tirón más fuerte. Como no se abrió, levantó un pie sobre el marco del escritorio y aprovechó su peso para darle un tercer tirón tan fuerte que me sorprendió que el escritorio no se volcara.

Pero funcionó. El cajón se abrió, aunque el tirador se había quedado en la mano de Christian. Lo miró y frunció el ceño.

—Lo siento.

—No pasa nada, gracias por abrirlo. —Regresé al escritorio—. ¿Hay algo dentro?

—Sí, está lleno.

El cajón estaba hasta arriba de cosas.

—Oh, vaya. Sí, está repleto.

Christian se inclinó y levantó lo que había en lo alto de la pila de cosas. Era una agenda forrada en cuero negro cerrada con una banda elástica naranja. La parte inferior central tenía tres iniciales descoloridas y doradas, «JWB», las de mi padre. Parecía que el año estaba impreso por debajo, pero lo único que distinguí fueron el dos y el cero, no los dos últimos números.

Me incliné y levanté el siguiente libro de la pila. Era exactamente igual que el primero, aunque en este se leía el año. En el cajón debía de haber al menos veinte como esos.

—Son agendas, supongo que una para cada año. Parece que la fecha y las iniciales se han borrado en la gran mayoría.

—Mi contable me dice que guarde la agenda a efectos fiscales. Se supone que debo anotar los viajes, las reuniones de negocios y esas cosas por si alguna vez nos hacen una inspección de las deducciones, como el kilometraje y las dietas. Pero no soy bueno en eso, generalmente tengo un montón de agendas vacías en un archivo —dijo Christian.

Pasé rápido las páginas de unas cuantas agendas del montón. Estas, desde luego, no estaban vacías.

—Aquí hay notas en todas las franjas horarias, con citas y reuniones y esas cosas, supongo.

—¿Recibiste alguna pertenencia personal de John?

Negué con la cabeza.

—Nada. Si viera su escritura, no la reconocería. Habían limpiado la oficina antes de llegar, así que probablemente debería dárselas a Tiffany y Rebecca.

Me tendió la agenda que tenía en la mano.

—¿Estás segura de que no quieres que te lleve a casa?

—Sí, pero gracias.

Christian asintió.

—Buenas noches, jefa.

—Buenas noches, Christian.

Se detuvo cuando llegó a la puerta y se dio la vuelta.

—Has intentado averiguar quién era tu padre… Tal vez esas agendas puedan ayudarte a encajar algunas de las piezas. Tiffany y Rebecca ya lo conocen.

—Tal vez. —Bajé la mirada hacia la agenda que tenía en las manos y me encogí de hombros. «O tal vez sea mejor no conocer algunas cosas».

Capítulo 8

—¿Qué es esto? —Miller cogió la agenda y se sentó en la cama.

Sostuve un vestido verde en una percha contra mi cuerpo.

—¿Es demasiado *sexy* para ponérmelo en el partido de este fin de semana?

—Eres la dueña del equipo, vístete como quieras. Pero, oye, ¿cuándo te lo has comprado? Nunca te lo he visto puesto.

Tiré el vestido en la cama y volví a rebuscar en el armario.

—Me lo compré para la cita con Julian, pero me cambié a última hora porque no me sentía yo misma.

—¿Quién pensabas que eras?

—No sé, ¿tal vez la profesora Marks?

Miller inclinó la cabeza hacia atrás entre risas.

—Esa mujer buscaba a los universitarios con sus vestidos. Los llevaba tan ceñidos que parecían pintados sobre su piel. Había una razón para que el setenta por ciento de los alumnos de sus clases fueran chicos.

—¿Oh? —bromeé—. ¿La razón por la que te apuntaste a sus clases eran sus famosos conjuntos?

Miller se recostó en la cama con la agenda todavía en las manos.

—Claro que no. ¿No te acabo de decir que el setenta por ciento de los alumnos de la clase eran chicos?

Me reí y me giré con otro conjunto pegado al cuerpo. Esta vez eran un par de pantalones negros y una blusa colorida.

—¿Esto mejor?

Arrugó la nariz.

—Esa camisa es horrible. Ponte el vestido. Déjame ver quién lo lleva mejor, si tú o Marks.

—Vale.

—Todavía no me has dicho qué pasa con esta agenda.

La abrió por la primera página.

—No es tu letra.

Me quité la sudadera y me puse el vestido verde.

—No, es la de mi padre. Encontré un montón en el cajón del escritorio. Es decir, en su cajón.

—No fastidies. ¿Y qué hay aquí dentro?

—No lo sé. Me da un poco de miedo leerlo.

—¿Por qué?

Alisé el vestido sobre mi cuerpo y extendí los brazos.

—¿Qué opinas?

Miller se apoyó sobre los codos.

—Guau. Estás atractiva. Póntelo.

Miré hacia abajo.

—No estoy segura de que el mensaje que quiero enviar sea ese. Quiero parecer profesional.

—Y lo pareces. Ni siquiera tiene escote, Bella. Simplemente, no estoy acostumbrado a verte las curvas.

Caminé hacia el espejo de cuerpo entero que había detrás de la puerta del armario. El vestido me quedaba bien, pero seguía pensando que podría ser excesivo para acudir a un partido.

—Tal vez me lleve el vestido y el otro conjunto y, cuando llegue allí, ya decidiré qué ponerme.

Miller frunció el ceño.

—Traducción: vas a ir con los pantalones negros y la camisa desaliñada. Ahora dime, ¿por qué te da miedo leer la agenda de tu padre?

Suspiré.

—No lo sé. ¿Qué pasa si es divertido y agradable?

—¿Preferirías que fuera un imbécil sin sentido del humor?

—Por desgracia, sí. Todas las personas con las que he hablado solo dicen cosas buenas de él. ¿De verdad quiero averiguar que todos tenían razón y que yo era la única a la que no quería y que no le importaba?

—¿Cómo sería posible que no te quisiera ni le importaras si ni siquiera te conocía? Si tomó la decisión de no incluirte en su vida sería por él, no por ti, cariño.

—Supongo… No sé. Pensaré en ello un poco más. Christian también cree que debería leerla. —Me dirigí a la maleta y me quité el vestido verde para dejarlo allí. Después, metí el otro conjunto.

—¿Te refieres a Christian cuyo-rostro-es-digno-de-ser-cincelado-en-piedra Knox?

Asentí con la cabeza.

—Me ha ayudado a conocer mejor al equipo.

Miller se sentó y estudió mi rostro.

—¿Qué? —pregunté.

—Bella, ¿quieres tirarte al *quarterback* buenorro?

—¿Qué? No.

Miller señaló mi cara.

—¡Mentirosa! Tu voz ha subido unas ocho octavas al responder. Esa siempre ha sido tu señal.

—¿De qué hablas?

—Chillas cuando mientes, Bella.

—No es verdad.

Miller volvió a señalar.

—Ahí está. ¿Te has dado cuenta? Has vuelto a elevar la voz. A veces, también te ruborizas.

—Estás loco.

Miller se frotó las manos como un niño a la espera de que alguien le entregara un gran cucurucho de helado.

—Vais a tener un superbebé, con tu cerebro, su físico y la educación que los dos cabrones ricos podéis daros el lujo de buscar, por no mencionar que sois guapísimos.

Me agaché para coger un par de zapatos del armario y le apunté con uno antes de meterlo en la maleta.

—Lo estás haciendo otra vez.

—¿El qué?

—Montarte una película y que solo te llevará a la decepción.

—Ya hemos hablado de esto. Te dije que yo no hago eso.

—Umm, hace una hora, cuando hemos ido al restaurante a desayunar, ¿qué me has dicho sobre el camarero?

—Que sus padres griegos tienen un yate en Grecia y pasan el verano navegando desde Mikonos hasta Santorini y Creta.

—¿Y por qué lo has mencionado?

—Porque estaba claro que era griego y desciende de ese linaje.

—Has estado a cinco segundos de dejar a Trent y comprar protector solar para irte de excursión por el Mediterráneo.

—¡Y debería haberlo hecho! ¿De qué otra forma vamos a tener dos niños y una casa de verano en Amagansett, no en los Hamptons, si no los acompaño en el barco durante el verano para que se enamore de mí? Por cierto, aunque quiero ser el padre que se queda en casa, usaremos su esperma para engendrar a los bebés. Tiene una estructura ósea fantástica.

Negué con la cabeza.

—No iba a decírtelo porque parecías muy feliz inmerso en la ensoñación, pero el camarero griego se llama José y sale con una mujer.

—Mientes.

—No, pero lo que quiero decir es que ves las cosas que quieres ver y terminas decepcionado.

—Vale, sueño un poco despierto. Me declaro culpable. Soy un romántico. Pero tú también te estás desviando de la realidad. Te gusta el *quarterback*.

—No de la manera que imaginas. Además, una relación con Christian no sería apropiada.

—¿Por qué no?

—Es jugador de los Bruins, el equipo que ahora es mío. Este año vence su contrato, que está pendiente de renovación. Imagina que empezamos a salir y los entrenadores deciden no renovarlo.

Miller me hizo un gesto con la mano.

—Excusas. No sé una mierda de fútbol, pero sé que es la estrella de la liga y que los entrenadores harán lo necesario por quedárselo. Además, muchas buenas relaciones comienzan teniendo sexo con la secretaria. Eso sucede…

Terminé de hacer la maleta y la cerré.

—Deberías dejar el país de la fantasía y regresar al mundo real. Ya sabes, el lugar donde tengo una segunda cita con Julian.

Miller arqueó las cejas.

—¿Por fin ha llamado? No he preguntado porque creía que me lo dirías si ocurría y no quería hacerte sentir mal. Ha tardado bastante.

—Me llamó el otro día y le he devuelto la llamada esta mañana. Creo que quiere ir despacio porque está reticente a involucrarse a menos que vea un futuro conmigo, ya que somos buenos amigos.

—¿Te ha dicho eso?

—No, pero tiene sentido.

Miller sonrió.

—O te estás inventando la historia que quieres. ¿Te resulta familiar?

Recogí un tanga que debía de haberse caído de la maleta y se lo arrojé a Miller. Aterrizó en su cara. Se lo llevó a la nariz e inhaló profundamente.

—¿De verdad las mujeres huelen a pescado? ¿O esa es la excusa del hetero para no comérselo a su mujer?

Puse cara de asco y le arranqué el tanga de la mano.

—Puaj, eres asqueroso. Mi ropa interior no huele. Ni tampoco mi vagina.

Miller se rio.

—Vale, pero estás inventándote una excusa para un chico que tardó demasiado en llamar después de la primera cita.

—Sin embargo, es lógico.

—También lo es que estuviera demasiado ocupado para llamar porque está saliendo con otras cuatro mujeres.

Fruncí el ceño.

—No me revientes el sueño.

—Dile eso a José y su novia…

Sonreí.

—De todos modos, el jueves que viene saldré otra vez con él.

—Puede que se vuelva loco y te abrace al final de la cita.

Negué con la cabeza.

—No tendría que haberte contado que me estrechó la mano al final de la primera cita.

—Apostaría todos mis ahorros a que el *quarterback* haría algo más que estrecharte la mano al final de una primera cita.

Yo no haría esa apuesta. Estaba segura de que Christian Knox no era tímido con las mujeres. También sabía que tendríamos una química fuera de serie. Pero no estaba dispuesta a admitirlo y abrir la puerta a más conversaciones sobre algo que no iba a suceder. Miré a Miller.

—¿Y de cuánto sería la apuesta? ¿Un dólar con ochenta y dos?

—No todos tenemos un equipo de fútbol, querida. Lo que me recuerda que puedes llenarme el depósito de camino al aeropuerto.

—Entonces será mejor que nos vayamos ya, no quiero llegar tarde y perder el vuelo del equipo.

Miller se levantó y agarró la maleta.

—Estoy bastante seguro de que te esperarían, princesa.

—Tienes algo de baba… —Christian me señaló la mejilla—. Justo ahí.

Me llevé la mano a la cara mientras parpadeaba medio dormida y miraba a mi alrededor, confundida. Estaba sentada junto al director del equipo de estadísticas cuando despegamos.

Christian indicó hacia el fondo del avión.

—El hijo de Jeff es un gran fan. Le he dicho que, si me cambiaba el sitio, en el próximo partido en casa me detendría donde estuviera sentado en las gradas.

—¿Por qué?

—Quería comprobar si roncabas. Tengo el sueño ligero y eso haría las cosas más difíciles cuando empieces a dormir en mi casa.

—No estás entrenando y, sin embargo, te has dado un golpe en la cabeza. No voy a dormir en tu casa.

Dibujó una sonrisa de oreja a oreja, lo que atrajo mi atención a sus hoyuelos.

—Ya veremos.

Me obligué a apartar la mirada de su cara. Entonces me di cuenta de que Christian llevaba un traje completo de tres piezas con chaleco, corbata y todo.

—¿Vais todos de traje?

—Cuando viajamos tenemos que parecer profesionales.

El azul marino del traje resaltaba el color de sus ojos y la chaqueta acentuaba la anchura de sus hombros. De hecho, el asiento se le quedaba un poco pequeño, y se apoderaba ligeramente del mío.

—¿El traje lleva hombreras?

Sonrió.

—No, señora. Soy así.

«Dios, es demasiado *sexy*».

Christian se inclinó hacia mí.

—En caso de que te lo estés preguntando, mis proporciones son equitativas. Lo tengo todo grande.

Sentí que me ruborizaba.

—Gracias por compartir esa información…

Se encogió de hombros.

—Claro. En una relación es importante contárselo todo.

—No tenemos ese tipo de relación.

—Todavía no, pero estamos trabajando en ello.

Me reí.

—¿Así es como consigues todas las citas? ¿Les dices una y otra vez que van a salir contigo?

—No, solo lo hago contigo. Normalmente, son ellas las que me piden salir.

—Eso suena mucho más fácil. Tal vez deberías centrarte en una de esas mujeres.

—Lo fácil no es divertido...

—Oh. —Asentí—. ¿Así que se trata de eso? Ya veo, eres un chico al que le gusta la caza.

—No te voy a mentir y decir que no disfruto de una buena caza de vez en cuando. Pero esa no es la razón por la que estoy interesado en ti. Creo que ya expuse los motivos. Eres hermosa, reflexiva, independiente, inteligente... Muchísimo más inteligente que yo y con los pies en la tierra. Podría seguir, pero hay una razón más por la que parece que no puedo dejarte en paz.

Me moví en el asiento para mirarlo cara a cara.

—Casi me da miedo preguntar...

Christian miró por encima del hombro antes de acercarse.

—Nunca lo admitiré si uno de los chicos se entera. Ya lo he dicho, así que lo negaré si se difunde. Pero siento mariposas en el estómago cuando estoy contigo. La primera vez que me pasó, pensé que tenía hambre o algo así. Pero no era eso. Simplemente, eras tú.

«Oh».

«Madre».

«Mía».

Pensaba que lo de las mariposas solo les pasaba a las mujeres, como la menstruación o la habilidad de tapar el tubo de la pasta de dientes. Christian me miró a la espera de una reacción, que intenté que no se reflejara en mi cara, algo que, por supuesto, no logré. Me dio unos toquecitos bajo la barbilla.

—Deberías cerrarla. —Le brillaban los ojos de excitación—. Me imagino cosas que no quieres que te diga, al menos por el momento.

Estaba tratando de formular un pensamiento coherente cuando Jeff se acercó. Jamás había agradecido tanto una interrupción.

—Lo siento, creo que me he dejado la medicación ahí. —Jeff señaló el bolsillo frente al lugar donde estaba sentado Christian—. No me importan el despegue ni el vuelo, pero necesito algo antes de aterrizar.

Christian se inclinó hacia delante y sacó un frasco. Se lo pasó a Jeff.

—Feliz aterrizaje.

Jeff se rio entre dientes.

—Gracias, tío.

La conversación probablemente duró unos treinta segundos, pero ya no me sentía como un insecto atrapado en una telaraña mientras la araña se acercaba.

—¿Por qué no tienes novia, Christian?

Sonrió.

—Es una muy buena pregunta. Lo estoy intentando con todas mis fuerzas, pero ella ni se inmuta.

Me reí.

—No me refiero a mí. Me refiero a una novia en general. Seguro que tienes mil opciones. ¿Cuándo fue la última vez que tuviste?

—¿Que tuve novia… o una mujer con la que pasar el tiempo?

—Me refiero a una relación exclusiva.

—Hace un par de años.

—¿Qué ocurrió?

Apartó la vista.

—Kerrie bebía demasiado.

No sé lo que esperaba que dijera, pero no era eso.

—Oh… Lo siento.

Se encogió de hombros.

—Tranquila. No estoy en contra de la gente que bebe alcohol solo porque yo opte por no hacerlo la mayoría de las veces. Pero cuando se bebía una botella y media de vino ella sola se convertía en una persona diferente. Recogía a una mujer que me gustaba y llevaba a casa a otra que no. Era abogada y después de un par de copas empezaba a interrogarme sobre lo que hacía cuando estaba de viaje con el equipo. Nunca le daba razones para sospechar y, cuando estaba sobria, no parecía tener dudas. Intenté hablarle de ello, pero jamás quiso tener esa conversación.

—No me había dado cuenta de que no bebes alcohol. ¿Es por los entrenamientos?

Christian me miró.

—Mi padre era alcohólico. Cuando era pequeño, perdió muchos trabajos por ello. Cuando iba a la universidad, empecé a salir de fiesta con demasiada frecuencia y el entrenador me dejó en el banquillo dos partidos. Me di cuenta de que iba por el mismo camino que mi padre. Tenía que cortar por lo sano, así que dejé de beber. No es ningún compromiso de sobriedad ni nada parecido. De vez en cuando, me tomo un par de copas, pero no es algo habitual en mí.

Asentí.

—Bueno, lamento escuchar eso sobre tu padre, pero parece que aprendiste de sus errores. ¿Tenéis una relación cercana? Me refiero a tu padre y a ti.

Christian negó con la cabeza.

—En realidad, no. Cuando firmé mi primer contrato, pagué la casa de mis padres. Habían sufrido varias ejecuciones hipotecarias a lo largo de los años, cada vez que él perdía un trabajo. No quería que mi madre tuviera que preocuparse por ello nunca más. Pero mi padre se enfadó. Tuve que disculparme para mantener la paz por mi madre. Ella y yo hablamos todas las semanas, pero mi padre casi nunca se pone al teléfono.

Asentí con la cabeza.

—De todas formas —dijo Christian—, respondiendo a tu pregunta, he tenido relaciones. La que tuve con Kerrie duró alrededor de un año y estuve con Jessica casi dos años; nos conocimos en el último curso de la universidad. Así que no temo al compromiso. Pero no es fácil cuando pasas una buena parte del año fuera de casa. Por no mencionar que a la prensa le gusta relacionarme con cualquier mujer con la que mantenga una conversación. En el primer año que estuve en la NFL, conocí a una cantante pop en un partido al que fui como espectador. Charlamos cinco minutos, pero publicaron fotos en revistas y páginas web durante meses. La mujer con la que salía entonces confiaba en mí, pero después de eso empezó a acusarme incluso cuando celebraba un partido con los chicos.

—Debió de ser duro.

Se encogió de hombros.

—¿Qué hay de ti? ¿Cuántas relaciones serias has tenido?

—En realidad, ninguna.

Frunció el ceño.

—Pero has salido y…

—Sí, he salido y tenido relaciones sexuales, si es lo que insinúas. Simplemente, no he tenido ninguna relación adulta larga que considere seria.

—¿Por qué no?

—A Talia le gusta psicoanalizarme y dice que es porque tengo problemas de confianza. Pero yo creo que es más bien porque todavía no he conocido a la persona adecuada.

Sonrió.

—Creo que tienes razón: estabas esperándome.

Me reí.

—Realmente se te da muy bien redirigir las conversaciones hacia tu persona.

—Apuesto a que Julian no se esfuerza tanto. Fofito ni siquiera te pidió una segunda cita. —Mi cara debió de delatarme porque Christian sonrió—. Vas a salir otra vez con él, ¿verdad?

Sonreí.

—Sí. Me ha dicho que ha estado ocupado trabajando en un proyecto.

Frunció el ceño.

—¿Cuándo es el gran día?

—Saldremos el jueves que viene por la noche.

Christian respiró profundamente y exhaló de forma audible.

—Está bien. No me gusta, pero supongo que tienes que pasar por ese tío antes de encontrar el camino hacia el correcto. Simplemente, no me hables de la cita. —Levantó una mano—. Incluso aunque te pregunte.

Un poco más tarde, aterrizamos en Colorado. Christian se subió a un autobús con el equipo, mientras que yo me fui en un SUV con mis medio hermanas y los directivos del club. Cuando llegamos al hotel, había gente alrededor de la entrada, incluidas al menos una decena de chicas jóvenes con la camiseta con el dorsal de Christian. Sentí una punzada de celos, y eso que ni siquiera era su novia. No me costaba entender por qué su estilo de vida podía ser un escollo para mantener una relación. Dejé a un lado los pensamientos sobre Christian Knox y me dirigí al mostrador de recepción.

—Hola. Quería hacer el *check-in* para la habitación reservada a nombre de Bella Keating.

Las uñas de la mujer golpearon el teclado.

—Oh, sí, señora Keating. Tenemos su reserva aquí, tres noches en la *suite* presidencial.

—¿La *suite* presidencial? Supongo que es una habitación elegante.

Sonrió.

—Es la mejor habitación. Ciento treinta metros cuadrados con vistas a la ciudad y un hermoso piano de cola.

¿Un piano de cola? ¿Para qué diablos necesitaría eso?

—Umm… ¿Tienen alguna otra habitación disponible?

—La mayor parte del hotel está ocupado con el equipo, pero puedo comprobarlo. ¿Qué tipo de habitación preferiría?

—Una con una cama y tal vez un televisor.

La mujer no sabía si estaba bromeando o no.

—¿Se refiere a una habitación normal?

Asentí.

—Eso sería perfecto.

—Claro. ¿Me disculpa un momento? —La empleada desapareció y regresó con un hombre con traje. La placa en la solapa decía «Derrick Knowles, director».

Fantástico, han sacado la artillería pesada.

—Hola, señora Keating. Mi compañera dice que le gustaría cambiar de habitación.

—Sí, así es. Estoy segura de que la *suite* presidencial es preciosa, pero no necesito tanto espacio.

—Puedo bajarle el precio sin problemas, ya que es su primera pernoctación en el hotel. Tal vez eso le permitiría experimentar lo que podemos ofrecer.

Negué con la cabeza.

—Se lo agradezco, pero no se trata del precio. Es solo que odio el derroche.

El director sonrió, pero no parecía convencido.

—Por supuesto, lo que desee.

Al fin, me registré en la habitación 709. Era una estándar, pero tenía unas bonitas vistas a la ciudad. Denver tenía una diferencia horaria con Nueva York de dos horas menos, así que, para cuando me instalé, me cambié y me lavé la cara, eran casi las once y media en casa, aunque el reloj aquí marcaba solo las nueve y media. Acababa de apagar la luz y estaba deseando acostarme cuando escuché un golpecito. Pensé que alguien había llamado a la puerta de una habitación cercana, no a la mía, hasta que volví a oírlo. Caminé hasta situarme junto a la puerta y me puse de puntillas para mirar por la mirilla. Al otro lado de la puerta, Christian Knox.

Abrí y me aferré al pomo.

—¿Te has perdido?

Se metió las manos en los bolsillos y se meció hacia atrás sobre los talones.

—No. Solo quería desearte buenas noches, vecina.

—¿Vecina?

Hizo un gesto hacia la puerta de la izquierda y sonrió.

—Estoy justo al lado, en la 711.

Entrecerré los ojos.

—¿Estás al lado?

—Me gustaría decir que los astros se han alineado para que estuviéramos uno al lado del otro, pero he sobornado al botones con dos entradas para el partido para conseguir el número de tu habitación y luego le he cambiado la mía a un defensa.

Me reí.

—Al menos eres honesto.

—Solo quería decirte que estoy cerca, por si necesitas algo.

Negué con la cabeza, pero era físicamente incapaz de borrar la sonrisa de mi cara.

—Estaré bien. Pero gracias por la oferta.

—Sin problema. Dulces sueños, jefa. —Me guiñó un ojo—. Yo sé que los tendré.

Dos horas más tarde, y para mi frustración, estaba completamente despierta. Me gustaba dormir y, en las raras ocasiones en las que no lo lograba, me enfadaba. Me giré como si le diera la espalda a un hombre que me había cabreado y aparté la manta. Un minuto después, me giré boca arriba por décima vez, suspiré molesta y volví la cabeza para ver la hora en la combinación de reloj y cargador del iPhone: las 23:58. Ay. Y era la hora de Denver. En casa, eran las dos de la madrugada y, sin embargo, estaba completamente despierta, como si fuera de día y no de noche.

Quería fingir que era un episodio puntual de insomnio, tal vez la siesta del avión había interferido con mi ritmo circadiano, pero solo tenía problemas para conciliar el sueño cuando estaba frustrada por un problema que no podía resolver. Normalmente, eso significaba que había un error en el código o que un algoritmo había ofrecido resultados dudosos. Pero hoy la frustración se debía a mi incapacidad para dejar de pensar en el hombre que estaba al otro lado de la pared. Era como si mi cuerpo fuera hiperconsciente de lo cerca que estaba.

Cuando no podía dormir, tenía dos opciones. Una, arreglármelas para conseguir dopamina por mi cuenta. O dos, leer. Leer a altas horas de la noche siempre me dejaba KO, ya que tenía los ojos cansados de pasarme el día mirando el ordenador. El movimiento constante hacia un lado y el otro era mejor que contar ovejas. Y eso era lo que iba a hacer esta noche, porque me negaba a pensar en el *quarterback* de mi equipo. Así pues, me levanté de la cama para sacar un libro que había metido en la maleta, aunque había olvidado el pequeño detalle de que era una de las agendas de mi padre. Pensé en dejarla donde estaba, pero, como necesitaba dormir, me metí en la cama con la agenda y respiré profundamente antes de abrir una página al azar, 14 de mayo, y empezar a leer las notas escritas a mano junto a la hora:

06:45 – TREN E A BATTERY PARK CITY. ENTRA AL INSTITUTO
          STUYVESANT.

«¿Qué demonios? Ese es el tren que tomaba y el instituto en el que estudiaba». Me quedé helada. «¿Estaba escribiendo sobre mí?». No podía ser. Eso no tenía sentido y debía de ser una gran coincidencia.

Regresé a la lectura con la esperanza de que se refiriera a otra persona que iba a mi instituto. O tal vez los ojos cansados me la estaban jugando. Volví a empezar desde el principio de la página.

06:45 – TREN E A BATTERY PARK CITY. ENTRA AL INSTITUTO
          STUYVESANT.
15:15 – TREN E DE REGRESO A LA CALLE 42, PS 212. RECOGE
          A UN CHICO DE APROXIMADAMENTE CINCO AÑOS.

Se me erizó el vello de los brazos. «Santo Dios. No es coincidencia. Se trata de mí. ¿Mi padre me había seguido?». Sentí como si me hubieran sacado el aire de los pulmones. PS 212 era la escuela a la que iba Wyatt y de donde lo recogía a menudo.

Por debajo de esa anotación había una frase escrita y subrayada dos veces.

<u>¿TIENE UN HIJO?</u>

Caí en la cuenta de que, si yo estaba recogiendo a Wyatt, la anotación de este diario se había escrito tras la muerte de mi madre. Eso me asustó todavía más que el hecho de que me hubiera seguido. Volví a la portada para comprobar el año, pero los números dorados se habían borrado, como muchos otros. Así que regresé a la lectura…

15:35 – ENTRA EN EL MUSEO DE ARTE FOLK AMERICANO CON EL CHICO.

18:00 – SALE DEL MUSEO. SE DIRIGE HACIA COVENANT HOUSE DE LA CALLE 41 CON EL NIÑO.

De hecho, recordaba aquel día en concreto. Talia había conseguido un trabajo nuevo, por lo que empecé a recoger a Wyatt de la escuela todas las tardes. Aunque el refugio en el que vivíamos admitía niños, no era el mejor lugar para ellos, así que trataba de reducir el tiempo que pasábamos allí. El refugio tenía pases de estudiante gratuitos que nadie usaba para entrar a cualquier museo de Nueva York y pensé que sería divertido visitarlos todos. Había hecho una lista de los 145 museos de la ciudad y cada día Wyatt y yo íbamos a uno distinto. Ese día pensé que probablemente se aburriría en el Museo de Arte Folk, pero resultó que tenían una exposición de talismanes y nos quedamos en las instalaciones hasta que cerró a las seis, la hora que escribió mi padre en la agenda.

Había unas cuantas entradas más ese día. En la última, estaba regresando al refugio a las once de la noche, después de pasar unas cuantas horas estudiando en la biblioteca. Al final de la página, había un espacio para anotaciones con algunas líneas en blanco. Había garabateado dos frases:

ES LA VIVA IMAGEN DE SU MADRE. NO SONRÍE DEMASIADO, EXCEPTO CUANDO ESTÁ CON EL NIÑO.

«¿Qué cojones…?».

Capítulo 9

Christian

A la mañana siguiente, mientras volvía del gimnasio, vi a Bella sentada en una mesa del vestíbulo junto a la máquina de café. Estaba sola.

—He estado pensando… —Saqué la silla situada frente a ella, la giré y me senté al revés—. ¿Qué te parece si haces uno de esos modelos de predicción que tanto te gustan y dejas que decida con quién deberías salir? Ya sabes, los rellenas con datos sobre Fofito y sobre mí y ves con quién cree el algoritmo que lo pasarías mejor. Pon los puntos fundamentales… —Doblé un brazo y lo flexioné para mostrarle los músculos que, por supuesto, seguían hinchados por el ejercicio que acababa de realizar—… como el tamaño de los bíceps, el tiempo que tardamos en hacer un esprint, la habilidad de viajar según tu horario…

Esperaba que se riera o, por lo menos, que pusiera los ojos en blanco, pero, en vez de eso, se limitó a observarme. Tenía la mirada puesta en mi dirección, pero parecía que no me veía.

—¿Bella? ¿Estás bien?

Parpadeó unas cuantas veces.

—Sí. Lo siento, anoche no dormí mucho.

Sonreí.

—Te afectó que durmiera tan cerca, ¿eh?

Negó con la cabeza.

—Leí una de las agendas de mi padre.

Me recosté.

—Mierda. ¿Te molestó algo?

—No, no me molestó, supongo. Pero me dejó muy confundida. Me seguía.

—¿A qué te refieres con que te seguía? ¿Cuándo?

—Poco después de la muerte de mi madre.

—¿Te refieres a que contrató a un investigador privado para localizarte?

—No. Era él quien me seguía. Me observaba saliendo y entrando del refugio en el que estuve un tiempo. En cierto modo, registraba lo que hacía cada día y, a veces, anotaba uno o dos comentarios. Oh, y creo que pudo haberme construido una biblioteca.

—¿Cómo?

Sorbió el café.

—Cuando vivía en Covenant House, iba a la biblioteca casi todas las noches porque en el refugio no había ningún lugar tranquilo para estudiar. Normalmente, me quedaba ahí hasta que cerraba y luego me sentaba en los escalones y leía un rato. El camino a casa no era fácil porque a menudo me acosaban los adictos y los sin techo que merodeaban por Times Square. Un día que John me siguió a casa, escribió en la sección de notas: «Necesita una biblioteca más cerca, es peligroso». Unas semanas después, tenía una cita en su agenda para ir a ver un edificio tres puertas más abajo del refugio. El edificio que se convirtió en la biblioteca anexa del Covenant. Creo que abrió unos dos meses después de que me mudara allí. Básicamente, eran unas cuantas salas de libros y una gran zona tranquila con sofás cómodos para estudiar. Me encantaba ese lugar. No lo usaba mucha gente, así que era como tener mi propio edificio privado para hacer los deberes y pasar el rato. Anoche busqué la biblioteca en Google y encontré un artículo que decía que se fundó gracias a una donación anónima. Creo que fue John Barrett, porque no le gustaba que anduviera sola por las noches.

—¿Lo dices en serio?

Suspiró.

—Sí. Durante los últimos años, me he preguntado cuándo supo de mi existencia. Resulta que si sabía que existía cuando tenía quince años y le importaba lo suficiente como para seguirme y construirme un lugar seguro en el que pasar el tiempo, ¿por qué no me dijo quién era cuando estaba vivo?

Buena pregunta. El John Barrett que conocí era un tipo serio, no uno que dejaba que una adolescente de quince años viviera en un refugio. Casi comprendía que hubiera tenido una aventura y no quisiera reconocer a una niña porque podría perjudicar a su matrimonio. Pero su mujer, Celeste, había muerto mucho tiempo atrás.

Negué con la cabeza.

—No lo sé, Bella. No tiene sentido.

—Básicamente, me acechaba. Y eso solo en esta agenda. Solo me he traído una. Hay más. ¿Durante cuánto tiempo me siguió?

Me froté la nuca.

—No imagino a John Barrett teniendo tiempo para seguir a alguien durante todo un día y, mucho menos, durante meses.

—Resulta espeluznante saber que no tenía ni idea de que alguien me observaba. Me gusta pensar que estoy bastante alerta de lo que ocurre a mi alrededor. Llevo aquí sentada casi una hora y sigo mirando a mi alrededor por si alguien me está vigilando, aunque es obvio que está muerto.

Bella tenía los ojos enrojecidos y las ojeras marcadas.

—¿Has dormido algo esta noche? —pregunté.

Frunció el ceño y negó con la cabeza.

—Normalmente, leer hace que me entre sueño. Pero cuando abrí la agenda, no pude evitar que mi mente fuera a toda pastilla. Estaba exhausta, pero parecía que mi cerebro todavía quería hacer unos esprints.

Miré el vaso ahora vacío que tenía en la mano.

—La cafeína y la luz del día solo empeorarán las cosas. ¿Puedes dormir un rato hoy o tienes reuniones y cosas que hacer?

—Tengo unas cuantas reuniones, pero puedo reprogramarlas o no asistir.

Sonreí.

—Las ventajas de ser la jefa.

—Dos reuniones son con algunos grandes patrocinadores de la zona, pero Tiffany y algunos directivos asistirán a esas. Estoy segura de que estaría encantada de que me las saltara. —Suspiró—. ¿Qué tal tu día?

—Reunión del equipo a las nueve, seguida de un entrenamiento ligero en el terreno de campo, en el que estaré en las gradas. Luego, cena del equipo por la noche. Se rumorea que vas a asistir.

Asintió con la cabeza.

—No quiero perdérmela. No voy a tratar de ocupar el lugar de John Barrett, pero lo único que he escuchado por parte de todas las personas de la empresa es que era accesible, así que me gustaría ser igual, si eso es posible.

—Podría encargarme de que el autobús del equipo pase por delante de tu apartamento de camino al aeropuerto. Eso disipará cualquier mito de que eres una elitista.

Bella se rio.

—Estás bromeando y ni siquiera has visto el interior.

—Podríamos remediar eso. Compraré vino cuando volvamos el lunes por la noche.

Sonrió y por fin parecía sincera.

—Gracias —dijo.

—¿Por qué?

—Por escucharme. Es muy fácil hablar contigo, aunque no sean cosas fáciles de contar.

—Encantado de estar a tu servicio. —Estuve a punto de ofrecer otros servicios, pero me las ingenié para contenerme, porque ya había coqueteado un poco mientras ella estaba triste—. Bueno, tengo que ducharme antes de ir al estadio para la reunión del equipo. ¿Vas a subir o te quedas aquí un rato más?

—Creo que saldré a dar un paseo y que me dé el aire. Trataré de aclarar la mente antes de subir.

—Buena idea.

Me levanté y coloqué la silla debajo de la mesa.

—Nos vemos esta noche. Espero que duermas un poco.

—Que tengas un buen día, Christian.

—Mierda. Pensaba que me estaba mirando en un espejo, pero, maldita sea, yo soy más guapo —dije mientras salía del campo después de observar el entrenamiento ligero. Mi hermano gemelo estaba inclinado sobre la pared del túnel que conducía a los vestuarios.

Me dio un abrazo de oso y me levantó del suelo.

—Ya te gustaría ser tan guapo como yo.

Mis compañeros de equipo se detuvieron para chocar las manos con Jake mientras pasaban junto a nosotros.

—¿Qué haces aquí? —pregunté.

—Es mi semana de descanso. Esta mañana hemos tenido una sesión de entrenamiento temprano y luego me he subido a una avioneta para venir a visitarte. He pensado que tal vez tendrías algo de tiempo libre esta tarde. Mi joyería favorita está en Denver y necesito ir de compras.

—¿No tienes bastantes joyas?

—No es para mí, hermano. Voy a comprarle un anillo especial a Lara.

Casi se me salieron los ojos de las órbitas.

—¿Con especial te refieres a anillo de compromiso?

Asintió.

—Ya es hora. Lleva dos años aguantando mi mal humor. Además, quiero empezar a tener niños. No nos hacemos más jóvenes, ¿sabes? Pronto cumplirá treinta años. Le voy a organizar una gran fiesta sorpresa. Había pensado en declararme allí.

Negué con la cabeza y rodeé a Jake con los brazos.

—Vaya, mi hermano mayor se va a casar.

Era todo sonrisas.

—Ya sabes, solo porque sea mayor no significa que tengas que tomarte una eternidad para seguir mis pasos. Solo nos llevamos tres minutos, no ocho años. ¿Cuándo vas a conseguirte una buena chica?

—Estoy en ello.

—¿Ah, sí? ¿Quién es la desafortunada?

Le rodeé el hombro con el brazo.

—Vamos, te hablaré de ella de camino a la joyería.

—¿Estás de broma? ¿La nueva propietaria? ¿Por qué no aspiras a liarte con *Miss* América, ya de paso? —Jake y yo estábamos en un Uber de camino al centro de la ciudad.

—Nah. —Negué con la cabeza—. Salí con *Miss* Universo. Para mi gusto, le gustaba demasiado ser guapa.

—¿Qué tiene de malo ser guapa? Yo soy guapo.

—Estoy de acuerdo contigo solo porque te pareces a mí. Pero no he dicho que hubiera algo malo en ser guapa. Es solo que no me gusta cuando una mujer cree que eso es lo mejor que puede ofrecer.

—He visto imágenes de la nueva propietaria en las noticias. No se queda corta en lo que a atractivo se refiere.

Negué con la cabeza.

—No, no se queda corta. Bella es preciosa. Pero lo mejor es que no tiene ni idea de lo guapa que es.

—Eso ya no es fácil de encontrar. La mayoría de las chicas lo saben porque publican una foto en redes sociales y reciben miles de comentarios de gente que no deja de repetírselo. Odio el Instagram de Lara. Tiene medio millón de seguidores. Ni siquiera puedo ver si publica una foto en traje de baño porque quiero darles una paliza a los cincuenta mil solteros que comentan. Pero gana mucho dinero y le gusta. La hace feliz, así que no me quejo.

Sonreí.

—Además, si le prohibieras publicar fotos, te mandaría a la mierda. Así que es lo que hay.

Mi hermano se echó a reír.

—Cierto. Entonces, ¿por qué esta mujer no sabe que es guapa?

—Tal vez no se trata de eso, sino de que no le da importancia.

—¿A qué te refieres?

—Ahora mismo está centrada en hacer lo correcto para el equipo. Pero es inteligente, por lo que siempre ha dirigido su energía hacia su carrera y ayudar a los amigos y la familia.

—Si es inteligente, ¿qué narices hace con un capullo como tú? —bromeó mi hermano.

—Sabes que los gemelos idénticos normalmente tienen el mismo coeficiente intelectual, ¿verdad? Así que te estás insultando a ti mismo.

Se encogió de hombros.

—¿Le has pedido salir?

—Casi la invito a salir cada vez que la veo. Aunque no va a salir conmigo… todavía.

Mi hermano echó la cabeza hacia atrás entre risas.

—Santo cielo, es inmune a tu encanto. Ya me gusta.

—Cállate.

El coche se detuvo ante un edificio de oficinas y mi hermano abrió la puerta.

—Ya hemos llegado.

Eché un vistazo al exterior, hacia ambos lados de la calle.

—No veo ninguna tienda.

—Este lugar es un poco distinto. —Se apeó del asiento trasero del coche—. Vamos.

El Diamond Vault era, desde luego, distinto. Entramos en una bonita *suite* de oficinas y nos sirvieron champán antes de la cita de compras privada. Después recibimos una clase de una hora sobre la compra de diamantes antes de que empezaran a desplegar las piedras en exhibidores de terciopelo negro. Cuando oí los precios, entendí por qué te daban alcohol antes de comprar. Pero Jake debía de saber en lo que se estaba metiendo porque ni siquiera se inmutó. Tres horas después de entrar, había elegido un diamante y un engarce.

—Maldita sea. —Negué con la cabeza mientras salíamos—. Ha costado más que lo que pagué por la casa del lago de Maine.

Se detuvo en la acera, se inclinó y puso las manos sobre las rodillas.

—Creo que voy a vomitar.

Me reí.

—Y yo que pensaba que estabas muy tranquilo.

—He tenido que actuar como si estuviera en un partido para superarlo, hermanito. Nunca dejes que el equipo contrario te vea sudar.

Le puse una mano en el hombro.

—A Lara le va a encantar. Lo has hecho bien.

Dejó escapar un suspiro entrecortado.

—Gracias. Necesito una copa.

—¿Dónde te vas a quedar?

—En el mismo sitio que tú.

—Te invito yo. Estoy seguro de que no te puedes permitir ni una copa después de lo que acabas de gastarte ahí dentro.

Capítulo 10

Bella

—Gracias de nuevo por dejarme asistir a la cena, entrenador Brown.

—Por supuesto, no hay de qué. Tal vez le pida que asista a algunas cenas antes de partidos importantes. Hacía mucho que estos chicos no se portaban tan bien.

—Y yo que pensaba que siempre eran tan caballerosos. —Sonreí—. Que tenga una buena noche, entrenador. Suerte mañana.

Eché un vistazo a la sala en busca de Christian, con la esperanza de verlo antes de dirigirme a la habitación para irme a dormir. Nos habíamos sentado en mesas distintas en extremos opuestos de la sala y no habíamos tenido ocasión de hablar. Quería darle las gracias por lo de esta mañana, por escucharme, pero Christian no estaba por ninguna parte, así que me marché.

De camino al ascensor, lo vi en el bar e hice una parada en boxes.

—Hola, aquí estás.

Se giró y sonrió. Después de lo que me había contado sobre que no solía tomar alcohol, pensé que era raro que sostuviera un vaso con lo que parecía *whisky* escocés, pero ¿quién era yo para juzgar?

—Bella Keating. —Bebió un poco del líquido ambarino—. Esperaba verte.

—Solo quería darte las gracias por lo de esta mañana, por escuchar lo que he dicho de John.

—Sin problemas. ¿Te importa si te cuento algunas cosas que me gustaría sacarme de dentro?

Christian parecía un poco fuera de lugar y me pregunté si estaba borracho, aunque no arrastraba las palabras ni nada de eso… Me encogí de hombros.

—Por supuesto. ¿Qué ocurre?

Tomó otro generoso trago y colocó el vaso vacío en la barra.

—Hace diez años, en Navidad, le di un beso a mi prima en la teta.

Me reí.

—¿Qué?

—Sí. Había tenido un bebé unos meses antes y estaba acunándolo en los brazos. Me incliné para besar la mejilla del bebé, pero no me di cuenta de que estaba amamantándolo hasta el último segundo. Giré la cabeza cuando lo descubrí y terminé plantándole un beso en el pecho.

—Dios mío.

—En otra ocasión, mi madre me llevó a comprar unos zapatos para la vuelta al cole, pero no me gustaba nada de lo que veía, hasta que di con un par en una caja que estaba sola en el suelo. Me los probé, me encantaron y le rogué que me dejara llevármelos puestos. Caminé hasta la caja y, entonces, alguien vino corriendo detrás de mí. Se habían estado probando zapatos y dejaron los viejos en la caja, los que yo me había puesto. Podría parecer un error inocente, así que debería añadir que los zapatos estaban muy sucios y la persona que corría detrás de mí tratando de recuperarlos era una chica.

Me reí.

—Eso es muy gracioso.

«Tiene que estar borracho».

—Además, de pequeños, vivíamos al lado de una pareja de ancianos, Dave y Marie. Llevaban viviendo allí al menos diez años y a él siempre lo llamaba Dave, Dave. Mis padres hicieron una pequeña fiesta antes de que me marchara a la universidad y algunos vecinos estaban invitados. Al final de la noche, Dave se me acercó, me estrechó la mano y me deseó suerte. Entonces, me dijo que se llamaba Anthony, no Dave.

—¿Lo habías llamado con otro nombre durante todos esos años?

Christian sonrió.

—Sí. Y hasta el día de hoy, sigo sin creer que se llame Anthony de verdad, aunque mi hermano mayor, más inteligente que yo, me arrastrara hasta el buzón al día siguiente para mostrarme una carta dirigida a Anthony como prueba.

Un hombre habló detrás de mí.

—Oh, oh, esto no puede ser bueno.

Me giré hacia el sonido solo para encontrarme a… Christian. Giré la cabeza hacia el hombre con el que estaba hablando. Sonreía de oreja a oreja.

—Dios mío, ¿hay dos como tú?

El segundo Christian se me acercó y se quedó de pie junto al primer Christian. Asintió con la cabeza.

—Este es mi hermano gemelo, Jake. Y lo que sea que te haya contado hasta ahora es mentira.

«Oh, guau».

—Entonces, ¿no besaste a tu prima en la teta?

Christian bajó la cabeza y la sacudió.

—Eres un capullo, Jake. Eso pasó hace más de diez años. ¿Todavía sigues contando esa historia? ¿No tienes nada nuevo?

Jake se rio y extendió la mano.

—Jake Knox. Encantado de conocerte, Bella. Lo siento, no he podido resistirme cuando te he visto frente a mí.

Me reí mientras colocaba la mano en la suya.

—¿Todas las historias son reales?

—¿Todas las historias? —dijo Christian—. ¿Quieres decir que ha habido más de una?

—Cierra el pico. —Jake le dio una palmada en el hombro a su hermano—. Ni siquiera le he contado lo de la carta de amor que le escribiste a la señorita Swanson en sexto, la que se suponía que nunca iba a encontrar. Ya sabes, la carta en la que le decías lo que pensabas cada vez que comías sandía.

—Y nunca la habría encontrado si no se la hubieras dado, capullo.

Jake me miró.

—El colegio le hizo leer un libro sobre cómo era correcto e incorrecto hablar a las chicas. Creo que lo escribieron en los sesenta y se llamaba *Cuando un chico corteja a una chica.*

Me cubrí la boca con la mano mientras me reía.

Christian se llevó las manos a las caderas y negó con la cabeza.

—¿Hemos terminado ya?

—Dios, espero que no —añadí—. Las historias de Jake son muy divertidas.

—Sí, bueno… Yo también tengo algunas si él no cierra la boca. —Christian entrecerró los ojos en dirección a su hermano, pero era evidente que no estaba enfadado.

Tenía la sensación de que este tipo de burlas entre ellos eran habituales.

—Juegas con el Oklahoma, así que esta semana estás de descanso, ¿verdad, Jake?

Parecía impresionado.

—Así es. He sorprendido a mi hermano y lo he arrastrado para llevarlo de compras. Es un secreto de Estado, pero hoy le he comprado un anillo a mi novia. Tengo la intención de declararme pronto.

—Oh, ¡guau! Enhorabuena. Debe de haber sido un día divertido.

Él gimió.

—Divertido, pero muy caro.

—Bueno, buena suerte. —Miré a Christian y luego a Jake—. Voy a ir tirando para que os pongáis al día.

Christian le dijo a su hermano:

—Dame un minuto. Acompaño a Bella hasta el ascensor.

Jake levantó un sombrero imaginario ante mí.

—Encantado de conocerte, Bella. Espero verte pronto.

—Igualmente, Jake. Que tengas una buena noche. —Me giré y luego se me ocurrió algo—. ¿Te quedas para el partido de mañana? —Miré por encima del hombro.

—Sí.

—No sé dónde te vas a sentar, pero estoy en el palco presidencial del equipo visitante, por si quieres ver el partido allí.

A Jake se le iluminaron los ojos.

—Madre mía, sí. Muchas gracias.

—¿Te quedas aquí en el hotel?

—Sí, señora.

Asentí.

—Te conseguiré un pase y lo dejaré en recepción.

Jake le sonrió a su hermano.

—Piensa en todas las historias que puedo contarle durante un partido de tres horas.

—Oh, madre. —Christian negó con la cabeza y me colocó la mano en la espalda para guiarme hacia el ascensor—. Vuelvo enseguida, imbécil.

Christian y yo caminamos uno junto al otro.

—No tenías que hacer eso —dijo—. Me refiero a invitarlo al palco.

—Me alegra tenerlo allí.

—No, de veras, no tenías que hacerlo.

Me reí.

—Tu hermano es muy divertido. Creía que eras tú mientras me contaba todas esas historias. Para ser sincera, he pensado que estabas un poco borracho.

—Así es mi hermano. Mi versión ebria incluso cuando está completamente sobrio.

—Seguro que tenéis una relación muy estrecha si ha volado hasta aquí para llevarte de compras y ver el partido en uno de sus pocos fines de semana libres de la temporada.

—A veces demasiado, pero sí, nos llevamos muy bien.

—Genial. Yo siempre quise crecer con un hermano.

—Y, por suerte, ahora tienes dos que nunca te han querido.

Me agarré la barriga y fingí que me acababan de dar un puñetazo en las entrañas.

—Au, eso duele.

Christian sonrió

—¿Has dormido un poco?

—Pues sí. Esta mañana he paseado cerca de una hora y luego he vuelto a la habitación, he cerrado las cortinas y he dormido tres horas.

—Bien. ¿Te encuentras mejor?

—Sí, aunque estoy bastante segura de que miraré por encima del hombro durante mucho tiempo. Todavía no me hago a la idea de que alguien me siguiera durante tantas horas al día, al menos unos cuantos meses, y no me diera cuenta. Puede que suene raro, pero me siento violada, casi como si alguien me hubiera robado una parte de mí.

—Así es. Tu privacidad.

—Sí, supongo. Pero, al mismo tiempo, también siento curiosidad y me apetece volver a casa y ver qué hay en las demás agendas.

—Te creo.

Llegamos a la zona de ascensores. Pulsé el botón de subir y me giré hacia Christian.

—He ido hacia tu hermano cuando lo he visto en el bar porque pensaba que eras tú y quería agradecerte lo de esta mañana, que me hayas escuchado.

Christian negó con la cabeza.

—No hace falta que me des las gracias. Para eso están las parejas.

Levanté una ceja.

—¿Parejas?

Se dio unas palmaditas en el pecho.

—Tú eres una y yo soy otro, creo que somos dos, así que somos pareja. Será más fácil si piensas en mí así desde el principio, porque eso es lo que acabaremos siendo.

—Bueno, te debo una, pareja. Si alguna vez necesitas hablar, creo que sabes dónde encontrarme.

Las puertas del ascensor se abrieron y entré. Christian colocó las manos en los paneles del ascensor para evitar que se cerraran.

—Perdí a mi perro cuando tenía diez años. Se llamaba Buddy. Todavía me duele un poco cuando pienso en eso. Tal vez debería aceptar tu oferta y hablarte de ello. ¿Digamos que dentro de cinco minutos en tu habitación? Puedes ponerte cómoda y yo llevaré una botella de vino.

Pulsé el botón del panel con una sonrisa y miré el reloj.

—Tienes toque de queda en veinte minutos.

Christian dio un paso atrás. Le brillaban los ojos.

—No diré nada si tú no lo haces.

—Será mejor que lo dejemos para otra ocasión.

Las puertas empezaron a cerrarse. Christian se movió con ellas para quedar visible mientras el hueco se estrechaba.

—¿Otra ocasión? ¿Eso significa otro día? Eso no es un no…

Me reí.

—Buenas noches, Christian.

Capítulo 11

Bella

—¿No deberías estar en el campo con el equipo?

Necesité de todo mi autocontrol para no poner los ojos en blanco. En vez de eso, mostré una sonrisa.

—No es Christian, Tiffany. Es su hermano, Jake.

—Oh, el receptor abierto del Oklahoma, ¿no?

Jake y yo estábamos sentados en el sofá del palco del equipo visitante mientras esperábamos a que empezara el partido. Se levantó y se inclinó hacia delante para extender la mano.

—Jake Knox. Encantado de conocerte.

—Tiffany Barrett. Una hija legítima de John Barrett.

En lugar de estrecharla, colocó la mano en la suya como si fuera una princesa y tuviera que besarle el dorso.

Jake me miró con el ceño fruncido. No sabía si era por cómo se había presentado ella o por el apretón de manos, pero, de todos modos, me encogí de hombros y él procedió a estrecharle la mano lánguida. Como las desgracias no vienen solas, Rebecca entró a continuación. Me echó un vistazo, hizo una mueca de disgusto, se acercó tranquilamente a la camarera y empezó a recitar lo que necesitaba para el día. No sabía lo que era peor, si el tono de desdén de Tiffany hacia mí o el hecho de que mi otra hermana ni siquiera pensara que valía la pena saludarme.

Las dos se instalaron al otro lado del espacio y Jake volvió a sentarse. Miró por encima del hombro a las hermanas.

—Tiffany parece un encanto.

—No son mis mayores fans.

Negó con la cabeza.

—¿Y tienes que compartir el palco con ellas? ¿También compartes casa?

Bebí un sorbo de mimosa que la amable camarera me había preparado al llegar.

—En realidad, no compartimos palco. Me corresponde a mí, pero las he invitado.

Jake levantó las cejas.

—¿Masoquista?

Me reí.

—Tal vez. Trato de ponerme en su lugar, su padre tenía una hija secreta y las excluyó de la mayor parte del testamento. No puedes culparlas por odiarme.

—Puede, pero alguien debería recordarles que no es culpa tuya. Fueron otras personas las que te trajeron al mundo.

Suspiré.

—Hablemos de algo más divertido. ¿Sabes cómo vas a declararte?

—Organizaré una fiesta sorpresa a Lara por su treinta cumpleaños. Lo haré delante de todos nuestros amigos y la familia.

—Oh, guau. Hazlo a lo grande o no lo hagas, ¿eh?

Jake sonrió.

—¿Qué hay de ti? ¿Has estado casada?

Negué con la cabeza.

—Solo con mi trabajo.

—Eres una de esas, ¿eh? ¿Siempre has sido así o solo desde que te hiciste cargo del equipo?

—Siempre he sido así. Incluso en la escuela quería hacerlo bien. Y nunca me presionaron para que sacara buenas notas. Simplemente, disfruto trabajando duro y consiguiendo cosas.

—Yo no. Prefiero echarme una siesta bajo un árbol a un día de trabajo.

Me reí.

—Bueno, seguro que trabajas duro cuando quieres, de lo contrario no estarías en la NFL.

—Mi hermano es la razón por la que lo conseguí. Él me despertaba a las cinco de la mañana antes de ir a la escuela para jugar a la pelota. La única razón por la que soy tan bueno a la hora de atraparla es porque mi hermano mejoró lanzándolas. Es agotador perseguir sus cañonazos.

—Creo que exageras un poco.

Jake se inclinó hacia delante y cogió unos cacahuetes del bol de la mesa. Se metió unos cuantos en la boca.

—En realidad, no. Nacimos con el don de la altura y la velocidad. Los gemelos comienzan con el mismo ADN, pero, tras la división, una parte muta en el útero. Estoy bastante seguro de que el gen de la motivación mutó en mí porque, aunque parecemos idénticos, mi hermano me da mil vueltas en lo que respecta a motivar.

—Creo que te estás subestimando.

—Nah. A mi familia le debo todo lo que soy a día de hoy, tanto a Christian como a mi hermano mayor, Tyler. Los dos me mantuvieron a raya. —Se detuvo y señaló la copa vacía de mimosa—. Voy a buscar otra copa.

—Vale, gracias.

Había invitado a todo el personal directivo al palco, así que unos cuantos llegaron antes de que Jake regresara. No tuve que hacer las presentaciones porque todo el mundo parecía conocerlo ya. Entabló conversaciones con desenvoltura, y eso me permitió pasar algo de tiempo con el director de estadísticas para repasar los ajustes que le había hecho al modelo y mostrarle las predicciones que había realizado.

Las proyecciones de esta semana resultaron ser las mejores hasta el momento. Cuando terminó el partido, incluso había clavado la puntuación en tres de los cuatro cuartos.

Unos minutos después, Christian llegó a la planta superior.

—Gracias por cuidarme al niño —dijo mientras asentía con la cabeza en dirección a Jake.

—Tu hermano es genial.

—¿Te ha comido la oreja con más historias de mierda de cuando era pequeño?

—En realidad, no. Hoy no. Te ha elogiado mucho.

—Maldita sea. Será mejor que me asegure de que no tiene fiebre. —Sonrió—. Debería meterle prisa para que se despida. Tiene que coger un vuelo y voy a llevarlo al aeropuerto.

—Oh, vale.

Unos minutos más tarde, se acercó Jake.

—Dura derrota la de hoy, pero gracias por invitarme.

—Ha sido un placer.

Se inclinó y me dio un beso en la mejilla.

—¿Supongo que nos veremos en el cumpleaños de Lara?

Fruncí el ceño.

Jake sonrió.

—Te aseguro que está loco por ti, porque anoche no se callaba después de que te marcharas. ¿Te acuerdas de la determinación de la que te he hablado? No solo se aplica al fútbol. —Me guiñó un ojo, igualito que el de su hermano, y se dio un toquecito en la frente con dos dedos a modo de saludo—. Nos vemos pronto, Bella.

Estaba en plena cuarta lectura de la agenda desde que la había abierto dos noches atrás cuando escuché que llamaban a la puerta.

Christian estaba al otro lado, y, como siempre, demasiado guapo para su propio bien. Abrí el pestillo de arriba y luego la puerta.

—El entrenador me acaba de llamar. Ya tienen los resultados de la resonancia y puedo volver a los entrenamientos mañana por la mañana.

—Oh, guau. Eso son buenas noticias, Christian.

Asintió con la cabeza.

—He pensado que tal vez lo celebrarías conmigo.

Me eché un vistazo. Ya me había puesto unos pantalones cortos y una camiseta y me había desmaquillado.

—Ya estoy preparada para irme a la cama.

—¿Esa es la única razón por la que no quieres celebrarlo conmigo?

—Por supuesto.

Christian se inclinó y alcanzó algo que había en el suelo al lado de la puerta. Levantó una botella de champán y dos copas mientras sonreía.

—Entonces, ¿en mi habitación o en la tuya?

Me reí.

—Me has engañado. Además, me dijiste que no bebías.

Christian se volvió a inclinar hacia el suelo. Esta vez levantó una botellita de zumo de manzana.

—Esto es lo más parecido a champán que tenían en el bar.

—¿No deberías celebrarlo con tus compañeros de equipo?

—¿Por qué haría eso cuando mi vecina está tan buena?

Pensé que, como dueña del equipo, era mi obligación celebrar las buenas noticias cuando estaba con el equipo, al menos eso es lo que me dije mientras daba un paso atrás para que Christian entrara.

—Una copa.

Sonrió.

—Sí, señora.

En cuanto entró, dirigió la mirada a la agenda. Estaba abierta por una página, boca abajo en el centro de la cama.

—Estaba… releyendo. No sé si se me ha escapado algo importante.

Christian le quitó el envoltorio al tapón del champán.

—¿Y cuál es el veredicto?

—Sigue siendo un extraño resumen de lo que sucedió mientras me seguía con algunas notas aquí y allá.

El estallido del cava me sobresaltó a pesar de que lo había observado abrir la botella. Pegué un brinco.

—Lo siento. Por alguna razón, leer esas cosas me pone un poco al límite.

Vertió la bebida en una copa y luego le quitó el tapón al zumo de manzana y lo vertió en la otra. Me pasó la primera copa y sostuvo la suya en el aire para un brindis.

—Por regresar al trabajo.

Chocamos las copas.

—Por el regreso de la estrella del equipo. —Añadí. Tras dar un sorbo, me dirigí a la agenda—. ¿Te gustaría ver algunas páginas? Creo que te he contado lo raro que es, pero verlo y oírlo son dos cosas distintas.

Christian se encogió de hombros.

—Si no te importa…

Tenía cierta curiosidad por conocer la opinión de otra persona. Nunca había tenido una agenda, así que tal vez este tipo de cosas no fuera tan inusual. Cogí la agenda de la cama, hojeé unas cuantas páginas y se la pasé a Christian.

—Empieza aquí.

Christian la cogió y se sentó al borde de la cama. Me mordisqueé una uña mientras leía una página y luego la otra, antes de pasar a la siguiente.

Dos páginas más y entonces se detuvo y me miró.

—¿Fuiste al instituto Stuyvesant?

Asentí.

—Y estaba en el equipo de matemáticas. ¿Has visto la nota que habla de la donación de Japón? Cada cuatro años, el equipo iba a Japón a las Olimpiadas Mundiales de Matemáticas de Secundaria. Era caro, pero el equipo recaudaba dinero cada año para financiar el viaje. Vendíamos dulces. Antes de que mi madre falleciera, le daba el formulario de pedidos a ella y la gente de su trabajo le hacía pedidos. Pero cuando murió, no conocía a nadie que pudiera permitirse gastar dinero en dulces caros, así que iba de puerta en puerta. Entonces, el año siguiente, ya no tuvimos que ir de puerta en puerta. Alguien había pagado para que todo el club fuera al viaje. Se rumoreaba que la donación estipulaba que el equipo ya no podía volver a vender cosas puerta a puerta.

—¿John hizo la donación?

Negué con la cabeza.

—No tengo ni idea, pero me vio ir de puerta en puerta. Y luego escribió esa nota. Creo que podría haberlo hecho.

Christian hojeó unas cuantas páginas más sin leer.

—¿Todo es así?

—Cada página.

—Bueno, ahora entiendo a lo que te refieres cuando dices que es espeluznante. Comprendo lo raro que es leer línea tras línea de lugares a los que fuiste y tú sin tener ni idea de que alguien te seguía.

—Lo sé. Ojalá pudiera preguntarle a Tiffany y Rebecca sobre esto, pero dudo que sepan lo que hizo, ya que no tenían ni idea de que existía hasta la lectura del testamento. Tal vez podrían ayudarme a entender por qué lo hizo. Tenían que conocerlo mejor que la mayoría de la gente, era su padre y trabajaron juntos muchos años.

—¿Por qué no lo haces? Lo peor que puede ocurrir es que te manden a la mierda. Pero, de todos modos, parece que hacen todo lo posible por hacerte eso cada vez que te ven.

Negué con la cabeza.

—Seguramente me pedirían que les devolviera las agendas. Me dejó las acciones del equipo y el estadio. A mis hermanas les corresponde todo lo demás que no se legó específicamente. Pasaron tres semanas en el juzgado discutiendo si los muebles, enseres y elementos de las oficinas de la empresa eran parte del equipo o parte de «todo lo demás». Estoy segura de que si supieran de la existencia de las agendas, me volverían a demandar.

—Sí, creo que tienes razón.

—Lo siento, he desviado el tema hacia mí. Se suponía que íbamos a celebrar tu regreso. Me alegro por ti, como amiga y como propietaria del equipo. La derrota de hoy no ha sido divertida.

—¿Eso es lo que somos? ¿Amigos, Bella? —Christian deslizó la mirada hasta mis labios, lo que hizo que el estómago me diera un salto mortal. Se tomó su tiempo para volver a subir la vista hasta mis ojos—. Porque soy amigo de muchos chicos del equipo y no iría directo a ninguna de sus habitaciones para contarle la buena nueva.

De repente, deseé haberme quedado con la *suite* que tenía reservada al principio. Ahora mismo, esta habitación parecía demasiado pequeña. ¿Dónde está el piano de cola para colocarlo entre nosotros cuando lo necesitas?

Christian se quedó en silencio, mirándome como un jugador de póker profesional evalúa a su rival, tratando de determinar si debería ir a por todas. Se frotó la barbilla.

—¿Puedo hacerte una pregunta personal?

—Dime.

—En el avión dijiste que no habías tenido ninguna relación seria como adulta. ¿Tuviste alguna antes de serlo?

Debía reconocer que el chico era astuto. Me moví hacia la botella de champán.

—¿Puedo tomar un poco más, por favor?

—Por supuesto.

Christian vertió un poco en la copa y nos miramos a los ojos más de una vez mientras lo hacía. Después, dejó la botella en el suelo y esperó a que continuara. Pero antes me bebí media copa.

—Cuando tenía diecisiete años, salí con un chico durante unos seis meses.

—¿Erais de la misma edad?

Negué con la cabeza.

—Él tenía veinticinco.

A Christian se le contrajo un músculo de la mandíbula.

—¿Te hizo daño?

—Oh, Dios, no. Al menos, no físicamente, si te refieres a eso. Me hizo daño cuando rompió conmigo, pero era una cría que pensaba que estábamos enamorados.

—¿Fue el primero?

Asentí.

—Es curioso, pero he pensado mucho en esa relación últimamente. Tal vez sea una de las razones por las que, ahora que soy adulta, he preferido no tener ataduras.

—Gracias por contármelo.

—Somos amigos, ¿no? Los amigos se cuentan sus cosas.

Su sonrisa fue poco entusiasta.

—Creo que debería irme. Es tarde y el equipo viaja mañana por la mañana temprano.

—Oh, claro. Por supuesto. Gracias por pasarte por aquí y contármelo. Será emocionante volver a verte en el campo.

Christian colocó la copa en la pequeña mesa.

—Buenas noches, Bella.

Lo acompañé a la puerta. La abrió un cuarto, pero luego se detuvo y la cerró antes de girarse. Como me encontraba detrás de él, ahora estábamos cara a cara.

—No tengo muchas amigas, excepto las mujeres y novias de mis compañeros. Pero estoy seguro de que los amigos se dan abrazos de despedida.

Abrió los brazos y ofreció una sonrisa juvenil. Cuando vacilé, Christian levantó las cejas, como diciendo: ¿A qué esperas, amiga? Parecía un reto, un desafío que no estaba dispuesta a esquivar, así que di un paso adelante y le rodeé el torso con los brazos.

«Madre mía, es tan… macizo. Apuesto a que todo lo tiene igual».

Con ese pensamiento, Christian me envolvió en sus brazos. Lo estaba abrazando, pero apenas rozaba su cuerpo, y él se encargó de corregir eso. Tiró de mí contra él con tanta fuerza que sentí cada abdominal sobre mi piel. Estaba segura de que cuando me soltara tendría las marcas de su tableta de chocolate en mi barriga. Además, olía demasiado bien. No es que fuera fácil respirar con ese abrazo de boa constrictor, pero cada vez que inspiraba en busca de aire, el aroma era una mezcla deliciosa, amaderada, con un toque de cuero y jodidamente masculino. Había deslizado una mano por mi espalda e hincado los dedos en mi cabello. Se me erizó la piel de los brazos y sentí el cuerpo laxo al cabo de unos pocos latidos. No fue hasta entonces cuando sentí que no me había relajado en muchísimo tiempo, lo cual era irónico, ya que para sentir que podía respirar hizo falta no poder hacerlo. No estoy segura de cuánto tiempo permanecimos así, pero estaba claro que más tiempo de lo que se consideraría normal entre dos amigos que se dan un abrazo de despedida.

Cuando por fin me liberó de su abrazo mortal y se dispuso a marcharse de la habitación, supe que añoraría lo que había sentido. Christian se echó hacia atrás, pero no me liberó por completo. Mantuvo los brazos alrededor de mi cintura y me miró, así que tuve que inclinar la cabeza para devolverle la mirada.

—A partir de ahora no nos veremos mucho con la vuelta a los entrenamientos. Sigo una rutina muy estricta con ejercicio adicional y ceno y me voy a la cama temprano. —Movió una mano para apartar un mechón de cabello de mi cara—. Pero estaré ahí si me necesitas. Solo tienes que llamarme.

Sonreí con calidez.

—Lo haré. Gracias.

Me dio un beso en la frente.

—Buenas noches, no amiga.

Hice una mueca tan torcida como las gafas.

—¿No amiga?

Me guiñó un ojo.

—Todavía no has descubierto lo que somos, pero lo que está claro es que no somos amigos.

Capítulo 12

Bella

No vi a Christian en toda la semana y el jueves ya había empezado a sentir ansiedad.

Bueno, esa afirmación no es del todo cierta. Lo vi muchas veces, pero él no me vio a mí. La razón fue que yo lo observaba desde la ventana de mi despacho. Menos mal que el vidrio tiene efecto espejo por fuera, porque pasé demasiado tiempo ahí de pie.

El entrenamiento del día había terminado, pero Christian seguía en el campo con uno de sus receptores abiertos, lanzando la pelota. El receptor falló en atraparla y corrió tras la pelota, que se deslizó unos veinte metros más allá de su posición. Mientras Christian esperaba, se giró, se llevó la mano a la cara para protegerse los ojos y miró en mi dirección. Yo sabía que no podía verme, pero jadeé y di un respingo antes de apartarme de la ventana.

Me quedé de pie contra la pared, el corazón me golpeaba en el pecho y me sentía como un mirón al que acababan de pillar in fraganti. «Tengo que controlarme».

Todavía no había recobrado la compostura cuando, de repente, alguien abrió la puerta de mi despacho. Tiffany me vio contra la pared y puso mala cara.

—¿Qué demonios haces?

—Yo, eh… —Señalé hacia el otro lado de la estancia—. He visto un ratón.

Retrocedió un paso hacia la puerta.

—¿Estás de broma? Nunca he visto un bicho de esos por aquí. Seguro lo has traído de casa.

Su comentario ridículo me devolvió a la realidad y me alejé de la pared. Caminé hacia el escritorio y suspiré.

—Sí, Tiffany. Me llamo Susanita y tengo un ratón chiquitín.

Tiffany arrugó la cara.

—¿Estás… borracha?

Supongo que no pilló la referencia a «Susanita tiene un ratón». Negué con la cabeza.

—¿Qué puedo hacer por ti?

—¿Aparte de darme la propiedad del equipo que por derecho es mío y de mi verdadera hermana? Necesito que apruebes mi nuevo contrato de alquiler.

—¿Alquiler?

—Alquiler de coche.

—Oh. ¿Por qué necesitas que lo firme?

—Porque nuestro molesto director ejecutivo no permite ningún gasto por encima de los cincuenta mil sin una segunda aprobación, así que necesito la del director general o la tuya. Ya sabes, para ser un director ejecutivo que también actúa como presidente, no está actuando precisamente como tal.

Tal vez no conociera bien a mi hermana, pero estaba convencida de que solo acudiría a mí si yo fuera su último recurso. Incliné la cabeza.

—¿El director general no ha querido firmarlo por alguna razón?

Frunció los labios.

—Es un imbécil.

Interpreté que eso significaba que él no lo firmaría, pero quería mantener la paz, así que le tendí la mano.

—¿Esa es la factura?

Entró y me la entregó con una mirada asesina.

Me puse las gafas y casi se me salieron los ojos de las órbitas cuando vi el monto total al final de la hoja.

—¿Trescientos sesenta y siete mil dólares? Pensaba que ibas a alquilarlo, no a comprarlo.

Tiffany levantó un dedo a modo de énfasis.

—Ese es el precio del alquiler. Es por tres años, así que ponen el total del pago.

—¿Quieres gastar más de diez mil dólares al mes en un coche? Vives en Manhattan y coges un coche de servicio para ir al trabajo. ¿Con qué frecuencia lo vas a conducir?

—Limítate a firmar el maldito documento. Nadie te ha pedido tu opinión.

—¿Esto es lo que siempre te gastas en un coche de alquiler?

—El último podría haber sido un poco más barato.

—¿Cuánto más barato?

Se encogió de hombros.

—No soy contable. No me involucro en los detalles. ¿Vas a firmar o qué?

No estaba segura de cómo manejar la situación. Si no accedía, convertiría mi vida en un infierno cada vez que pudiera. Pero, si lo permitía, le daría vía libre a todos sus caprichos. La miré a los ojos.

—¿Puedo pensármelo durante el fin de semana? El veinticinco por ciento del equipo es propiedad de inversores y tenemos un deber para con ellos de no aumentar los gastos, ya que compartimos el balance final.

Puso los brazos en jarras.

—Estás siendo ridícula.

—Si lo soy, entonces no soy la única, ya que Tom y el director general no lo han firmado.

Tiffany resopló y salió del despacho hecha una furia, cerrando de un portazo a modo de signo de exclamación al final de su perorata. Me senté y eché un vistazo a la factura, todavía incrédula. El valor declarado del coche era de uno coma dos millones de dólares. ¿Cuánto costaba el seguro para ese tipo de coche? Más que mi renta anual, estaba segura.

Seguía mirando la factura cuando alguien llamó a la puerta. Sabía que no sería Tiffany porque nunca se molestaba en llamar a la puerta.

—¡Adelante! —grité.

Christian apareció en mi despacho. Llevaba una gorra de béisbol al revés, unos pantalones de chándal grises y una camiseta ceñida que le marcaba los músculos del pecho. Esos músculos… no salían de mi mente desde que nos dimos el abrazo de despedida el domingo.

—Hola. ¿Qué haces aquí? ¿Entregando una *pizza?*

—He pensado que podría pasarme a saludar. —Cerró la puerta tras él y caminó hasta el centro del espacio. Se detuvo y se pasó el pulgar por el labio inferior mientras miraba la ventana y luego a mí—. ¿Hace un rato estabas mirando el campo?

—No —dije con la voz unas cuantas octavas más altas—. ¿Por qué lo preguntas? ¿Has visto a alguien? Pensaba que la ventana tenía efecto espejo por fuera y que la gente no podía ver nada desde el otro lado.

—Así es. —Se encogió de hombros—. Pero me ha parecido sentirte.

Me reí de forma nerviosa.

—¿Has sentido que te observaba?

Me miró a los ojos.

—Entonces, ¿seguro que no estabas mirando?

«Mierda». Mentir se me daba fatal y él era el hombre más observador que había conocido jamás. Si seguía mirándome, lo acabaría leyendo en mi cara. Así que empujé la silla hacia la mesa y enterré la nariz en la factura que Tiffany había dejado al marcharse.

—No, estaba en una reunión con mi hermana. Quiere que la empresa le pague el alquiler de un coche demasiado caro. Costaría más que el primer hogar de la mayoría de las personas.

Christian no me quitaba los ojos de encima. Cuando tuve la oportunidad de levantar la vista, parecía que aún trataba de leer mi rostro. Sonreí.

—¿Qué tal la vuelta a los entrenamientos?

Le brillaron los ojos y tuve la sensación de que sabía exactamente lo que acababa de hacer. Aunque si la intuición no me fallaba, lo dejó pasar y se limitó a apoyarse contra el respaldo de la silla que había frente a mi escritorio.

—Bien. Tengo la rodilla mejor que nunca. ¿Qué tal tu semana? ¿Sigues con las agendas?

Asentí.

—Así es. He leído unas cuantas, pero lo dejé cuando llegué a una entrada en la que visitaba la tumba de mi madre. Me provocó emociones que no había sentido desde hacía tiempo, así que decidí darme un respiro. Lo que haya en esas agendas no cambiará las cosas y prefiero tener el estado de ánimo adecuado cuando continúe.

Christian frunció el ceño.

—Lo siento. Tendría que haber venido a verte antes, pero quería darte algo de espacio.

—No te preocupes. Si hubiera necesitado hablar con alguien, tengo a Miller. En realidad, todavía no le he contado lo de las agendas, y no estoy segura del porqué. Siempre es el primero al que cuento los cotilleos. Pero el otro día fui a visitar la tumba de mi madre y eso ayudó.

—Bien, me alegro. —Christian señaló la puerta—. Tengo que bajar pitando abajo, la terapia física empieza a las cinco. Puede que me hayan permitido volver a entrenar, pero también me obligan a seguir con las sesiones de terapia con láser para mantener la inflamación al mínimo e incrementar el flujo sanguíneo.

—Oh, no lo sabía. Puede que necesite modificar mis cálculos si todavía estás en tratamiento. El algoritmo da un porcentaje de finalización arriesgado.

Christian mostró un hoyuelo.

—Modifícalo solo para aumentar eso, jefa.

—Espero que estés bien. Necesitamos una victoria este fin de semana.

—Haré lo que pueda.

—Sé que lo harás.

—¿Vas a quedarte un rato? ¿Quieres ir a comer algo cuando termine?

—En realidad, tengo planes.

Christian asintió.

—¿Fofito?

No me sorprendió que lo recordara.

—Julian, sí.

—¿Vais a algún sitio bueno?

—Un italiano en Bleecker en el que nunca he estado.

—¿Vais allí directamente?

Lo confirmé con un gesto de la cabeza.

—Hemos quedado allí.

Christian rodeó el escritorio. Me quedé paralizada. Mi cara debía de reflejar nerviosismo porque sonrió y abrió los brazos.

—Solo le voy a dar un abrazo a mi amiga…

—Oh.

Al igual que la última vez, me envolvió en sus brazos tan fuerte que apenas podía respirar. Sin embargo, mi cuerpo dejó escapar un suspiro y se relajó. Era muy grande y cálido. Sentía que sus brazos eran el único lugar seguro en el que podía permitirme bajar la guardia un instante. Por no mencionar también olía divinamente, a pesar de que acababa de terminar un largo entrenamiento. No quería soltarlo, pero Christian se alejó demasiado pronto. Me dio un beso fugaz en la frente y me miró.

—Eso debería funcionar.

Fruncí el ceño.

—¿Cómo?

—Te acabo de impregnar con mi olor para mantener a raya a otros animales.

Me reí.

—Estás loco.

Me guiñó un ojo y me dejó marchar.

—Nos vemos pronto, jefa.

—Bueno, ¿qué tal las cosas con el equipo? La última vez que nos vimos estabas trabajando en un algoritmo, ¿no? —Julian dio un sorbo al vino.

Cuando llegamos, la mesa aún no estaba lista, así que nos tomamos una copa en la barra antes de sentarnos. Como no había comido nada desde el desayuno, me sentía un poco mareada tras una copa y media.

Asentí.

—Todo bien. Terminé de escribir el código del algoritmo y lo cargué con todas las estadísticas individuales de los jugadores. Los primeros resultados no fueron tan buenos, pero hice algunos ajustes con la ayuda de Christian y mi margen de error se está reduciendo.

—¿Christian es el jefe de análisis?

—No, es un jugador del equipo.

Julian frunció el ceño.

—¿Knox?

—Sí, ¿lo conoces?

—Por supuesto. Todo el mundo lo conoce, incluso un friki de la IA como yo.

Evité mencionar que en ese momento llevaba *eau* de Knox… y que quizá hubiera olisqueado la camisa en el coche. Varias veces. Pero ya había pasado suficientes horas pensando en Christian Knox las últimas dos semanas. Esta noche me dedicaría al hombre que era mi pareja perfecta y tenía la intención de cumplir mi objetivo.

—¿Te importa si no hablamos del equipo? —pregunté—. Ha sido agotador y me vendría bien un descanso mental.

—Por supuesto.

Tomé un sorbo de vino.

—Bueno, ¿qué te cuentas?

Sonrió con orgullo.

—Me han pedido que sea ponente en el Congreso de Tecnología Innovadora sobre Inteligencia Artificial.

—Oh, guau. Eso es increíble. Enhorabuena, ¿cuál será el tema?

—La revolución de la computación cuántica en la detección de patrones.

Durante los veinte minutos siguientes, Julian habló sobre cómo el último código que había lanzado iba a integrar bases de datos múltiples para buscar millones de registros en segundos y localizar similitudes en los datos, algo que un humano tardaría horas o días en lograr. Hace unos meses, este era el tipo de conversación en el que me sentía en mi salsa. Ahora, sin embargo, me encontré divagando un poco.

—Estaba pensando en comenzar la ponencia con una holografía de un modelo informático de red neuronal artificial superpuesta para que parezca que está funcionando dentro del cerebro. ¿Qué te parece?

Entrecerré los ojos para mirar a una pareja que había en la barra.

—¿Bella?

—¿Emm?

—¿Qué te parece?

—¿El qué?

—¿Utilizar una holografía para comenzar el discurso?

Volví a echar un vistazo a la barra. El hombre que estaba con esa mujer se parecía a Christian. ¿O era él? ¿Acaso mi mente me jugaba una mala pasada?

Julian se giró en el asiento para seguir mi mirada.

—¿Ves a algún conocido?

El hombre se había movido, de modo que ahora me daba la espalda. La mujer que lo acompañaba tenía las manos sobre su pecho y se reía. Sí, desde luego que veía algo.

—No. —Negué con la cabeza—. Lo siento, Julian. Pensaba que había visto a alguien que conocía, pero no.

—Oh.

—¿Qué me estabas preguntando?

Frunció el ceño.

—No tiene importancia.

«Mierda». Si no me ponía las pilas, iba a arruinar la cita. Me enderecé en el asiento y me incliné hacia adelante para ofrecerle toda mi atención a Julian.

—Es importante. Tu trabajo es importante y de verdad que quiero escucharte hablar de ello. Siento haberme distraído.

Julian sonrió con calidez. Mi renovado enfoque parecía haber suavizado las cosas. Al menos durante unos minutos, hasta que vi al chico de la barra dirigirse hacia nuestra mesa. Seguía creyendo que era el doble de Christian Knox... hasta que al hombre se le marcaron dos hoyuelos profundos y saludó.

Oh.

Dios.

Mío.

¡Era Christian!

Se aproximaba con una sonrisa de regodeo más brillante que el sol.

—¿Bella? Me había parecido que eras tú.

—¿Qué haces aquí, Christian?

Se encogió de hombros.

—Cenar.

—¿En este restaurante?

—Es uno de mis favoritos.

¿Era coincidencia? Creía que no le había dicho el nombre del restaurante al que iba esta noche, aunque había mencionado que estaba en Bleecker Street.

La mujer que lo acompañaba le estrechaba el bíceps.

—Es uno de sus favoritos, pero no recordaba el nombre. Hemos tenido que parar en cuatro restaurantes distintos del barrio para que echara un vistazo y ver si era el lugar correcto.

—Señaló los tacones de aguja que llevaba—. Estos están hechos solo para que te recojan y te dejen en la acera.

Incliné la cabeza y miré a Christian con los ojos entrecerrados.

—¿Cómo has sabido que estabas en el lugar correcto?

Christian ofreció una sonrisa estúpida y se metió las manos en los bolsillos.

—No estoy seguro. Supongo que he visto lo que estaba buscando al entrar, me refiero a las mesas y todo eso…

Entrecerré los ojos.

—Eh, eh.

Christian miró a Julian y extendió la mano.

—Hola. Soy Christian Knox.

Julian se levantó y le estrechó la mano.

—Julian Morehouse. Soy un gran fan.

Christian sonrió más cuando me miró y señaló a mi cita.

—Es un gran fan.

Puse los ojos en blanco.

—Vaya agarre tienes —dijo Julian con la mano todavía encerrada en la de Christian—. Pero ¿crees que puedes devolverme la mano? Necesito los dedos para trabajar con el teclado mañana.

—Oh, claro. Lo siento. —A Christian le brillaban los ojos—. Es la costumbre, me paso el día agarrando la pelota con fuerza en el entrenamiento. —Se giró hacia su cita—. Candice, esta es Bella Keating, mi jefa. —Hizo un gesto poco entusiasta en dirección a Julian—. Y él es Julius.

Julian extendió la mano hacia la cita de Christian.

—En realidad, me llamo Julian.

—Oh, lo siento. Tienes razón, Bella te ha mencionado. Trabajas en inteligencia artificial, ¿no?

—Así es.

Señaló hacia Candice.

—Qué pequeño es el mundo. Candice también.

«¿Está de broma? ¿Se ha presentado en el restaurante en el que estaba con una cita y ha traído a una mujer hermosa que haría buena pareja con mi cita?».

—¿Qué os parece si nos sentamos juntos? —preguntó Christian—. Es que tenemos tanto en común…

Antes de que pudiera oponerme a la idea, Julian asintió.

—Nos encantaría. —Me miró—. ¿Verdad, Bella?

Ofrecí mi mejor sonrisa falsa y dije entre dientes:

—Claro.

Sorpresa: Christian terminó a mi lado y su cita se acurrucó cerca de Julian. Los dos comenzaron a hablar de inmediato sobre la rama de IA en la que trabajaban. Entonces, me incliné hacia Christian y susurré:

—¿Qué crees que estás haciendo?

—Disfrutar de la cena. —Se encogió de hombros—. Es mi restaurante favorito, ya sabes.

—Apostaría todas las acciones del equipo a que nunca has puesto un pie aquí hasta esta noche. Intentas sabotear mi cita.

Christian se esforzó por parecer ofendido.

—¿Por qué haría eso?

—Porque no sabes aceptar un no por respuesta.

—Te garantizo que sé aceptar un no por respuesta cuando la persona lo dice en serio.

—Madre mía, no cabes en ti de lo que creído que eres.

Se acercó a mí y me susurró al oído:

—Ojalá tengas espacio para albergarme.

Abrí los ojos como platos. Tendría que haberlo abofeteado, pero, en cambio, estaba demasiado ocupada visualizando… en mi interior.

Quería darle un puñetazo. O saltar sobre su cuerpo. En ese momento, había una línea muy fina entre las dos opciones.

—Estás fuera del alcance de Julius —añadió.

—En primer lugar, se llama Julian y lo sabes. En segundo lugar, ¿por qué, exactamente, estoy fuera de su alcance? No lo conoces. ¿Lo estás juzgando por su apariencia?

—No hablaba de su apariencia. El chico tiembla como un flan al estrechar la mano. Tú necesitas un hombre con más confianza en sí mismo.

—Ya, y supongo que como en ese aspecto vas sobrado, ¿podrías ocupar el puesto?

Sonrió.

—O podría ocupar otra cosa…

Tiré la servilleta sobre la mesa y me levanté. Entonces, le dije a mi verdadera cita:

—Discúlpame un momento, Julian. Tengo que ir al baño.

—Por supuesto.

Me alejé a toda prisa de la mesa. No tenía que ir al baño, pero necesitaba estar sola unos minutos para recuperarme. O, en realidad, para hablar conmigo misma…

—Julian es perfecto para ti —me dije, mirándome al espejo del baño—. Es inteligente, amable, caballeroso y guapo.

«Apuesto a que no tiene un lenguaje soez», me respondió el reflejo en mi cabeza.

Entrecerré los ojos.

«Vaya cosa. Solo te gusta eso porque ha pasado mucho tiempo desde que estuviste con un hombre. Seguro que eso explica por qué tienes la ropa interior mojada ahora mismo. Es porque estás en sequía, no porque tenga los hombros anchos ni la cintura estrecha, tampoco por los bultos tallados en músculo a ambos lados. Y en absoluto es por su sonrisa arrogante o lo atrevido que es al desear que tú…».

—Julian y yo tenemos muchas cosas en común.

«Tienes un equipo de fútbol americano y Christian vive y respira para el deporte».

Fruncí los labios.

—Soy su jefa.

«Menuda tontería. De todas formas, dejas a los directivos todas las decisiones importantes que tienen que ver con el personal».

Me incliné hacia el espejo.

—Cállate. Simplemente, cállate.

Estaba tan absorta en la conversación conmigo misma que ni siquiera me di cuenta de que la puerta del baño se abría hasta que una mujer se puso detrás de mí con cara de preocupación.

—¿Te encuentras bien? —preguntó.

—Sí… Estaba, eh, practicando mi español. —«¿En serio? ¿Practicando español? ¿Eso es lo mejor que se te ocurre? ¡Estabas hablando en inglés! Puaj».

Cogí una barra de labios del bolso y me los pinté, a pesar de que no lo necesitaba. Cuando la mujer desapareció, respiré hondo y señalé con un dedo a la idiota del espejo antes de salir.

Para mi mala suerte, los minutos en el baño no me sirvieron para aclarar las ideas y caminé derechita hacia alguien que estaba a dos pasos de la puerta. Perdí el equilibrio al tropezar con él.

—Lo sien… —Empecé a disculparme antes de recuperar el equilibrio, pero me detuve cuando miré a la persona con la que había tropezado. Aunque habría sido necesario verle la cara, ya que el muro de roca de su cuerpo debería haberme dado una pista de quién era.

Christian me sostuvo por los hombros para estabilizarme.

—Guau. Más despacio. ¿Dónde está el fuego?

—Tú eres el fuego, Christian. ¿Qué haces aquí?

—Soy fuego por mi atractivo, ¿no?

Le aparté las manos de mis hombros.

—Lo digo en serio. ¿Por qué estás aquí?

—Por lo mismo que tú. —Se encogió de hombros—. Para cenar.

Puse los brazos en jarra.

—Mírame a los ojos y dime que es una gran coincidencia y que no has venido porque sabías que estaría aquí.

Christian clavó sus ojos en los míos. Luego, durante unos segundos, desvió su hermosa mirada azul hacia mi ojo izquierdo y luego al derecho antes de llevar una mano hasta mi mejilla.

—Eres preciosa. Tus ojos tienen pequeñas motas doradas alrededor del iris y se vuelven casi grises cuando te enfadas.

La irá se transformó en un aleteo en el vientre. Y las estúpidas hormonas que recorrieron mis venas cuando me tocó la mejilla me provocaron una neblina mental inmediata. Ni siquiera recordaba de qué estábamos hablando. Pero el momento se volvió demasiado intenso como para permanecer en silencio, así que dije lo primero que se me pasó por la cabeza:

—Se llama heterocromía central. Es algo genético y se nota más cuando el iris contiene bajas cantidades de melanina.

Christian arqueó las cejas.

—El anillo dorado se llama heterocromía central. Normalmente se muestra de forma concéntrica, en vez de sectorial, como en mi caso. Pero algunas personas tienen cuadrantes de color distinto.

Christian torció la comisura del labio.

—Es bueno saberlo. Ven a casa conmigo.

—Estoy en una cita, Christian.

—Solo porque intentas olvidar lo que está pasando entre nosotros dos.

—Realmente eres un ególatra…

Me acarició la mejilla con el pulgar. La sensación era áspera y, joder, lo sentía entre las piernas.

—Seamos honestos. Yo primero —dijo—. No es una coincidencia que esté aquí. He venido buscándote. Está claro que no ha sido uno de mis mejores momentos, pero me volvía loco solo pensar que estabas en una cita con ese chico.

El ligero aleteo del vientre se convirtió en un mariposario. Christian levantó la barbilla.

—Te toca, tienes que ser honesta. —Me deslizó la mano por la mejilla hasta la barbilla y me levantó la cabeza para que lo mirara a los ojos—. Dime que no sientes nada ahora mismo, que soy el único que siente que eres un imán y yo un trozo de oro.

Me mordí el labio.

—El oro no se siente atraído por un imán, al menos no el oro puro. El hierro, el níquel y el cobalto sí. Se llaman elementos ferromagnéticos.

Christian bajó la mirada hasta mis labios y sonrió.

—Hasta los extraños datos que sueltas cuando estás nerviosa son *sexys*.

—Christian…

Colocó dos dedos sobre mis labios.

—No vengas a casa conmigo, vale. Deja que te invite a un postre, un café o lo que quieras. Te dejaré en casa después y seré un perfecto caballero, lo juro.

Me estaba mordiendo el labio con tanta fuerza que seguro que se me hincharía.

Christian me sorprendió cuando dio dos pasos atrás y levantó las manos.

—Solo piensa en ello. Reflexiona durante la cena. Si de verdad crees que ese chico es un elemento más *ferramano* que yo, me haré a un lado.

Sonreí a medias.

—Ferromagnético.

—Maldita sea, las cerebritos son demasiado *sexys*. —Me guiñó un ojo—. ¿Quién lo hubiera dicho?

Christian regresó a la mesa y yo necesité otro minuto para recuperarme, aunque seguía igual de nerviosa cuando volví. Al final, los cuatro entablamos una cómoda conversación. En un momento dado, Julian estaba hablando de trabajo y yo tuve una visión de nosotros dos sentados en el sofá, cada uno en un extremo, con pijamas a juego. Julian estaría leyendo un libro y yo trabajaría con el ordenador. Él me miraría y sonreiría con calidez antes de enterrar la nariz en el libro de no ficción.

De vuelta a la realidad, no tenía ni idea de lo que Julian acababa de decir, así que ofrecí una sonrisa cuando se detuvo. Por fortuna, Candice estaba prestando atención. Mientras ella balbuceaba, me terminé el vino de la copa y eché un vistazo a Christian. Él jamás se sentaría al otro extremo del sofá si estuviéramos en mi apartamento la mañana después de pasar la noche juntos. Tal vez yo tratara de trabajar en un lado, pero, cuando nos encontráramos con la mirada, él sonreiría y me arrastraría hasta él para sentarme a horcajadas en su regazo. Y está claro que no llevaríamos pijamas. La mañana siguiente a una noche pasada con Christian, me pondría la camiseta que él llevaba el día antes, sin ropa interior, probablemente porque me la habría arrancado del cuerpo.

Cuando eché otro vistazo a Christian, le brillaban los ojos como si supiera en qué pensaba y se inclinó para susurrarme al oído:

—Un claro indicio cuando te humedeces ese labio inferior.

Un poco más tarde, el camarero se acercó con una pequeña carpeta de cuero.

—¿Le gustaría ver el menú de los postres? ¿Tal vez le apetezca tomar un café o un capuchino?

Christian levantó la mano.

—Para mí nada, gracias. Debería dar por terminada la noche. Mañana tengo que madrugar. —Se giró hacia mí y levantó una ceja—. ¿Qué hay de ti, Bella? ¿Quieres postre?

Una sensación de pánico se apoderó de mí. Miré hacia Julian, que también estaba atento a mi respuesta. Luego, volví a mirar a Christian antes de dirigir de nuevo la mirada a Julian. A diferencia de Christian, Julian probablemente no trataría de llevarme a casa con él, pero ¿qué tal si me daba un beso de buenas noches hoy? ¿Querría? Debería querer…

Volví a mirar a Christian, que me observaba con intensidad. ¿Quería que Christian me besara? La atracción que sentía por él era innegable. Sin embargo, la idea de besarlo también me asustaba muchísimo. No sabía qué hacer, pero cuando miré a Christian a los ojos, comprendí una cosa: si besara a Julian, me sentiría culpable. No importaba si eso tenía sentido o no, simplemente sabía que me sentiría así. Entonces, suspiré.

—Yo también tengo que madrugar, así que pasaré del postre. Gracias.

Christian ofreció una sonrisa de oreja a oreja. Después de eso, quiso terminar con todo tan rápido que hasta hacía gracia.

—Solo la cuenta —le dijo al camarero, e ignoró por completo el hecho de que tal vez las demás personas en la mesa querrían postre. Luego insistió en pagar la cuenta y se levantó incluso antes de dejar el bolígrafo después de firmar el recibo.

Finalmente, arrojó un fajo de billetes sobre la mesa como propina.

—¿Has venido en coche? —Levantó la barbilla hacia Julian, que negó con la cabeza.

—En metro.

—Hay un coche esperando en la esquina, os llevaré. —Sacó el teléfono del bolsillo y escribió algo—. Le diré que venga a por nosotros.

—Voy a la zona alta de la ciudad —dijo Julian—. No me gustaría que te desviaras de tu camino.

—No hay problema.

Una vez en la calle, Christian le abrió la puerta a Candice y luego me tendió una mano para que subiera tras ella.

—Julian, los cuatro vamos a estar un poco apretados aquí. ¿Por qué no te sientas delante? Te dejaremos primero.

—Oh… vale.

Cuando llegamos al apartamento de Julian, Christian no hizo ningún intento de moverse. No pensaba dejarme salir para que Julian y yo nos despidiéramos en privado. En vez de eso, bajó la ventanilla. Julian se inclinó y se despidió con la mano.

—Gracias de nuevo por la cena. Ha sido un placer conocerte, Christian. —Asintió con la cabeza a Candice antes de mirarme—. Te llamaré.

Christian ya estaba cerrándole la ventanilla en la cara a Julian cuando dije:

—Vale.

Entonces, se inclinó hacia adelante para decirle al chófer:

—La próxima parada es en casa de Candice.

El chófer asintió.

—Perfecto.

Por primera vez en toda la noche, Candice parecía un poco desconcertada.

—¿Tal vez puedas dejar a Bella primero para venir a tomar una copa de vino o algo?

Me sentí mal al pensar que ellos dos probablemente ya habían tenido «algo».

Christian negó con la cabeza.

—La primera semana de vuelta a los entrenamientos me ha dejado destrozado y mañana tengo que madrugar.

—Oh… vale.

Durante el resto del camino hasta el apartamento de Candice, un silencio incómodo se instaló en el asiento trasero del coche. Cuando nos detuvimos, se inclinó hacia adelante con una sonrisa forzada.

—Encantada de conocerte, Bella.

—Igualmente.

Christian me lanzó una mirada mientras ella bajaba del coche.

—Vuelvo en un minuto, voy a acompañarla.

Los observé caminar uno al lado del otro hacia el edificio de Candice. Cuando desaparecieron en el interior, se me revolvió el estómago.

¿Qué hacen ahí? ¿Qué hago yo aquí?

Unos minutos después, Christian dobló su gran cuerpo para entrar en el coche.

—¿Postre?

—¿Le has dado un beso de buenas noches? —Las palabras salieron de mi boca antes de poder detenerlas.

Christian sonrió y negó con la cabeza.

—En la mejilla, igual que hago con mi madre. —Se inclinó hacia mí—. No como voy a besarte cuando estés preparada.

Lo miré a los ojos.

—No sé cuándo podría ser eso…

Me cogió la mano y entrelazó los dedos en los míos.

—Está bien. Ahora estás aquí conmigo y no con el otro chico. Paso a paso.

Capítulo 13

Christian

—Candice y Fofito hacen buena pareja, ¿no crees? ¿Deberíamos ayudarlos a intercambiarse los números?

Bella entrecerró los ojos.

—No te pases. Ya has saboteado mi cita, lo has dejado tirado en la acera y me has traído contigo. ¿Ya se te ha olvidado eso de «paso a paso»?

Extendí la mano sobre la mesa y volví a entrelazar los dedos con los de Bella. Lo había hecho en el coche y ella no se había apartado. No me reconocía. Era increíble que para mí eso significara más que pasar la noche con alguna de las mujeres con las que había estado últimamente.

—Solo bromeaba.

Ella negó con la cabeza.

—No puedo creer que hayas buscado a una mujer que trabajara en IA para arruinarme la cita. Es bastante impresionante que hayas encontrado una con tan poca antelación. Además, era guapa.

Apreté los dedos de Bella.

—No tiene ni punto de comparación contigo.

La camarera se acercó y ni siquiera habíamos ojeado el menú. Me miró dos veces al darse cuenta de quién era.

—Eres… Christian Knox, el jugador de fútbol.

Eché un vistazo a la placa que llevaba con su nombre.

—Y tú eres Francine. Encantado de conocerte.

La mujer abrió los ojos como platos.

—¿Sabes cómo me llamo?

Señalé la placa que llevaba en el uniforme.

—Lo pone ahí.

Se rio con nerviosismo y se arregló el cabello.

—Oh, sí. Por supuesto. Claro. Soy una gran fan, señor Knox.

—Puedes llamarme Christian.

—Eres la única razón por la que veo fútbol. —Se cubrió la boca—. Oh, madre mía, cuando se lo cuente a mi novio, Freddy, va a alucinar. ¡Tengo su permiso para liarme contigo!

Eché un vistazo a Bella, tenía los ojos muy abiertos. Si esto le parecía impactante, entonces debería asegurarme de mantenerla alejada de la salida después de los partidos. Era habitual que una mujer me pidiera un autógrafo y luego se levantara la camiseta para enseñarme las tetas y me diera un permanente para que firmara en ellas.

La camarera se ruborizó.

—No puedo creer lo que acabo de decir. —Se giró hacia Bella—. Lo siento, no tenía la intención de ofrecerme. Bueno, a menos que solo seáis amigos. —Francine levantó las manos y retrocedió dos pasos—. Voy a cerrar el pico. ¿Por qué no traigo un poco de agua?

Sonreí.

—Eso sería genial. Gracias.

Bella negó con la cabeza cuando la camarera desapareció.

—¿Ese… tipo de cosas te suceden a menudo?

El imbécil engreído que había en mí quería decir que sí, pero no pretendía darle a Bella otra razón para tener miedo, así que me encogí de hombros.

—A veces me reconocen.

—Y te ofrecen sexo…

—Ella no me ha ofrecido sexo. Además, si tú entraras en cualquier bar de la ciudad, estoy seguro de que los hombres te ofrecerían sexo.

Bella resopló y se rio.

—Nunca he entrado en un bar y me han ofrecido sexo.

—¿Un hombre nunca te ha ofrecido una copa?

—Por supuesto, pero que te inviten a una copa no significa que te ofrezcan sexo.

Negué con la cabeza.

—Invitar a una mujer a una copa nunca es solo invitar a una mujer a una copa. Si respondieras «vamos a saltarnos la copa y tener sexo», la mayoría de los hombres no se negarían.

—Entonces, ¿todo hombre que invita a una mujer a una copa quiere meterse en su ropa interior?

—Más o menos.

Bella hizo un gesto entre nosotros.

—Esta noche nos has invitado a Candice, Julian y a mí a cenar. ¿Eso significa que quieres acostarte con los tres?

—He pagado la cuenta porque soy un capullo y he pensado que si Fofito no pagaba, aquello no podría considerarse una cita.

—¡Oh! —Asintió con la cabeza—. ¿Entonces no querías acostarte con Julian, solo con Candice y conmigo?

Bella era más lista que yo. No tenía dudas de que podría darle la vuelta a cualquier cosa que dijera, convertirla en un *pretzel* y devolvérmela. Pero sabía cómo cortar cualquier conversación con ella. Me incliné hacia adelante.

—Tú eres la única con la que quiero follar, Bella. No me interesa ninguna otra, aunque se abra de piernas para ofrecerse. Estoy deseando enterrar la cara entre las tuyas.

Abrió la boca para responder, pero la cerró y luego la abrió de nuevo.

Sonreí.

—¿Ahora quieres mirar el menú?

Ocultó el rostro tras el enorme menú de cuero, pero aún le veía los ojos. Tenía la mirada vidriosa, como si se imaginara lo que acababa de decir que quería hacer. Cuando se le formaron arrugas en los rabillos de los ojos, supe que trataba de ocultar una sonrisa.

A Bella le gusta mi lenguaje soez, aunque no lo quiera admitir.

Levantó la vista del menú.

—¿Qué? —preguntó.

No podía borrar la sonrisa de la cara.

—Nada. ¿Sabes lo que quieres?

Ojeó el menú un poco más.

—El tiramisú suena bien, pero también la tarta de queso con caramelo salado. Oh, y el *sundae* de *brownie*. —Se detuvo—. ¿Qué te apetece?

De algún modo, logré abstenerme de describir con lujo de detalles lo que quería comer.

—Suenan bien.

La camarera regresó con dos vasos de agua. Esta vez evitó el contacto visual conmigo y se limitó a mirar su libreta.

—¿Habéis decidido ya?

—Tomaremos el tiramisú, la tarta de queso con caramelo salado y el *sundae* de *brownie*.

—Marchando.

Bella se rio.

—No quería decir que teníamos que pedirlo todo, me he llenado bastante con la cena.

—Me comeré lo que dejes. Cuando estoy entrenando no tiro nada. Necesito las calorías.

—Dios, ojalá pudiera decir lo mismo. Necesito empezar a hacer ejercicio con urgencia, pero no me gusta correr ni la elíptica.

—Hay muchas maneras de hacer ejercicio. ¿Qué actividad te gusta?

—No tengo ni idea.

—¿Qué deportes practicabas en el instituto?

Bella sonrió.

—¿Deportes? Estaba en el equipo de debate, era la presidenta del club de matemáticas y tocaba el violonchelo.

Me reí.

—¿Has probado el yoga?

—Una vez fui a una clase, pero no pude seguir el ritmo. Estaba en un grupo de principiantes, pero los demás parecían conocer todos los movimientos, así que no volví.

—¿Natación?

—Me tapo la nariz cuando me zambullo en el agua. No me gusta notar el cloro en las fosas nasales.

—¿Escalada?

Arrugó la nariz.

—¿Ciclismo?

—En realidad, me encantaba montar en bici, pero me da mucho miedo hacerlo en la ciudad. Los taxistas y los conductores de Uber están locos.

—¿Qué hay de clases de *spinning*?

—Nunca lo he intentado. Pero ponen música a todo volumen, ¿no?

—Por lo general.

—La música a todo volumen me estresa. No me gusta sentir que no puedo seguir el hilo de mis pensamientos. Me gustaba montar en bici en exteriores. Cuando era pequeña, mi madre solía llevarme a un *camping* de Vermont al que iba con sus padres cuando era niña, el *camping* Green Mount. Íbamos a pasar una semana en verano y un par de veces al año para escapar de la ciudad durante el fin de semana. El *camping* alquilaba bicicletas y lo único que hacíamos era recorrer los senderos pavimentados desde que nos despertábamos hasta que nos acostábamos. Era mi actividad favorita.

—¿Sigues yendo allí?

Bella negó con la cabeza.

—El *camping* cerró hace unos años.

Asentí.

—¿Qué hay de montar en bici en una pista? El estadio, claro, tiene una. Está pavimentada y en el exterior. Muchos empleados la usan antes y después del entrenamiento.

—Tal vez lo pruebe, aunque primero necesitaría conseguir una bici y en mi apartamento no tengo sitio para guardarla.

—Estoy seguro de que el director del equipo estaría encantado de guardártela y, si quieres, puedo ayudarte a escoger una.

La camarera trajo los postres. Bella miró el tiramisú y sacó la lengua para humedecerse los labios carnosos. «Lo que daría por pasar la lengua por ellos, succionar el inferior como ella lo hace cuando está nerviosa, morderlo y tirar… Apuesto a que le gustaría».

Bella cogió una cuchara y pensó cuál probar primero antes de decidirse por el tiramisú. Se detuvo después de coger un trocito de pastel y me miró.

—¿No vas a comer?

Tenía la intención, pero ahora mismo estaba demasiado concentrado en observar cómo deslizaba la cuchara por la boca y lo disfrutaba.

—Dejaré que seas el conejillo de indias y me digas si están buenos.

—Vaya, gracias.

No podía apartar los ojos de su boca mientras la abría y deslizaba la cucharada de pastel en su interior. Se manchó el labio superior con un poco de nata y cuando se lo limpió con la lengua, tuve que removerme en el asiento para acomodar la tensión de mis pantalones. Vaya, esta mujer me estaba provocando una erección solo con verla comer. Me hacía sentir como si estuviera de nuevo en sexto, incapaz de controlar la polla al ver los pezones de las chicas marcados por el frío bajo sus camisetas cuando entrábamos en el edificio tras el recreo. Bella cerró los ojos mientras tragaba y no pude dejar de imaginarme que era mi polla lo que estaba disfrutando. Menos mal que habíamos pedido tres postres porque tardaría en recuperarme de esto.

Abrió los ojos y sonrió.

—Mmmm, qué rico.

«No podía estar más de acuerdo».

Al no coger una cuchara y probarlo, Bella ladeó la cabeza.

—Le he dado la aprobación. ¿No vas a probar un poco?

La miré a los ojos y abrí la boca en respuesta.

—¿Confías en mí para que te dé de comer? —Cogió una cantidad enorme de pastel. No bromeo, había como tres cuartos de la porción tambaleándose en la cuchara—. Dios sabe que tienes una boca lo suficientemente grande —dijo—, deberías poder comerte esto.

Bella sonrió al verme con la boca llena.

—¿Qué? ¿Ahora no dices nada así como «puedo comerme cualquier cosa que me des»?

Me señalé las mejillas y hablé con la boca llena:

—Tienes que darle a un chico la oportunidad de réplica.

Se rio y pasamos la siguiente media hora comiendo postre y olvidando el hecho de que había tenido una cita con otro chico una hora antes. En un momento dado, una familia pasó junto a la mesa. Resultó que tenían un par de gemelos que rondaban los trece años. Bella los miró y luego me miró a mí.

—¿Cómo eras de adolescente? Apuesto a que los chicos se apartaban en el pasillo para dejarte paso. ¿Eras el más popular?

Me encogí de hombros.

—Tenía muchos amigos.

—¿Qué hay de las chicas? Seguro que también eras popular entre ellas. Ya me hablaste de la chica de veintitrés años de Colorado con la que pensabas que tenías posibilidades a los quince, así que tu seguridad debe de proceder de algo.

Hace mucho tiempo aprendí que cuando las mujeres hablaban de mi pasado con otras mujeres, realmente no querían respuestas, o al menos, no en detalle.

—Tuve unas cuantas novias, nada demasiado serio.

—¿Las llevabas a tu habitación llena de trofeos de fútbol para seducirlas?

—En realidad, nunca llevé a ninguna chica a casa. Ni tampoco llevaba mucho a mis amigos.

—¿Y eso?

—Ya te mencioné que mi padre tenía un problema con la bebida, pero creo que me salté la parte en la que cuando se emborrachaba, se enfadaba. Nunca sabía en qué estado de ánimo se encontraría, así que evitaba la casa todo lo posible y a la mayoría de mis amigos les ocultaba el hecho de que era alcohólico.

Bella frunció el ceño.

—Lo siento.

—Gracias. Pero funcionó. No querer estar en casa hizo que dedicara tiempo extra a jugar al fútbol en el instituto. Eso me dio la ventaja que necesitaba para llamar la atención de las universidades. Bueno, eso y la ayuda del entrenador. Se reunía conmigo tras finalizar el entrenamiento habitual, hacíamos ejercicio y nos lanzábamos la pelota hasta que oscurecía.

—Me alegra haber tenido la oportunidad de conocerlo. Parece un buen hombre.

—Es el mejor. —Por primera vez, busqué el parecido entre Bella y el entrenador o con el mismísimo John Barrett. Al no encontrar nada, pregunté—: ¿Te pareces a tu madre?

Asintió con la cabeza.

—Cuando era pequeña, la gente me decía que era la viva imagen de ella, aunque yo no estaba de acuerdo. Pero hace poco, estaba buscando unos papeles y vi unas fotos antiguas de ella. Al principio pensé que era yo.

La luz de arriba captaba las motas doradas de los ojos de Bella. A riesgo de sonar como la típica película de Hallmark, realmente podía perderme en ellos.

—¿Ella también tenía ojos bicolor?

Negó con la cabeza.

—No, ¿y mi padre?

Pensé en cómo era John Barrett.

—No estoy seguro. Nunca me detuve demasiado a mirarle los ojos.

—¿Debería considerarme afortunada porque los míos hayan captado tu atención?

—No. Yo soy el afortunado por poder verlos.

Era casi medianoche cuando el coche se detuvo en el apartamento de Bella. Todavía no estaba listo para que terminara ese momento, así que le dije al chófer que aparcara en doble fila donde pudiera, no había hueco en ninguna parte de la calle.

—¿Quieres... dar una vuelta por el barrio o algo así? —pregunté.

Bella se miró los tacones.

—No llevo unos zapatos muy aptos para pasear. Además, este no es el mejor barrio para dar una vuelta. Hay muchas aceras rotas y criaturas rebuscando en la basura.

—Oh, vale. —Me froté las manos en los muslos. Bella me miró y sonrió.

—Qué bonito eres cuando tratas de ser bueno.

—Ah, ¿sí? ¿Lo suficiente como para darme un beso de buenas noches?

Se rio.

—Bueno, eso no ha durado mucho, ¿eh?

—Tratar de no presionarte es físicamente doloroso.

—Bueno, no me gustaría que sufrieras, así que ¿por qué no me acompañas al menos?

Acabábamos de bajarnos del coche cuando un reportero apareció de la nada. Disparó el *flash* y Bella dio un brinco hacia atrás y se tambaleó. La estabilicé antes de apartar la cámara de un manotazo. La teníamos prácticamente en la cara.

—¿Qué cojones haces sentado frente a su apartamento a medianoche? —bramé.

—Knox, ¿es cierto que la señorita Keating y tú estáis saliendo? —Al imbécil le importaba más conseguir una exclusiva que la cámara tan cara que tenía en las manos.

Di un paso frente a Bella y tiré de la cámara que llevaba colgada al cuello lo bastante fuerte como para que tuviera que inclinarse, pero no lo suficiente como para romperla.

—Vete de aquí antes de que te estrangule con esta cinta.

—Pero ¿estáis saliendo?

Bella me colocó una mano en el brazo.

—Christian, no le hagas daño. Está bien.

Negué con la cabeza.

—No está bien. No te sientas entre los arbustos y asaltas a las mujeres en la oscuridad. Eso es lo que hacen los ladrones y los violadores.

—Lo sé. No me refería a que estuviera bien que se dedicara a esto. Lo que quería decir es que deberíamos ignorarlo.

Eché un vistazo al chico, que todavía estaba doblado por la mitad, porque aún tenía en el puño la cinta de la cámara que le rodeaba el cuello.

—¿Esto se lo haces a todas horas?

—Solo me busco la vida, tío.

—Puedes formular las mismas preguntas y hacerle fotos a plena luz del día, cuando vaya al estadio a trabajar, no en su apartamento a medianoche. —Tiré un poco más fuerte de la cinta de la cámara—. ¿Lo pillas?

Él asintió con la cabeza y lo dejé marchar.

—¿Al menos me dirás si estáis saliendo?

Le clavé un dedo en el pecho.

—Si estás aquí fuera cuando vuelva, vamos a tener un problema, ¿entendido?

Pasé la mano por la cintura de Bella y la acerqué a mí mientras caminábamos hacia la frutería.

—Deberías vivir en un lugar más seguro.

—Lo sé. La otra noche alguien entró en el edificio, subió y llamó a la puerta de mi apartamento.

Me quedé congelado.

—¿Es una broma?

—No pasó nada. Vi a un chico con una cámara a través de la mirilla y le grité que se fuera o que llamaría a la policía, y se fue.

Negué con la cabeza.

—Voy a acompañarte hasta la puerta de tu apartamento.

Bella saludó a un hombre mayor que veía la tele sentado detrás del mostrador mientras nos dirigíamos a la puerta junto a las neveras. Ni siquiera estaba cerrada. Y la escalera estaba a oscuras.

—¿No hay luz? —pregunté.

Bella jugueteó con el teléfono y encendió la linterna para iluminar el pasillo oscuro.

—Está rota.

Masculló mientras subía las escaleras que crujían a cada paso. Cuando llegamos al rellano dos tramos más arriba, Bella se detuvo y señaló la única puerta.

—Esta es la mía.

Puse los brazos en jarras y negué con la cabeza.

—Estoy tan asustado por la falta de seguridad que ni siquiera puedo apreciar que te tengo a solas en un pasillo oscuro.

—No está tan mal…

—Tu seguridad es un anciano frágil de ochenta años que ve telenovelas. Encima, un tipo acaba de saltar de entre los arbustos.

Sacó las llaves del bolso y tuvo que dirigir el teléfono hacia el pomo de la puerta para acertar en la cerradura. Cuando se abrió la puerta, metió la mano y encendió una luz que iluminó mejor la zona.

—Gracias por el postre.

Asentí con la cabeza y le toqué la mano.

—¿Te sabe mal que haya estropeado la cita?

Se quedó en silencio un instante antes de negar con la cabeza.

—En realidad, no. Me gusta pasar tiempo contigo.

—Entonces deberías hacerlo más a menudo.

Bella se rio.

—Qué zalamero eres.

Moví las manos entrelazadas.

—¿Quieres salir conmigo, Bella?

—Creo que técnicamente ya lo hemos hecho. Nos hemos sentado juntos para cenar, has pagado la cuenta y me has traído a casa.

—Quiero una cita de verdad, en la que solo estemos tú y yo.

Miró hacia abajo y volvió a quedarse en silencio durante un buen rato antes de mirarme a los ojos.

—Tu contrato termina este año. ¿Qué pasa si no se renueva?

—¿Porque empecemos a salir?

—No, no porque empecemos a salir, sino porque la junta que decide sobre los contratos se celebra en unas semanas. ¿Qué pasa si el director general recomienda no renovarte debido a la lesión o por cualquier otro motivo y ya estamos saliendo?

Sonreí.

—Eso no va a ocurrir.

—Pero podría…

—No pasará. Pero si no me renovaran porque ya no pudiera rendir al mismo nivel, eso sería problema mío, no tuyo.

Negó con la cabeza y suspiró.

—¿Qué quieres de mí, Christian? ¿Solo sexo o algo más? Voy a ser sincera, podría lidiar con una relación física, pero no estoy segura de que sea buena idea. Entre mi cargo en el equipo y la confusión que siento con la relación con Julian…

Acababa de poner sobre la mesa una relación exclusivamente sexual y, en vez de saltar sobre ella, me sentí un poco ofendido.

—No quiero follarte solamente, Bella.

Ella suspiró.

—Eso sería mucho más fácil para los dos. Siempre estás de viaje y mi vida ya es bastante caótica.

En mi interior sabía que su reticencia no tenía nada que ver con que las relaciones son difíciles ni con que yo estuviera en el equipo del cual era propietaria. Bella estaba nerviosa. Tal vez porque mucha gente en su vida había desaparecido, o porque no quería perder su independencia. No estaba seguro, pero me pareció ver miedo en sus ojos.

—No estoy buscando algo fácil, Bella. Busco algo real.

Reflexionó sobre ello durante un buen rato hasta que al final asintió con la cabeza y respiró profundamente.

—Vale.

—¿Vale? ¿Eso significa que vas a salir conmigo?

Sonrió.

—«Vale» por lo general significa que sí.

Eché la cabeza hacia atrás y miré el techo.

—Joder, sí.

Se echó a reír y sentí ese sonido en el pecho. Nuestras manos estaban entrelazadas y tiré de ella hacia mí. Prácticamente tropezó cuando envolví su cintura con mis brazos.

—Sábado. Es nuestra única semana de descanso esta temporada.

—Vale.

Levanté una mano y le acaricié el cabello.

—Gracias.

Ella asintió con la cabeza.

—Nos tomaremos las cosas con calma, ¿vale?

—No me estoy quejando ni nada de eso, pero déjame ver si lo entiendo. Mis opciones eran que podíamos ser follamigos, lo cual es lo contrario a ir lento, pero si quiero algo más, ¿entonces tenemos que ir a paso de tortuga?

—Sé que parece un sinsentido. Supongo que suelo separar las cosas en mi vida y el sexo, cuando es solo sexo, es simple, pero cuando es algo más, se complica.

No estaba seguro de entenderlo, pero no importaba.

—Podemos ir lento.

Bella sonrió.

—No sé si eso es cierto, pero sí que estoy dispuesta a intentarlo.

Le di un beso en lo alto de la cabeza y me obligué a liberarla de mis brazos.

—Tienes razón, pero será mejor que entres.

—¿Por qué?

—Porque aunque mi cerebro entienda lo de ir lento…
—Hice un gesto a la erección que estaba creciendo en mis
pantalones solo diez segundos después de abrazarla—… mi
cuerpo, no.

Se cubrió la boca.

—Ahí va.

—Probablemente también deberías cerrar la puerta con
llave.

Bella se puso de puntillas para darme un beso en la mejilla.

—Buenas noches, Christian.

—Buenas noches, jefa. Nos vemos el sábado.

Capítulo 14

—¿Es tu cumpleaños?

Josh trajo un segundo ramo de flores y lo colocó en mi escritorio. Este era tres veces más grande que el que habían entregado una hora antes y tenía los colores más vibrantes que había visto en flores.

Me levanté.

—No, mi cumpleaños es en marzo. Pero, guau, son preciosas.

Sonrió.

—Bueno, entonces debes de gustarle mucho a alguien…

Abrí la tarjeta pegada a un lado. Madre mía. Los ramos no eran de alguien al que le gustaba, sino de varias personas. A diferencia de las flores que me había enviado Julian, esta tarjeta estaba escrita a mano y, por alguna razón, por la letra negrita y cursiva sabía que era de Christian.

> *Bella:*
> *Hasta mañana…*
> *Besos*
> *Christian*

Sonó el teléfono y el nombre que apareció en la pantalla era justo el que necesitaba en ese momento. «Miller». Deslicé el dedo sobre la pantalla para responder.

—¿Cómo sabías que necesitaba hablar contigo?

—Lo he leído en el *Post*. Y estoy enfadado por haberme enterado así. Dame todos los detalles.

Fruncí el ceño.

—¿De qué hablas?

—¿No has visto el *New York Post* esta mañana?

—No leo el *Post*. Demasiados deportes.

—Emmm, cariño, ahora eres la propietaria de un equipo de fútbol, pero podemos dejar esa conversación para otro día. Tu follamigo y tú salís en la página seis.

—¿Sigues escuchando en bucle a Elvis?

—Sí, y estoy seguro de que Elvis le dedicó a Christian Knox esa canción.

Como de costumbre, la conversación se había desviado.

—Rebobinemos, ¿Christian sale en el *Post*?

—Los dos salís en el *Post*. Y el modo en que te rodea con su gran mano, acercándote a su costado, es muy excitante.

«Vaya, el reportero de anoche».

—¿Puedes mandarme una foto de la foto y lo que pone?

—Claro, espera.

Treinta segundos después, el teléfono vibró con un mensaje nuevo. Lo abrí y vi exactamente lo que Miller había descrito. Christian y yo caminábamos hacia mi edificio. Él me rodeaba con el brazo. Parecíamos una pareja. En cualquier caso, si la gente no viera la foto de esa forma, el titular de abajo lo decía todo.

¿Negociaciones de contrato a medianoche?

El contrato del *quarterback* estrella de los New York Bruins expira este año. ¿Christian Knox y la nueva propietaria del equipo, Bella Keating, están inmersos en negociaciones a medianoche?

Aj. Como si no tuviera suficientes problemas para que me tomen en serio por aquí.

—Joder, ¿esta gente no tiene nada mejor que hacer?

—La última vez que hablé contigo, ibas a salir con Julian por segunda vez. ¿En vez de eso saliste con Christian?

Me recosté en la silla con un suspiro.

—Anoche salí con Julian, solo que Christian apareció y arruinó la cita.

Miller se rio.

—¡Me encanta ese tipo! No hay nada más *sexy* que un hombre que sabe lo que quiere y va a por ello. Excepto tal vez un hombre que sabe lo que quiere, va a por ello y tiene una polla grande, y apuesto a que la tiene. Oh, madre mía, será mejor que no seas tan reservada como de costumbre. Tienes que contarme esto: ¿cómo la tiene? Apuesto a que le mide, por lo menos, veinte centímetros. Está circuncidado, ¿no? No me gustan los guerreros encapuchados. ¿Qué tal el depilado? El otro día vi una foto suya en internet y tenía el vello del pecho muy corto. Las cortinas deberían hacer juego con la alfombra y…

—Tómate un respiro, loquillo —lo interrumpí. Probablemente debería haber empezado por el hecho de que no tenía ni idea de cómo tenía la polla Christian, pero estaba demasiado intrigada por otra cosa—. ¿El otro día viste una foto de Christian sin camiseta?

—Sí —dijo Miller de forma remilgada—. Ni siquiera la estaba buscando. Fui a agregar algo en mi carpeta de redecoración de cocina de Pinterest y, en vez de eso, apareció mi carpeta de Christian.

—¿Tienes una carpeta de Christian en Pinterest?

—Trent la empezó. Íbamos a montarla para ti, pero entonces nos dimos cuenta de que era un pasatiempo divertido para nosotros. Mirar fotos de él es un preliminar mejor que ver *Crónicas vampíricas* por octava vez.

Me reí.

—Eres muy retorcido, ¿lo sabes?

—No cambies de tema. ¿Cómo la tiene tu follamigo?

—No lo sé. Me arruinó la cita y luego fuimos a comer el postre y me dejó en casa. No me acosté con él.

Miller suspiró.

—Dios, qué aburrida.

Me recosté en la silla.

—Estoy muy confundida, Miller. Julian es adecuado para mí. Sé que lo elegí de una forma poco ortodoxa, pero estaba empezando a hacerme a la idea de tener una relación verdadera por primera vez. Éramos muy buenos amigos; dar un paso más no habría sido difícil. Pero ni siquiera me molestó que Christian me arruinara la cita.

—Las cosas cambian.

—Pero Julian y yo somos perfectos el uno para el otro.

—Ser perfecto sobre el papel no siempre implica amor, cariño. Sé que esto te resultará difícil de creer, pero no puedes introducir un montón de datos en una fórmula y decidir de quién deberías enamorarte. El amor está fuera de toda lógica.

Fruncí el ceño.

—Detesto lo ilógico.

Miller se rio entre dientes.

—Lo sé. Te gusta que las cosas sean ordenadas y sensatas. Te mata que suceda algo que no habías visto venir. Pero, a veces, las mejores cosas de la vida son las inesperadas.

—Julian me ha enviado flores esta mañana —dije—. Y Christian también.

—¿Cuáles son más grandes?

Miré los dos jarrones del escritorio. El ramo gigantesco de Christian eclipsaba al pobre de Julian en tamaño, vitalidad e incluso personalidad. El paralelismo entre las flores y los hombres era evidente.

—Christian puede conseguir a la mujer que quiera. Tendrías que haber visto a la camarera de anoche balbucear cuando se acercó a tomar nota de lo que queríamos pedir.

—Tal vez, pero parece que la mujer que quiere eres tú.

Respiré hondo y exhalé de forma audible.

—Acepté tener una cita con Christian. Es mañana.

—Entonces tenemos que ir de compras. Te recojo en el estadio a las seis. ¿Adónde vais?

—No tengo ni idea.

—Bueno, ahora eres rica. Compraremos varios conjuntos para que estés preparada para cualquier cosa.

—Tengo mucha ropa en casa.

—Tienes mucha ropa para salir con Julian Morehouse. Créeme, nada de lo que tienes en el armario es digno de Christian Knox.

Debería haberme sentido insultada con ese comentario, pero probablemente tenía razón.

—Mejor a las seis y media. Tengo una reunión a las cinco y puede que se alargue un poco.

—Muy bien, cariño. Nos vemos luego.

Lo bueno de este trabajo era que no tenía tiempo para pensar demasiado. Tras colgar a Miller, tuve que marcharme a una reunión y luego a tres más. Caminé por el muro de ventanas y miré hacia el campo. Los jugadores estaban dispersos por todo el césped y, al parecer, el entrenamiento había terminado. Christian estaba en la zona de anotación, lanzando el balón a uno de sus receptores. Lo observé durante unos minutos, asombrada por lo elegante que podía ser un hombre tan grande. Hacía que pareciera fácil lanzar una pelota a más de cincuenta metros. Unos minutos después, él y el jugador con el que había lanzado la pelota chocaron las manos y Christian se dirigió al túnel mientras hablaba con el coordinador ofensivo.

—¿Por qué no has firmado el acuerdo de patrocinio que te propuse la semana pasada? —La voz de mi hermana Tiffany me hizo dar un respingo. Me giré y la encontré en modo pelea, con las piernas abiertas y los brazos cruzados sobre el pecho—. ¿Y dónde está mi coche de alquiler?

Exhalé.

—Hola, Tiffany. ¿Cómo estás?

—Mal. ¿Por qué no está firmado el contrato de Foreman?

Como si su interminable estado de infelicidad se curara firmando un contrato…

—Pedí al departamento de relaciones públicas que indagara un poco. Una de las empresas que posee Foreman fabrica ropa infantil y recordé que hace unos meses leí un artículo que apuntaba a explotación infantil en Myanmar.

—Todos los proveedores se investigan antes de hacer negocios con ellos.

—Vale, pero no hacemos una actualización anual de los socios de negocios. Investigué un poco y llevamos diez años haciendo negocios con Foreman. La empresa podría haber cambiado mucho desde entonces.

—Es una empresa respetable.

—Estoy segura de que tienes razón, pero una nueva revisión no está de más. El equipo de relaciones públicas no tardará en mandarme el informe. Pensé que era mejor prevenir que curar. No querría que nada manchara el nombre de los Bruins.

Tiffany dibujó una sonrisa maliciosa en su rostro.

—Sí, no querríamos que nadie más manchara el nombre del equipo, sobre todo cuando la encantadora nueva propietaria está haciendo un gran trabajo por su cuenta.

Entrecerré los ojos.

—¿Cómo se supone que estoy manchando el nombre del equipo?

—Que los jugadores te toquen más a ti que al balón no nos hace quedar precisamente bien.

—¿Tocarme? ¿De qué hablas?

—He visto el *Post*.

Suspiré. Por supuesto que lo había visto.

—¿Hay algo más de lo que necesites hablar conmigo?

Su respuesta fue darse la vuelta, pero se detuvo en el umbral de la puerta.

—Para cuando lleguemos a las eliminatorias, ya habrá terminado contigo. Y eso es mucho decir. Si no me crees, pregúntale a Salma de contabilidad.

Hasta este momento, pensaba que me había mantenido firme en la conversación con mi hermana, pero ese último comentario me dejó perpleja. ¿Salma de contabilidad? ¿La de las tetas grandes y el cabello bonito y brillante? Por suerte, mi hermana se marchó y no se dio cuenta de que me había asestado un golpe directo, aunque sospeché que lo sabía.

Cinco minutos después, todavía no me había recuperado por completo, pero me obligué a volver al trabajo. Sabía que Josh llamaría a la puerta en cualquier momento para recordarme que teníamos otra reunión. Me concentré en el ordenador y revisé mi agenda. Unos segundos después, llamaron a la puerta. Levanté la vista y me encontré a Christian.

Echó un vistazo a los dos jarrones de flores del escritorio y frunció el ceño.

—¿Tienes un minuto?

Asentí.

—Solo uno. Tengo una reunión ahora.

Christian cerró la puerta tras él y se dirigió hacia el escritorio. Señaló las flores.

—¿La floristería se ha equivocado y ha mandado dos?

Negué con la cabeza.

—Uno es de Julian.

Parecía que Christian iba a decir algo, pero cerró la boca y la contracción del músculo de la mandíbula habló por él. Nunca había sido una mujer celosa, pero ese gesto dejaba claro lo que él sentía. Por mi parte, no estaba dispuesta a quedarme callada como él.

Tiré el bolígrafo sobre el escritorio.

—¿Te acostaste con Salma de contabilidad?

Me miró con los ojos entrecerrados.

—¿Dónde has oído eso?

—¿Acaso importa?

Cruzó los brazos sobre el pecho.

—Es que tengo curiosidad por saber quién te ha dado esa mierda de información.

—Entonces, ¿no te has acostado con ella?

—Nos conocimos en la fiesta de fin de año del equipo hace dos años. Yo me tomé un par de copas, algo que normalmente no hago. Hablamos un rato y luego me invitó a salir, cosa que me pilló por sorpresa. Acepté. A la mañana siguiente, me di cuenta de que sería una tontería, así que decidí hablar con ella y retractarme. Pasé la Navidad en casa de mi hermano y para cuando regresé, era tarde. Ya le había contado a la mitad de la empresa que teníamos algo. Cuando le dije que no iba a salir con ella, le explicó a todo el mundo que la había dejado porque ya había conseguido lo que quería de ella. Lo dejé pasar, pensé que se sentía avergonzada porque había cambiado de idea y no quería participar en un concurso de meadas para dejar las cosas claras.

—Oh…

—¿Y ahora vas a decirme quién está intentando sabotear nuestra relación antes incluso de que haya comenzado?

Fruncí el ceño.

—Tiffany. Me ha dicho que me convertiría en otra mujer a la que destrozarías. —Negué con la cabeza—. No sé si has visto el *Post* esta mañana, pero han publicado una foto que el reportero nos hizo anoche con un titular muy sugerente.

Christian suavizó la postura. Abrió los brazos y metió las manos en los bolsillos de los pantalones deportivos mientras se encogía de hombros.

—He oído algo. Sabes que tu hermana solo quiere meterse en tu cabeza. Le encanta molestarte.

Suspiré.

—Lo sé.

Christian me miró a los ojos.

—Entonces, ¿estamos bien? ¿Crees lo que te he dicho sobre Salma?

—Claro. A diferencia de mi hermana, nunca me has dado motivos para dudar de tu honestidad.

—Bien. —Sonrió sin entusiasmo—. ¿Ahora me toca a mí estar celoso? —Christian echó una mirada fugaz a las rosas que no me había enviado—. ¿Te ha pedido otra cita?

—En la nota dice que se lo pasó bien y que espera que podamos repetir, pero en una cita a solas. —Señalé la tarjeta—. La puedes leer, si quieres.

—Gracias, pero no hace falta. —Christian bajó la mirada un instante—. ¿Quieres salir con él otra vez?

Me encogí de hombros.

—Estoy confusa sobre lo que siento por Julian. Pensaba que era exactamente lo que necesitaba.

Christian dibujó una sonrisa arrogante. Esperé una respuesta igual de arrogante, pero entonces alguien llamó a la puerta. Era Josh, que abrió y asomó la cabeza.

—Oh, lo siento, pensaba que estarías sola. Solo quería avisarte de que la próxima reunión debería empezar en cinco minutos.

—Gracias, Josh. Ahí estaré.

—Perfecto. —Asintió con la cabeza a Christian—. Knox.

Christian levantó la barbilla.

—Sullivan.

Cuando Josh cerró la puerta, Christian recogió un pétalo que se había caído. Lo frotó entre los dedos.

—Estás ocupada, así que te dejo tranquila. Solo venía a preguntarte si mañana a las ocho de la mañana está bien.

Había dado por hecho que saldríamos por la noche, pero no importaba.

—Claro.

—Te recogeré.

—Vale.

—Lleva algo cómodo de ropa.

—Oh… ¿Qué vamos a hacer?

—Es una sorpresa.

Arrugué la nariz.

—Soy más de planear las cosas que de sorpresas.

Christian sonrió.

—También pensabas que Fofito era exactamente lo que necesitabas. Abre tu mente. —Me guiñó un ojo—. Nos vemos mañana, preciosa.

Capítulo 15

Bella

Me cambié cuatro veces.

Y eso que antes de ponerme el conjunto que llevaba en ese momento, había buscado en Google «ropa cómoda». El rango de fotos que aparecieron iba desde pantalones de yoga a bonitos vestidos cortos, y vaqueros rotos y zapatillas deportivas. La definición escrita que había encontrado tampoco ayudaba mucho: «ropa que te hace sentir relajada». ¿Relajada? ¿Están locos? Claramente, estos resultados no eran para mí. Esa palabra no aparecía de forma habitual en mi vocabulario durante una semana normal y ahora que faltaban quince minutos para que Christian Knox me recogiera, ¡todavía menos!

O eso pensaba…

Toc. Toc. Toc.

«Mierda». Miré mi reflejo en el espejo. Llevaba un vestido de manga larga fruncido que Miller me había obligado a comprar la noche anterior y tenía muchas ganas de cambiarme de ropa. Pero antes debería dejar entrar a Christian.

Me detuve frente a la puerta y respiré hondo antes de abrir.

—Hola… —Se me desencajó la mandíbula cuando vi el atuendo de Christian. Llevaba un pantalón deportivo y una camiseta térmica ceñida—. Voy demasiado elegante, ¿no?

Christian me recorrió con la mirada de arriba abajo.

—Estás muy guapa, pero tal vez quieras ponerte pantalones.

Suspiré y me hice a un lado.

—Sabía que iba demasiado arreglada. Pasa. Voy a cambiarme. Y te lo advierto, es probable que lo haga más de una vez.

Christian miró el diminuto apartamento y se detuvo en el sofá, que tenía un montón de ropa tirada por todas partes. La mayoría de las prendas aún tenían la etiqueta, todo fruto de las compras con Miller.

—Supongo que este no es el primer cambio de vestuario que has hecho.

—Ropa cómoda supone un amplio espectro de opciones.

—¿Tienes pantalones de yoga, de esos que las mujeres usan para hacer ejercicio?

—Sí, ¿esa es la ropa apropiada para hoy?

Christian se encogió de hombros.

—Servirán. Además, me gustaría ver qué culo te hacen.

Me reí.

—Déjame ver qué encuentro. —Me dirigí a la cómoda y abrí el cajón donde guardaba la ropa deportiva que rara vez usaba. Mientras, Christian echaba un vistazo a su alrededor.

Miró la estantería.

—¿Qué es eso?

—Son unos metrónomos antiguos. Los colecciono.

—¿Lo que utilizan los músicos para mantener el ritmo?

—Sí.

—¿Tocas algún instrumento?

Negué con la cabeza.

—No he tocado desde el instituto. Cuando vivía en el refugio, tocaba en una orquesta y mi profesora nos dio un metrónomo a cada uno para que lo usáramos en los ensayos. Nos dijo que aprender a tocar mientras sonaba era un buen entrenamiento para seguir las manos de un director de orquesta. En realidad, no lo usé para ensayar, pero, de alguna manera, el sonido que emitía me relajaba. Tras la muerte de mi madre, sufrí muchos ataques de pánico y descubrí que encender el metrónomo y concentrarme en él era reconfortante.

Un día pasé por una tienda de antigüedades y vi uno en el escaparate. Entré y lo compré y supongo que en ese momento empecé a coleccionar metrónomos antiguos.

Christian presionó el botón de uno y comenzó a escucharse el sonido rítmico. Lo mantuvo encendido unos diez segundos y luego lo apagó.

—Eso me volvería loco.

Me reí.

—Miller dice lo mismo.

Levanté unas mallas Lululemon, un top corto y una chaqueta a juego con cremallera.

—¿Qué te parece esto?

Sonrió.

—Genial. Es muy *sexy*. Estoy deseando vértelo puesto.

—Pero ¿también es apropiado para el lugar al que vamos? Mejor todavía, ¿por qué no me dices adónde vamos si de todas formas lo voy a descubrir pronto? Así podría tomar una decisión informada sobre qué ponerme.

—Nah. —Christian se encogió de hombros—. Vamos a trabajar en que aprendas a dejarte llevar.

—Oh, ¿eso vamos a hacer?

—Sí. Ve a cambiarte.

Entrecerré los ojos antes de dirigirme al baño.

—Mandón.

Cuando salí, Christian estaba sentado en el sofá, que era más bien un sillón de dos plazas para que cupiera en mi pequeño apartamento. Incluso así, ocupaba más de la mitad del espacio. Eché un vistazo a la pila ordenada a su lado.

—¿Me has doblado la ropa?

Asintió.

—Pareces de esas chicas que no saldrían de casa sin doblarla antes, así que he pensado en hacerlo yo para ganar tiempo. Tenemos un largo camino por delante.

Eso era extrañamente dulce y también muy cierto. Extendí los brazos para mostrar el conjunto que llevaba.

—Entonces, ¿esto está bien para hoy?

Christian levantó el dedo índice y marcó un círculo en el aire.

—Date la vuelta, quiero verte bien.

Hice un giro de 360 grados.

—¿Bien?

Se levantó.

—Tienes un buen culo.

—Gracias, pero ¿la ropa está bien para hoy?

—Sí, puedes llevar cualquier cosa.

—Si puedo llevar cualquier cosa, ¿por qué he tenido que darme la vuelta para que pudieras verme bien?

—Eso ha sido para aprovecharme.

Bajamos a la calle. Christian tenía un SUV oscuro aparcado cerca de mi casa. Una vez dentro, me puse el cinturón y miré a mi alrededor.

—Esto tiene los mismos metros cuadrados que mi apartamento. ¿Dónde lo guardas?

—En un aparcamiento delante de casa.

—¿Lo conduces a menudo?

—También tengo una moto. La uso casi siempre porque así es más fácil moverse por la ciudad.

—¿Vas en moto por la ciudad?

Christian puso en marcha el motor.

—Sí.

—Oh. ¿Y eso no es peligroso?

—Mi hermano Tyler vive en Jersey. El año pasado, se quedó en mi casa el fin de semana de Navidad. Un taxi chocó contra la acera y le rompió el dedo del pie. Esta ciudad es una zona de guerra, y no importa el medio de transporte que uses.

Nos dirigimos hacia el norte por la I-95 durante varias horas. Christian seguía negándose a darme ninguna pista sobre el lugar al que íbamos. Sospechaba que quizá me llevaba a su cabaña de Maine, al menos hasta que salió de la interestatal y tomó rumbo al oeste por una carretera diferente. Cuando finalmente cogió una salida en Vermont, lo supe.

—Oh, hacía años que no venía. Estamos cerca del *camping* que te dije al que mi madre me llevaba a montar en bici.

Christian sonrió.

—Lo sé, llegaremos en cinco minutos.

—¿Vamos allí?

Señaló por encima del hombro.

—Las bicis están atrás.

—¿Bicis?

—Sí. Te he conseguido una de veintiséis pulgadas. He tenido que adivinar el tamaño de rueda que necesitas.

—Pero el *camping* cerró.

—Sí, pero podemos usarlo durante el día.

—¿Cómo es posible?

—Busqué el *camping* Green Mount. Resulta que la propiedad está a la venta. Llamé y le dije a la agente inmobiliaria que quería verlo. Me ofreció mostrármelo, pero le dije que prefería verlo por mi cuenta. Al principio, se mostró reacia. Entonces le dije quién era y le prometí dos entradas para el partido de la semana que viene. Deberíamos poder disfrutar del lugar durante el día.

Lo miré.

Christian sintió mi mirada y se giró.

—¿Qué?

—No puedo creer que me estés llevando al *camping* para montar en bici. Jamás habría pensado que una cita contigo sería así.

—¿Cómo pensabas que sería?

—Oh, no lo sé. Que me llevarías a algún restaurante carísimo y luego intentarías que fuera a tu casa para poder manosearme.

Christian sonrió.

—Acabas de arruinar la segunda parte de la cita.

Me reí.

—En serio, Christian. Esto es lo más dulce que una persona ha hecho jamás por mí. Que me escucharas el otro día cuando te conté la historia del *camping* dice mucho de ti.

—No te formes una imagen de mí demasiado buena porque te llevarás un chasco cuando me pase el día detrás de ti, mirando cómo mueves el culo.

Nunca habría tildado a Christian Knox de una persona modesta, pero se percibía justo por debajo de esa superficie arrogante que mostraba.

Giramos a la izquierda y ante mis ojos apareció la entrada al *camping*. Habían reemplazado el gran cartel de bienvenida de madera que recordaba por una cadena gruesa que bloqueaba el paso y un letrero que decía: «Privado – No pasar». Christian se detuvo y aparcó el SUV.

—La agente inmobiliaria me dio la combinación de la cerradura. Vuelvo enseguida.

Observé a Christian mientras bajaba del coche y jugueteaba con la cerradura. Dejó la cadena en el suelo, regresó y entró. Luego, volvió a poner la cadena para que nadie más pudiera entrar.

—¿Recuerdas dónde empezaba el carril bici?

Señalé a la derecha.

—Sí, está a unos 800 metros en esa dirección.

Aparcamos en una zona de césped al inicio del carril. Por desgracia, había visto tiempos mejores. Las raíces de los árboles habían roto el pavimento y la maleza se apoderaba de lo que tiempo atrás había sido un lugar limpio y ordenado para montar en bici. Christian inspeccionó la zona.

—Creo que será mejor que vayamos por la calle que por el carril. Al menos, no debería haber coches.

—Sí, me parece bien.

Christian abrió el maletero del SUV, que contenía dos bicicletas. Descargó la más grande y luego colocó la blanca junto a mí.

—Parece que debería irte bien —dijo.

—Así es. Bueno, ¿de quién es la bici?

Christian se encogió de hombros.

—Tuya. La compré anoche.

—¿Has comprado esta bici?

—Dijiste que querías encontrar una actividad para hacer más ejercicio, y pensé que quizá esto ayudaría.

Miré la bicicleta y negué con la cabeza.

—No sé qué decir.

Christian sacó una bolsa de lona del SUV. Contenía dos cascos y dos botellas de agua. Me pasó uno de cada.

—¿Quieres darme un *tour* por el *camping*?

Sonreí.

—Me encantaría.

Durante la siguiente hora y media, Christian y yo montamos en bici por el *camping*. Estaba cubierto de maleza y abandonado, pero no importaba. El sol brillaba, el viento soplaba en mi cara y sentía esa calidez en el pecho que siempre me había provocado venir aquí con mi madre. Era como si no existiera nada más en el mundo. No recordaba la última vez que pude decir eso. Cuando llegamos a una zona con bancos de pícnic, Christian la señaló.

—¿Hacemos un descanso?

—Claro.

Aparcamos las bicis y nos sentamos sobre la mesa con los pies en el asiento. Dejé escapar un suspiro de satisfacción.

—Es el mejor día en mucho tiempo.

Christian sonrió.

—Bien, me alegro de que estés disfrutando.

—Creo que no era consciente de lo tensa que estaba. Vivir en un estado de estrés constante me había hecho olvidar esta sensación de serenidad.

—El ejercicio no solo es bueno para el cuerpo, también ayuda a la mente.

Tenía razón, por supuesto. Pero no me sentía así solo por el ejercicio, sino también por el hombre que estaba sentado a mi lado. Y quería mostrarle lo que él me provocaba. Entonces, me puse en pie sobre el asiento y levanté una pierna para sentarme a horcajadas sobre él. No dejé de mirar al frente y le rodeé el cuello con las manos.

—Lo que me hace sentir así no es solo el ejercicio, Christian.

Me rodeó la cintura con los brazos.

—Ah, ¿no?

Negué con la cabeza.

Christian llevó la mirada a mi boca y los dos nos movimos al mismo tiempo, acortando la distancia que nos separaba. Cuando nuestros labios se unieron, todo mi cuerpo se encendió. La lentitud duró cinco segundos. Christian deslizó una mano por mi cuello y apretó, mientras que con la otra me acercaba a él. Ninguno de los dos parecía poder acercarse lo suficiente. Nos habíamos tomado demasiado tiempo y teníamos mucha frustración contenida que liberar. Apreté la parte trasera de su camiseta con los puños cerrados mientras Christian utilizaba la mano que tenía en mi cuello para inclinarme la cabeza y profundizar el beso. Dios, desde luego, habíamos esperado demasiado. Mucho, muchísimo tiempo. Quería desnudar a este hombre justo aquí, al aire libre, y trepar sobre él como si fuera un maldito árbol. Christian gimió y el sonido viajó a través de nuestros labios unidos y fue directamente hacia mi entrepierna. El cuerpo se le endureció y sabía que solo tendría que deslizarme unas cuantas veces hacia adelante y atrás para que la fricción me hiciera explotar. Estaba considerando hacerlo cuando Christian separó su boca de la mía.

—No… —jadeé—. No pares todavía.

Christian tenía la respiración agitada. Inclinó la frente contra la mía.

—Viene alguien.

—¿Qué? —Miré a mi alrededor y vi que un coche aparcaba junto a la mesa de pícnic en la que nos estábamos enrollando. Ni siquiera había oído que se acercaba—. Mierda… —Me moví para bajarme, pero Christian me arrastró hacia atrás. En vez de eso, me giró y me dejó sentada entre sus piernas.

—Tienes que quedarte ahí, cariño —susurró—, o de lo contrario vamos a saludar a esa mujer con un brazo más.

Una mujer rubia bajó del coche. Llevaba un par de tacones altos y un bolso colgando del brazo. Se dirigía hacia nosotros como Elle Woods.

—Hola. Lamento interrumpir. Soy Pat Block, la agente inmobiliaria con la que hablaste.

Christian bajó la cabeza y gimió en voz baja.

—Excelente.

Me levanté y extendí la mano.

—Hola. Soy Bella y él es Christian.

Christian se levantó e hizo lo mismo, pero mantuvo el cuerpo detrás del mío.

Echó un vistazo a las bicicletas.

—¿Son vuestras?

Christian asintió.

—Quería ver toda la propiedad, incluidas las zonas a las que no se puede llegar en coche.

Pat sonrió.

—Qué listo. Bueno, he pensado en pasar por aquí y ver si teníais alguna duda. ¿Qué os parece la propiedad?

Me apretó la cadera.

—Me gusta mucho.

—Genial. Os dejaré acabar el *tour* y mañana te llamaré para ver lo que piensas.

Christian asintió.

—Gracias.

Nos despedimos de ella con la mano mientras se alejaba.

—¿Ha dicho que se llama Pat Block o Pito Block? —gimió Christian.

Me reí.

—Ni siquiera la he oído llegar.

Me giré y coloqué las palmas sobre el pecho de Christian con un suspiro.

—Menudo beso.

Christian sonrió con calidez y me apartó el cabello de la cara.

—He querido hacer eso desde la primera vez que te vi.

—Uhh, la primera vez que me viste, te eché un sermón sobre el acoso sexual a las mujeres.

Sonrió.

—Lo sé. Estabas preciosa y muy seria. Y llevabas las gafas torcidas. Más o menos como ahora.

—¿Sí? —Levanté la mano y las enderecé, o al menos lo intenté—. Siempre me quedo dormida con ellas y se doblan un poco. Debería usar lentillas.

—Nah. —Christian se inclinó y me dio un dulce beso en la punta de la nariz—. Son como tú, un poco retorcidas.

Pasamos otra hora montando en bici antes de regresar al coche de Christian. Cuando nos dirigimos a la carretera, de vuelta a la ciudad, Christian entrelazó los dedos con los míos y levantó nuestras manos unidas hasta sus labios para posar un dulce beso en la mía.

—¿Tienes hambre?

—En realidad, estoy famélica.

—¿Te gustaría venir a mi casa? Podemos pedir algo. Me gustaría que pasáramos el día solos. Todavía no estoy listo para compartirte con los demás.

¿Cómo podía negarme cuando lo pedía así? Además, yo tampoco quería compartirlo y, teniendo en cuenta las últimas experiencias, había muchas posibilidades de que lo reconocieran si íbamos a algún sitio. Lo miré, sonreí e hice algo que nunca hago: responder sin ningún tipo de conflicto interior.

—Sí, me encantaría.

Capítulo 16

Bella

El edificio de Christian no se parecía en nada al mío. Vivía en un rascacielos moderno con portero y el vestíbulo tenía techos de diez metros de altura. Entramos al mismo tiempo que un chico de traje, que tendría nuestra edad. No me pasó desapercibido que el personal lo llamó señor Waxman, mientras que Christian era simplemente Christian.

En el ascensor, Christian insertó una tarjeta en el panel y la planta treinta y cuatro se iluminó sin necesidad de pulsar ningún botón. Cuando llegamos a su apartamento, Christian me colocó la mano en la espalda para que fuera primero. Yo esperaba entrar a un pasillo, pero el vestíbulo al que accedimos era en realidad parte de su casa. Y se abría a unas impresionantes vistas de Manhattan.

—Madre mía. —Me reí con nerviosismo—. ¿Qué pensarás de mi casa si vives aquí?

Christian arrojó las llaves sobre una mesa redonda.

—Dice mucho de ti. Me encanta que no hayas cambiado por el hecho de hacerte rica, aunque creo que ahora necesitas una casa con algo de seguridad.

Cruzamos la cocina hasta llegar a la sala de estar, que tenía un gran ventanal. Negué con la cabeza mientras observaba la ciudad.

—Eso ni siquiera se acerca al lugar donde crecí. Parece tan brillante y limpio…

—La mayoría de las cosas se ven mejor de lejos. No puedes apreciar las grietas y la suciedad.

—Lo mismo podría decirse de mucha gente.

—Cierto. —Se puso detrás de mí y se inclinó para besarme el hombro—. Aunque eso no pasa contigo. Cuanto más me acerco a ti, más me gusta lo que veo.

Los latidos de mi corazón se aceleraron. Golpeé el cristal con una uña.

—¿Sabías que una de cada treinta y ocho personas de todo Estados Unidos vive ahí? Esta pequeña ciudad de veintiuno coma dos kilómetros está repleta de gente.

Christian dibujó una sonrisa en la cara. Tuve la sensación de que sabía lo que estaba haciendo: divagar sobre algunos datos porque estaba nerviosa, incluso antes de estarlo. Señaló la cocina con la cabeza.

—Los menús están ahí. Pidamos la comida y luego te enseño la casa. ¿Qué te apetece?

—¿Te gusta la comida tailandesa? Mi restaurante favorito está a solo unas calles de aquí. El propietario tenía un *food truck* en el centro, cerca del río, pero el año pasado abrió un pequeño restaurante por aquí.

Christian frunció el ceño.

—¿Te refieres al Uncle Moon's Thai House?

Sonreí.

—Sí.

—Me encanta ese sitio. De hecho, John Barrett me llevaba allí. Cuando teníamos una buena semana, pedía a un montón de *food trucks* que vinieran al estadio después del entrenamiento. Esa siempre era mi comida favorita.

—¿En serio?

—Sí.

—Guau, qué curioso.

—Supongo que John y tú teníais algunas cosas en común. —Los hoyuelos de Christian hicieron acto de presencia—. Después de todo, yo le caía bien.

Pedimos la comida y Christian me sirvió una copa de vino y me enseñó su apartamento. Caminamos por el largo pasillo y en la primera parada me mostró una oficina a la derecha. Parecía una versión más pequeña de mi despacho en el estadio, con libros de jugadas similares y fotos del equipo colgadas en la pared. Después de eso, había dos dormitorios de invitados, uno frente al otro, cada uno con su baño, y un aseo a la izquierda. Al final del pasillo, Christian abrió una puerta e hizo un gesto con el brazo para que entrara.

—Mi dormitorio.

Al principio, creí que nada podría eclipsar las vistas de la sala de estar, pero, al parecer, me había equivocado. La habitación daba al oeste y el sol se estaba poniendo, con el cielo teñido de tonos naranjas y lilas. Me dirigí con asombro a unas puertas francesas que daban al balcón.

—Creo que nunca saldría de esta habitación.

—Eso podría arreglarse… —Christian estaba detrás de mí, pero intuía la sonrisa que se dibujaba en su rostro.

En el balcón, vi una larga extensión de hierba y sonreí.

—Ahí está el lugar que te hace feliz. ¿Siempre tienes una reserva de helados en el congelador?

—Sí.

Pasé otro minuto contemplando las vistas antes de girarme para ver el resto de la habitación. Había supuesto que Christian estaría cerca de mí, pero lo encontré apoyado contra la puerta.

—¿Por qué te has ido tan lejos?

—Estoy admirando las vistas.

Era evidente que no hablaba de las mismas vistas que yo había contemplado.

Miré la cama.

—Tienes una cama enorme…

—Bueno, soy un hombre muy grande.

—Apuesto a que sí…

Seguía junto a la puerta. Ladeé la cabeza.

—¿El recorrido por tu apartamento no incluye el baño principal? Me has mostrado los demás.

Christian hizo un gesto con la barbilla.

—Está allí.

Entrecerré los ojos.

—¿No me lo vas a enseñar?

—Creo que será mejor que me quede donde estoy.

Era incluso más *sexy* cuando parecía tímido. Había algo en cómo estaba apoyado contra la puerta, con las mangas de la camisa remangadas, siguiéndome con la mirada, que resultaba muy excitante. Daba la sensación de que tenía que medir la distancia que dejaba entre los dos porque era incapaz de controlar el deseo.

—Si tú lo dices… —Caminé hacia el baño balanceando un poco más las caderas. Pero pronto perdí el interés en la gran ducha a ras de suelo, la encimera con lavabo doble y la bañera con patas. Estaba demasiado distraída por el cosquilleo que me recorría todo el cuerpo. Recordar el beso en el *camping* me hizo querer romper la fuerza de voluntad que Christian mostraba en ese momento. Entonces, regresé a la habitación y me detuve a los pies de la cama—. ¿Es cómoda?

Christian tragó saliva.

—Pruébala.

«No pasa nada si lo hago».

Me senté en el borde y salté arriba y abajo unas cuantas veces.

—Está bien. —Bebí un sorbo de vino de la copa que sujetaba en la mano y di unas palmaditas sobre el colchón a mi lado—. Ven a sentarte conmigo.

Negó con la cabeza lentamente.

—Estoy tratando de hacer lo que pediste… Ir despacio.

Me mordí el labio inferior.

—Ir despacio suena bien…

Christian gimió.

—Me estás matando, Bella.

Me incliné y dejé la copa de vino en la mesita de noche. Luego di unas palmaditas en la cama.

—Por favor...

Observé el conflicto interior en su rostro antes de que me mirara en busca de confirmación. Cuando vio que no cambiaba de idea, dejó escapar un suspiro, caminó hacia la cama y se sentó a mi lado. Parecía que estuviéramos jugando al ajedrez y que fuera mi turno.

Entonces, me subí a su regazo a horcajadas.

—¿No te parece agradable esto?

—Sí, lo es. Y hoy también lo ha sido.

Me deslicé hacia adelante para estar sentada justo sobre su entrepierna y moví las caderas unas cuantas veces mientras me acomodaba.

Christian dejó escapar una serie de maldiciones en voz baja.

—Si sigues moviéndote así, esto no va a acabar de forma agradable ni lenta.

—Tal vez sea eso lo que quiero...

Negó con la cabeza.

—No voy a ser tu follamigo, Bella, si es lo que pretendes. Lo quiero todo, pasar la tarde haciendo cosas juntos y luego meterte en la cama y desnudarte.

—¿No es eso lo que estamos haciendo?

—Eso es lo que yo estoy haciendo. —Christian levantó la barbilla—. Pero ¿qué estás haciendo tú? Querías tomártelo con calma.

Me moví hacia adelante y hacia atrás unas cuantas veces y me incliné para besarle el cuello a Christian.

—Estoy haciendo esto.

Christian aún tenía la mandíbula apretada. Entonces, me moví desde hasta su oreja.

—¿No me deseas?

—Te deseo más de lo que jamás he deseado nada. —Gimió—. Pero me pediste que fuéramos poco a poco y si empiezo, no podré parar. Tienes que estar de acuerdo con eso.

Mi respuesta fue audaz. Me agaché y deslicé la mano por el espacio que había entre las entrepiernas para acariciarle el pene y darle un buen apretón.

Eso funcionó. Con un rugido, Christian me agarró del pelo y acercó nuestras bocas. No tuvo nada de dulce ni amable, exactamente lo que necesitaba. Me envolvió la cintura de forma posesiva con el brazo y me acercó a él mientras me metía la lengua en la boca.

Había desesperación en cómo nos arañábamos el uno al otro, nada que ver con lo que había experimentado antes. Christian me tiró del pelo para echarme la cabeza hacia atrás y luego me recorrió con la lengua desde la boca hasta el cuello para chuparme la clavícula.

—Necesito quitarte esto… —Nos separamos solo el tiempo necesario para quitarme la sudadera con cremallera. Utilizó los pulgares para empujar hacia abajo la tela del top que llevaba y se metió en la boca un pezón. Christian giró la lengua y chupó para acabar colocando el pezón endurecido entre sus dientes y dar un tirón no tan suave antes de dirigirse al otro pecho—. Necesito probarte…

Estuve a punto de decir: «¿Acaso no es eso lo que estás haciendo ahora mismo?», pero las palabras se convirtieron en un grito cuando, de repente, estaba en el aire. Christian se levantó conmigo en su regazo y deslizó una mano hasta mi trasero para evitar que me cayera. Después, me volvió a colocar en el borde de la cama y se dejó caer de rodillas en el suelo frente a mí.

«Oh, Dios».

Me bajó los pantalones y frunció el ceño cuando se dio cuenta de que la ropa interior no había bajado con ellos.

—Lo siento, te compraré otras.

Un movimiento de muñeca y me encontraba boca arriba en la cama con el culo desnudo. Christian me abrió las rodillas y se humedeció los labios.

—Estás brillando, estás tan mojada…

Se acomodó entre mis piernas y, sin perder tiempo, comenzó a chuparme el clítoris. Arqueé la espalda sobre la cama. Era una sensación increíble y mi cuerpo ansiaba las caricias de Christian desde hacía mucho tiempo. No me costaría mucho llegar al clímax.

Christian lamió la abertura de arriba abajo y luego enterró la cara profundamente en mí. Me empujaba el clítoris con la nariz mientras que con la lengua entraba y salía de mi interior. Pero lo que me hizo gemir más fue la fricción de la barba de tres días sobre mi piel.

—Oh, sí. —Me retorcí mientras hacía estragos conmigo. Christian extendió el brazo y utilizó una mano para sujetarme al colchón. Yo respondí hundiendo los dedos en su cabello y tirando fuerte, pero eso no lo disuadió en absoluto. Era imparable con la lengua, los dientes, la nariz y la cara.

Y, entonces, me penetró con un dedo.

—¡Christian!

—Sigue diciendo mi nombre, nena. He soñado con ese sonido.

La vibración de su voz llevó el éxtasis a un nuevo nivel y todas esas sensaciones se hicieron insoportables.

«Insoportables».

«Sin embargo, quería más».

«Oh, sí».

«Oh, sí».

El orgasmo me atravesó el cuerpo y gemí para darle la bienvenida.

Era como caer por una montaña rusa.

Caída libre.

—Eso es, cariño, córrete en mi lengua. Joder, sabes muy bien…

Justo cuando la ola que surfeaba estaba a punto de alcanzar su máxima altura, Christian me penetró con los dedos y empujó con más fuerza.

—Oh, sí, sí…

Mi cuerpo era un flan cuando bajé de las alturas, jadeaba y no sentía las piernas. Exhausta, creí que iba a quedarme dormida, hasta que escuché la voz de un hombre.

—¿Christian?

Me levanté de golpe con los ojos muy abiertos, pero Christian se limitó a sonreír y se llevó un dedo a los labios.

—Encender intercomunicador. ¿Sí, George?

—Tengo una entrega del Uncle Moon's Thai House. ¿Quiere que la suba?

—No, gracias. En casa tengo algo mejor para comer, puedes quedarte la comida, está pagada y con propina.

—¿Seguro?

Christian echó un vistazo a mi cuerpo medio desnudo.

—Afirmativo. Gracias. —Se detuvo—. Apagar intercomunicador.

—Qué susto —dije—. Pensaba que había alguien en el apartamento.

Christian se echó hacia atrás y se sacó la camiseta térmica por la cabeza.

—Créeme, no dejaría que nadie viera lo que estoy viendo ahora mismo. —Se puso de rodillas, luego se inclinó y posó dos dedos debajo de mi barbilla para ladearme la cabeza y mirarme a los ojos—. ¿Estás bien?

—El corazón todavía me va a mil por hora con lo de la voz desconocida, pero sí.

—Me refería a si estás bien con lo que está pasando entre nosotros.

Ofrecí una sonrisa tonta.

—Oh, sí. Ha sido increíble.

—¿Quieres que paremos?

—Qué dices, no. Podría despedirte si lo haces.

Christian se rio entre dientes.

—Bien. —Extendió el brazo hasta la mesita de noche y sacó una larga tira de preservativos que tiró a la cama.

Abrí mucho los ojos.

—¿Demasiada autoestima?

—Para nada, cariño. —Miró hacia abajo y envolvió con los dedos el intimidante bulto grueso de sus pantalones—. Creo que tardaré un buen rato en hacer bajar esto. No sabes lo que me haces.

Christian era un hombre atractivo con un cuerpo increíble y era evidente que las partes que aún no había visto estarían a la altura de las expectativas. Pero, sobre todo, el modo en que me miraba y las cosas que me decía eran lo que hacía galopar a mi corazón. El sexo no me asustaba casi nunca, porque sabía lo que significaba: dos personas disfrutando de una conexión física. Pero con Christian había emociones involucradas, tanto si quería admitirlo como si no.

Él empezó a mover la mano sobre el bulto arriba y abajo y yo dejé de darle tantas vueltas a todo. Y aquí estaba, perdiendo el tiempo con mis nervios por las relaciones íntimas cuando, en realidad, debería mostrarme cautelosa con esa cosa. Christian se acarició un poco más y luego se metió los pulgares por la cinturilla de los *boxers* y se inclinó para bajárselos por las piernas. Cuando se incorporó, se me desencajó la mandíbula. Era larga. Y gruesa. Se balanceaba, dura y rígida, contra el vientre, también firme, y le llegaba casi al ombligo.

Me humedecí los labios y Christian gimió.

—Joder, Bella. Tengo que hundirme en ti ya.

Arrancó un condón de la tira y lo rasgó con los dientes para abrirlo. Se lo colocó y, entonces, me acunó en sus brazos un momento antes de llevarme suavemente al centro de la cama. Se acomodó a horcajadas sobre mi cuerpo y entrelazamos los dedos con las manos por encima de mi cabeza. Volví a sentir las mariposas en el vientre. Se sentó encima de mí y me robó un beso, suave y dulce al principio, pero, en un momento, se volvió desesperado y fuerte. Y me fascinó. Me encantaba que fuera incapaz de ir lento porque yo me sentía igual. Y me encantó ese sabor a mí misma en su lengua.

Christian rompió el beso y se apartó para mirarme a los ojos mientras me penetraba. Estaba húmeda y lista para él, pero llevaba un tiempo de sequía y eso me inquietaba. La verdad es que la tenía tan gruesa que, en cualquier caso, haría arder mi zona. Cuando me llenó y cerré los ojos, sentí que el alivio me recorría todo el cuerpo.

—Quédate conmigo, cariño. —La voz de Christian era un susurro ronco—. Quédate aquí conmigo.

Abrí los ojos y lo miré, pero la intensidad que brillaba en ellos era insoportable.

—¿Puedes ir… más rápido?

Christian sonrió.

—¿Para que puedas terminar con esto y convertirlo en sexo sin más? No es posible, nena. —Me acarició la mejilla mientras se deslizaba en mi interior una y otra vez—. Estoy loco por ti. Te prometo que después te follaré fuerte y rápido, probablemente estarás a cuatro patas mientras te sostengo la cabeza contra la almohada. Pero ahora mismo quiero que lo sientas. —Se inclinó y me besó el pecho, justo sobre el corazón—. Quiero que lo sientas aquí.

Cuando llevó la mirada a mis ojos, toda la habitación se desvaneció, excepto la electricidad que fluía entre nosotros. Nos quedamos así un rato, mirándonos mientras Christian se movía de forma rítmica, adentro y afuera. Al final, empezó a perder el control. Le temblaban los brazos y contrajo la mandíbula. Los suaves empellones dieron paso a fuertes embestidas e ir con calma se convirtió en inclinarme las caderas para penetrarme todavía más. Cuando gemí, Christian me plantó un beso en los labios. Le rodeé la cintura con las piernas y le arrastré las uñas a lo largo de la espalda. El corazón se me aceleró junto con el cuerpo.

—Christian… —El segundo orgasmo creció más rápido que el primero y mi cuerpo empezó a temblar de anticipación.

—Justo aquí, conmigo. Córrete en mi polla, nena.

Eso fue todo. La combinación de dulzura con picardía detonó la bomba que había en mi interior. Mi cuerpo vibró mientras gritaba su nombre una y otra vez. Christian aceleró el ritmo y empujó profundamente. Al fin, con un gemido, se enterró hasta el fondo y se quedó quieto. Sentía las sacudidas de su polla en mi interior mientras se liberaba.

Agotada, esperé a que cayera sobre mí o se diera la vuelta para tumbarse a mi lado. En vez de eso, Christian me sonrió, siguió deslizándose en mi interior una y otra vez a un rimo pausado y me besó hasta que tuvo que levantarse para tirar el condón. Regresó con una toalla de baño caliente. Cuando traté de cogerla, insistió en que él me limpiaría. Algo más que sumar a la intimidad que habíamos compartido.

—Gracias —dije.

Christian se inclinó sobre mí y arrojó la toalla. Esta voló por el dormitorio, se deslizó por la puerta medio abierta del baño y aterrizó en el interior.

—Bueno, nunca había caído en que tener un brazo de *quarterback* tiene sus ventajas.

Christian me levantó y me colocó de modo que mi cabeza se apoyara sobre su pecho. Se recostó boca arriba y me acarició el cabello húmedo.

—Gracias.

Levanté la cabeza para mirarlo, apoyé la barbilla en el puño y sonreí.

—Creo que debería ser yo quien te dé las gracias.

Me apartó un mechón de pelo de la cara.

—Te doy las gracias por no entregarme solo tu cuerpo. Te has quedado conmigo cuando querías correr en la otra dirección, por así decirlo.

Asentí.

—Es más fácil entregarle mi cuerpo a alguien que mi confianza.

—Lo sé, pero te prometo que no soy el chico con el que saliste en el instituto, ni ninguna otra persona de las que amaste y no estuvo ahí para ti, ni siquiera tu padre. No me iré a ninguna parte.

Sentí una punzada de inquietud en algún lugar de mi interior.

—¿Durante cuánto tiempo?

Christian arqueó las cejas.

—¿Te refieres a cuánto tiempo me voy a quedar por aquí?

Lo confirmé con un gesto de la cabeza.

—No voy a prometerte que para siempre, porque es demasiado pronto para eso. Pero lo que sí puedo prometer es que no voy a desaparecer sin dar explicaciones. Ni te dejaré preguntándote qué hiciste, cuando en realidad no hiciste nada malo. Somos adultos y, si alguna vez las cosas se tuercen, lo hablaremos.

Respiré hondo y solté el aire.

—Vale.

—Además, estoy bastante seguro de que si a alguno de los dos se le rompe el corazón, será a mí, no a ti.

Capítulo 17

Christian

—Me encanta cuando dices mi nombre mientras te corres.

—Pasé la toalla entre las piernas de Bella por segunda vez y la limpié con suavidad.

Ella rodó para ponerse de costado.

—Porque no te basta que millones de personas lleven tu nombre en la espalda y lo griten todos los domingos.

Lancé la toalla en dirección al baño y cayó directamente dentro.

—Es diferente. Cuando lo haces tú, siento que procede de un lugar fuera de control, y no sueles mostrar muy a menudo esa parte de ti. Y tal vez eso me ofrece un poco de autenticidad, porque mis sentimientos por ti son absolutamente incontrolables.

Se escuchó un rugido procedente del estómago de Bella. Levanté una ceja.

—¿Has sido tú?

Se cubrió la boca mientras se reía de forma recatada.

—Bueno, ¿qué esperabas? Le has dado la cena al portero. ¿Vas a darme algo de comer o qué?

La alcancé.

—Oh, claro que te voy a dar de comer…

Bella señaló mi mitad inferior.

—Esa cosa… Es un poco intimidante pensar en… Ya sabes.

—No, no lo sé. ¿A qué te refieres, Bella?

Me miró con los ojos entrecerrados.

—Sabes exactamente de lo que hablo.

Di la vuelta con ella para que quedara boca arriba, debajo de mí. Le agarré las manos y las coloqué por encima de su cabeza. Con la otra mano, la sujeté por la cintura.

—Dilo. ¿Qué te parece un poco intimidante? Si no lo dices, te haré cosquillas hasta que lo digas.

—Qué ególatra eres.

Le hice cosquillas y ella se retorció debajo de mi cuerpo.

—Para… ¡Christian, para! Me voy a mear encima.

—Dilo.

—¡No!

Le hice cosquillas con más intensidad.

—¡Para! —gritó.

—¡Dilo!

—Está bien —espetó—. Es un poco intimidante pensar en meterme tu polla en la boca.

¿Era una locura que me pusiera duro al oír cómo decía la palabra «polla»? Tal vez, pero me importaba una mierda. Tracé el contorno de sus labios con el dedo.

—Di «meterme tu polla en la boca» otra vez.

Puso los ojos en blanco, pero sonreía de oreja a oreja.

—Si lo hago, ¿dejarás que vaya a mear?

—Sí.

—Vale. Nunca voy a meterme tu polla en la boca si sigues pidiéndome que diga «meterme tu polla en la boca». —Se rio—. No has especificado que debía decir la frase sola, así que déjame levantarme para ir a hacer pis.

Mientras Bella estaba en el baño, cogí el teléfono y volví a pedir la misma comida que unas horas antes. «No puedo permitir que le suenen las tripas a mi chica». Cuando regresó pavoneándose, completamente desnuda, mi polla cobró vida, como si no hubiera estado en su interior diez minutos antes. Me aclaré la garganta e intenté ignorar el deseo para no dejarla dolorida.

—He vuelto a pedir la comida.

—Oh, vale. Estoy famélica.

—Yo también. —Dejé el teléfono en la mesita de noche—. ¿Tienes planes para mañana?

Negó con la cabeza.

—Solo tengo que ponerme al día con algunas cosas del trabajo.

—¿Crees que puedes hacer eso en un avión?

—¿En un avión? ¿Hacia dónde?

—Oklahoma. Mañana por la noche es la fiesta sorpresa que mi hermano le ha organizado a su novia.

—Oh, sí. Le pedirá matrimonio en la fiesta, ¿no?

Asentí con la cabeza.

—Cogeré un vuelo a primera hora de la tarde.

—Su equipo juega en San Francisco a la una, ¿no? Me sorprende que vaya a dar una fiesta un día de partido.

—Lara también estará allí. Por ese motivo eligió una noche de domingo, porque jamás esperaría que organizara nada un día de partido. Según dice, ella no tiene ni idea de la fiesta ni de la propuesta de matrimonio.

Bella sonrió.

—Eso muy emocionante.

—Entonces, ¿vendrás?

Pareció pensárselo por un momento.

—No estoy segura de que sea una buena idea, teniendo en cuenta la relación profesional que nos une. Sé que no hemos hablado de ello, pero quizá deberíamos mantener nuestra intimidad en privado.

A diferencia de ella, yo no tenía que meditar absolutamente nada. Me senté.

—No.

Bella arrugó la frente.

—¿A qué te refieres con «no»?

—No pienso ocultar lo que significas para mí. ¿Qué se supone que vamos a hacer, no salir nunca?

Dibujó una sonrisa.

—Se me ocurren en cosas peores.

Me levanté de la cama y me puse la ropa interior, y es que resultaba difícil mantener la compostura con la polla al aire.

—No vamos a dedicarnos a follar únicamente, Bella.

—Lo sé, no se trata de eso. —Se puso de rodillas en el borde de la cama y me miró a los ojos—. De verdad. Estoy haciendo un esfuerzo para que la gente me trate de forma profesional en los Bruins. Todo es nuevo y no necesito rumores que echen por tierra el poco progreso que he hecho. Desde que el *Post* publicó la foto, están hablando de nosotros.

La miré a los ojos. Decía la verdad, lo cual, por supuesto, me hizo ceder.

—Vale. Mantendremos las cosas en privado… por ahora. Pero no hay ninguna razón para que no puedas venir conmigo a la fiesta. No puedo correr el riesgo de faltar al entrenamiento del lunes por la mañana, así que viajaré en vuelo privado y volveré la misma noche. Además, la fiesta no es tan grande, solo habrá algunos amigos cercanos y la familia. Me aseguraré de que todos mantengan la boca cerrada.

No parecía convencida, pero asintió con la cabeza.

—Vale.

Sonreí.

—Esa es mi chica.

Extendió el brazo y recorrió el contorno de mi polla con un dedo por encima de la ropa interior.

—Gracias por mostrarte comprensivo con el resto.

—Pues sé comprensiva tú también y mantén las manos quietas o volveremos a quedarnos sin cenar.

Bella se humedeció el labio inferior.

—¿Cuánto falta para que traigan la comida?

—La app decía que tardaban treinta minutos.

—Tiempo de sobra para otro festín antes de que llegue el pedido. —Se inclinó hacia adelante, me agarró de las caderas, presionó la boca contra la punta de la polla a través de la ropa interior y dejó un dulce beso.

«Oh, joder». Me puse duro como una piedra.

—Pensaba que te inquietaba hacer eso.

—Me siento valiente y agradezco que entiendas por qué quiero mantener las cosas en secreto. —Me bajó los calzoncillos hasta los muslos y me miró desde debajo de las pestañas—. ¿Me la meterás despacio?

«Métemela».

«Fóllame».

Puede que un hombre de ochenta años necesite Viagra para que se le ponga dura, pero cuando una mujer te dice que le metas la polla en la boca, te pones durísimo al momento.

Tragué saliva y asentí, incapaz de pronunciar palabra.

Bella envolvió la polla con la mano y sacó su preciosa lengua rosada para lamer el líquido preseminal de la punta. Miró hacia arriba mientras me mostraba la lengua antes de cerrar la boca y los ojos y ofrecer una sonrisa de satisfacción.

De inmediato, me imaginé bañándole toda esa lengua tan tentadora.

Lento.

Jodidamente lento.

Dile eso a mi corazón, que ya latía a mil por hora.

Volvió a abrir los ojos, se aseguró de que estaba observando y me introdujo en su pequeña y cálida boca. Tenía los dedos alrededor de la base y siguió deslizándose hacia abajo hasta que sentí toda su mano. Entonces, se echó hacia atrás y pasó la lengua por la parte inferior mientras avanzaba hasta la punta. Bella volvió a mirarme con ojos brillantes mientras me cogía la mano y la colocaba por detrás de su cabeza. La cogí del pelo y no tuvo que guiarme para sujetarla con la otra mano también. Volvió a la tarea, subiendo y bajando, masturbándome con la mano mientras me chupaba la polla, pero los movimientos eran demasiado lentos teniendo en cuenta cómo me sentía. Entonces, cogí un mechón de pelo con cada mano y me hice cargo del ritmo, yendo más rápido y profundo, estaba follándole la cara por completo.

Poco después, sentí que me iba a correr. Tenía las pelotas duras y empecé a notar un hormigueo en las extremidades. Enseguida me di cuenta de que el punto de no retorno estaba llegando más rápido de lo normal, así que me obligué a soltarle la cabeza y traté de echarla hacia atrás, pero Bella me agarraba con fuerza por las caderas.

—Nena… —Se me tensó la voz—. Me voy a… Tienes que moverte.

La respuesta de Bella consistió en mirarme de nuevo, hacerme saber que lo había oído y chuparme con más succión.

«Oh, joder, va a permitir que me corra en su garganta».

Dejé caer la cabeza hacia atrás, mi cuello ya no soportaba el peso mientras perdía la última pizca de control. Gruñí su nombre mientras me sacudí por última vez y me quedé quieto para llenarle la garganta con lo que parecía un chorro interminable.

Después de eso, apenas tenía fuerzas para abrir los ojos y jadeé como si acabara de correr por todo el campo, a pesar de que Bella había hecho todo el trabajo.

—Madre mía. —Negué con la cabeza—. Eso ha estado…

Bella se limpió la boca y terminó la frase.

—¿Bien?

—No, nena. «Bien» ni siquiera se le acerca. Ha sido como hacer el *touchdown* ganador cuando quedaban dos segundos: espectacular. Al diablo con la hierba y el helado. Esa boquita pequeña y cálida que tienes es el nuevo lugar que me hace sentir feliz.

Sonrió.

—Me alegro, aunque creo que, durante los próximos veinte minutos, deberíamos mantenernos a trescientos metros de distancia. De lo contrario, podríamos volver a quedarnos sin cenar.

Le recorrí la clavícula con el dedo.

—No sé si eso es posible.

Se rio.

—Será mejor que nos pongamos algo de ropa. ¿Tienes alguna camiseta o algo para prestarme? No quiero volver a ponerme la ropa que he llevado todo el día.

—Claro.

Me dirigí al armario con la intención de coger una camiseta, pero entonces vi la pila de sudaderas. Saqué una y se la pasé.

—¿Una sudadera? —La desdobló y miró la parte trasera, que llevaba mi nombre estampado—. ¿Sueles hacer esto? ¿Dar a las chicas tu sudadera después del acto? ¿Se la llevan a casa como regalo de despedida?

Me incliné y le di un beso en la coronilla.

—Tu abuelo, el entrenador, decía que daba mala suerte dejar que una chica llevara una sudadera con tu nombre en la espalda, a menos que estuvieras seguro de que iba a convertirse en tu mujer y adoptaría tu apellido.

Bella se rio entre dientes.

—Los deportistas y sus supersticiones. Me sorprende que no te lo tragaras.

Le guiñé un ojo mientras se ponía la prenda.

—¿Quién dice que no lo hice?

Al día siguiente, fuimos al apartamento de Bella antes de tomar el vuelo para que pudiera prepararse. Era bastante increíble que la hubiera recogido solo veinticuatro horas antes para ir a montar en bici. Más bien, parecía que había pasado un año, al menos en lo que respectaba a nuestra relación. Tal vez así se sentía alguien cuando era amigo de la chica antes de convertirse en algo más. No lo sabía, esto jamás me había ocurrido en el pasado. Pero me gustaba. Era como si ya fuéramos íntimos, así que añadir la parte sexual solo nos hacía todavía más íntimos.

Bella abrió la puerta del baño y salió con un albornoz diminuto. Tenía el cabello mojado y peinado hacia atrás después de darse una ducha. Llevaba unas gafas distintas a las habituales; carey, en lugar de negras mate. Parecía un sueño húmedo andante.

—¿De estreno?

Miró el albornoz.

—¿Esto?

Le señalé la cara.

—Las gafas. Me gustan.

—No, ya las tenía. Pero las que suelo llevar hoy están demasiado torcidas. No quería que se burlaran de mí, así que mejor me pongo estas.

Me levanté.

—Tengo muchas ganas de follarte con las gafas puestas.

Bella extendió una mano.

—Quédate quieto donde estás, Knox. Solo me has dejado cuarenta y cinco minutos para prepararme y, después de lo de esta mañana, he tenido que dedicar quince a quitarme el sirope de arce pegajoso del cuerpo.

Habíamos hecho tortitas para el desayuno, pero estaba tan jodidamente *sexy* con mi sudadera en la cocina que terminé sentándola sobre la isla y vertiendo el sirope sobre su cuerpo para lamerlo. Sonreí y me humedecí los labios.

—Si te queda algo entre las piernas, puedo encargarme de ello.

—Creo que ya me he limpiado bien.

—Qué lástima.

Bella empezó a sacar cosas de los cajones del dormitorio. Como el apartamento era un estudio, el dormitorio también era la sala de estar y la cocina. Simplemente, era una gran zona. Me senté en el sofá y la observé. Sacó un par de zapatos del armario y levantó la vista.

—¿Vas a mirarme mientras me preparo?

Me encogí de hombros.

—No tengo nada más que hacer.

—Pues me estás poniendo nerviosa, así que tienes que encontrar algo.

—Vale. —Miré alrededor—. ¿Dónde tienes la tele?

—No tengo.

Fruncí el ceño.

—¿No tienes tele?

—No suelo verla y está claro que no tengo mucho espacio, así que cuando la última se rompió hace un par de años, no me molesté en comprar otra.

—¿Eso significa que llevas dos años sin ver la tele?

—Miller y yo a veces vemos películas en su casa. Y durante los dos años que duró la apelación de la herencia, antes de que me convirtiera en la propietaria oficial, vimos todos los partidos de los Bruins. Aparte de eso, si quiero ver algo, lo hago en el portátil.

Volví a mirar a mi alrededor.

—Entonces, ¿qué quieres que haga exactamente?

Señaló con la mano.

—Hay libros en la estantería.

Sonreí.

—Creo que me entretendré con el teléfono.

Unos minutos más tarde, Bella estaba en el baño secándose el pelo. Me aburrí del teléfono, así que me levanté para ir a ver los libros. No era un gran lector, a excepción de los libros de jugadas y alguna biografía de vez en cuando, pero pensé que sería interesante ver lo que le gustaba. Había todo un estante dedicado a lo que pensaba que eran lenguajes de programación, pero ni siquiera estaba seguro. También tenía algunas baldas llenas de *thrillers* legales y novelas variadas. En la parte inferior había más de lo mismo, con excepción de un libro que sobresalía en el extremo. Tenía una encuadernación dorada y pensé que podría tratarse de un álbum de fotos, así que lo saqué. Acerté. La portada tenía una ventanita recortada cuadrada con una foto en su interior. Me acerqué el álbum para echar un buen vistazo a la niñita con coletas y gafas torcidas. Sí. No había duda, era Bella.

Llevé el álbum hasta la puerta del baño y llamé a la puerta.

—¡Adelante!

Abrí la puerta.

—Oye, resulta que al final he encontrado un libro que me interesa. ¿Te importa si le echo un vistazo?

Habló a mi reflejo en el espejo.

—Claro que no. —Pero mi sonrisa tuvo que alertarla, porque entonces Bella se dio la vuelta—. Espera un segundo. ¿Qué libro es?

—No sé, no tiene título.

Ladeó la cabeza.

—¿Qué libro no tiene título?

Sonreí.

—Un libro que muestra a una niñita muy guapa con coletas en la portada.

—Oh, no. —Se rio entre dientes—. Había olvidado que tenía el álbum en la estantería.

—¿Te parece bien si le echo un vistazo?

—Claro, pero no vamos a comentar ninguna foto de la etapa en la que tenía entre diez y doce años. Pasé por una fase de Hipatia.

—¿Hipa qué?

—Hipatia, una astrónoma y matemática. Hice un trabajo sobre ella en cuarto y durante una temporada obligué a mi madre a que me peinara como ella.

—¿Cómo se peinaba?

—Oh, ya lo verás.

Regresé al sofá. Las primeras dos páginas del álbum mostraban fotos de Bella cuando era un bebé. Era una pequeñina con los ojos verdes y grandes y una sonrisa perpetua en la cara. Cuando pasé a la siguiente página, por un momento sentí confusión. Parecía una foto reciente de Bella, pero el cabello era más oscuro y algo en ella parecía distinto. Entonces, me di cuenta de que Bella era el bebé y la mujer que la cargaba debía de ser su madre. Vaya, se parecía muchísimo a su madre.

Mientras pasaba las páginas, observé a Bella creciendo. Cuando llegué a los diez años, había una foto en que salía de pie frente a una clase y sostenía un retrato de una mujer con un peinado antiguo que hoy en día es popular entre los bohemios. Llevaba el cabello recogido en un moño suelto con una cinta dorada cerca de la frente, como una especie de diosa griega. La calidad de la foto no era muy buena, pero Bella lucía el mismo peinado retro en las siguientes páginas, así que supuse que la mujer del retrato que sostenía era la matemática sobre la que hizo el trabajo. No pude evitar reírme mientras contemplaba los dos siguientes años.

Me estaba divirtiendo hasta que las fotos se detuvieron de forma abrupta hacia la mitad del álbum. Un doloroso vacío se apoderó de mi pecho cuando comprendí la razón. Nadie podía pagar el revelado de las fotos.

A nadie le importaba si Bella regresaba a casa por la noche. Volví a mirar la última foto de adolescente. Probablemente, se tomó cuando empezó el instituto. Al igual que en la mayoría de las instantáneas, lucía una sonrisa radiante que combinaba con el brillo de sus ojos. Ver esas últimas fotos y pensar que no tenía ni idea de lo que le iba a ocurrir me hizo sentir fatal.

Después de ver las fotos, me sentí inquieto. Si yo tenía esa sensación, no quería ni imaginar lo mal que se sentiría Bella al ver esas fotos de ella con su madre. Así pues, me levanté para devolver el álbum a la estantería antes de que ella saliera del baño. Cuando lo hice, un recorte de periódico cayó al suelo. Probablemente estaría metido en la parte de atrás o doblado entre las páginas en blanco. Lo cogí y leí el titular.

> Mujer de 34 años muere atropellada por un conductor que se da a la fuga en el exterior del estadio de los Bruins.

Y pensaba que me había sentido como una mierda cuando terminé de ver las fotos…

El secador todavía estaba en marcha, así que dejé que la curiosidad se apoderara de mí y seguí leyendo el recorte.

> La policía de East Rutheford, Nueva Jersey, está buscando a un conductor que hirió de muerte a una mujer de 34 años y luego se dio a la fuga. Según la policía del condado de

Bergen, la mujer era una empleada de los Bruins de Nueva York y caminaba hacia el este por la avenida Tremont, aproximadamente a cuarenta y cinco metros de la entrada oeste del estadio de los Bruins. Fue atropellada por un vehículo que se dirigía al oeste y falleció en el acto. El accidente ocurrió alrededor de la una de la madrugada, después de que la empleada hubiera finalizado su turno tras el partido nocturno de los Bruins.

Según apunta un testigo, el coche, descrito como un vehículo rojo, antiguo, similar a uno de colección, posiblemente de los años cincuenta, aceleró y se alejó. Cualquier persona que disponga de información debe contactar con el Departamento de Policía del Condado de Bergen llamando al número 201-557-9999.

Guau. Bella había mencionado que su madre murió, pero no sabía que se trató de un atropello y que el conductor se dio a la fuga. En aquella época, yo vivía en Indiana, estaba terminando el último año en Notre Dame. Supongo que la noticia no se mencionó a nivel nacional o estaba demasiado absorto en mí mismo como para prestarle atención. Pero, maldita sea... Bella ni siquiera tenía una cara a la que responsabilizar por la pérdida de su madre. Eso empeoraba las cosas. El sonido del secador se detuvo, así que guardé el recorte del periódico en el álbum y lo volví a colocar en la estantería antes de regresar al sofá.

Poco después, Bella salió envuelta en una toalla. Miró a su alrededor.

—Pensaba que ibas a mirar el álbum de fotos.

—Sí, pero me he puesto a jugar a un juego en el teléfono y me he entretenido con eso —mentí.

—Bueno, eso me ahorra la vergüenza. —Cogió un frasco de crema hidratante de la mesita de noche y volvió al baño—. Necesito unos quince minutos para maquillarme y vestirme.

—Vale.

Veinte minutos después, Bella salió con un vestido tipo lencero verde esmeralda que caía un poco sobre el escote y un par de sandalias de tiras plateadas. Era sencillo, pero, demonios, le quedaba fenomenal.

—¿En qué tipo de lugar es la fiesta? —Se miró el atuendo—. No estoy segura de qué ponerme. ¿Voy demasiado arreglada?

—Estás preciosa. —Me levanté—. Pero... ¿eso se arruga fácilmente?

—No estoy segura, lo estreno hoy. ¿Debería cambiarme?

—Nah. Simplemente, lo quitaremos.

—¿Quitarlo?

—Cuando te folle en el coche, en el avión y probablemente en el baño del restaurante donde sea la fiesta. No puedes vestirte así y esperar que mantenga las manos lejos durante mucho tiempo.

—Sonrió.

—¿Supongo que el vestido te gusta?

—Me gusta la mujer que lo lleva. Pero estás increíble. ¿Qué hay de las gafas?

—Iba a llevarlas. Has dicho que te gustaban.

—Así es. —La miré de arriba abajo y negué con la cabeza—. Definitivamente, vas a follar antes de que lleguemos a la fiesta...

Capítulo 18

Bella

—Ahí están mi madre y mi hermano Tyler. —Christian comenzó a caminar, pero yo no. Habíamos llegado al restaurante veinte minutos antes, aunque nos llevó un rato entrar, ya que todos se agolparon frente a Christian para saludarlo. Cuando sintió la resistencia en mi mano unida a la suya, se dio la vuelta—. ¿Qué pasa?

—¿Tu madre está aquí?

Frunció el ceño.

—Sí, ¿por?

—Bueno, supongo que no esperaba que tus padres estuvieran aquí.

—Solo ha venido mi madre. Mi padre jamás acudiría a algo así.

—Pero tu madre está aquí.

—¿Hay algún problema?

—No, excepto que voy a conocer a tu madre.

Christian hizo una mueca.

—Sí, eso es lo habitual. Dos personas que están en la misma habitación, a veces, se conocen.

—No tiene gracia, Christian.

—Viendo que te has puesto blanca como la leche, supongo que mi madre te pone nerviosa, ¿no?

—Nunca he conocido a la madre de nadie, Christian.

—¿Jamás? ¿Solo has conocido a gente joven?

Entrecerré los ojos.

—Ya sabes a lo que me refiero.

Christian dio un paso atrás, hacia mí, y me frotó los hombros.

—Está bien, cuéntame. ¿Qué te pone nerviosa de conocerla?

Negué con la cabeza.

—No lo sé, ¿todo?

—¿Crees que podrías ser un poco más específica?

—Bueno, ¿y si no le gusto?

—Deja de imaginar cosas que no sucederán, le vas a encantar.

—¿Cómo lo sabes?

—Porque me gustas. Y mi madre quiere que sea feliz. Además, es la primera vez que le presento a una mujer con la que estoy saliendo, así que se emocionará un montón.

Casi se me salen los ojos de las órbitas.

—Gracias por la aclaración, pero eso solo me mete más presión. ¿Qué pasa si la saludo y me pongo a hablar de los avances de los algoritmos de la criptografía?

—¿Por qué harías eso?

—Porque ya sabes cómo me pongo cuando estoy nerviosa.

Christian sonrió.

—Sí, lo sé. Eres adorable.

—Christian… —Miré por encima del hombro y vi a su madre dirigirse hacia nosotros con una gran sonrisa—. Oh, oh, viene hacia aquí…

Christian se giró y su madre extendió los brazos.

—¡Aquí estás! —Abrazó a su hijo durante un buen rato y luego me miró—. ¿Tú debes de ser Bella?

Miré a Christian, que leyó la confusión en mi rostro.

—Le he enviado un mensaje mientras estabas preparándote para decirle que vendría acompañado.

Le ofrecí una sonrisa dulce que no se correspondía con la mirada torva que también le lancé.

—Oh, me alegro de que lo supiera. —Extendí la mano hacia su madre—. Encantada de conocerla, señora Knox.

Abrió los brazos y se acercó para darme un abrazo.

—Me llamo Priscilla, y tutéame, por favor. Estoy muy contenta de que hayas venido. Christian siempre mantiene su vida personal en privado. ¿Tú también lo haces? Me parece que las chicas comparten más cosas con sus madres.

Seguro que parecí un ciervo ante los faros de un coche, porque, afortunadamente, Christian intervino. Rodeó a su madre por los hombros con el brazo y le levantó la barbilla hacia el hombre que estaba junto a ella.

—Antes de que mamá agobie a Bella, deja que le presente al oficial Knox.

El hermano de Christian me ofreció una cálida sonrisa mientras extendía la mano.

—Soy Tyler. Encantado de conocerte, Bella.

—Mamá, ¿cuándo le va a proponer matrimonio? ¿Antes o después de la cena?

Ella negó con la cabeza.

—No estoy segura. ¿Por qué?

Christian miró el reloj.

—Porque son casi las seis, pero en Nueva York son casi las ocho y tengo entrenamiento por la mañana.

Su madre frunció el ceño.

—¿No te lo puedes saltar por una vez?

Me echó un vistazo.

—Lo haría, pero la nueva propietaria es muy estricta.

Priscilla frunció el ceño, pero luego pilló la broma.

—Oh. —Se rio—. Había olvidado que Bella era la nueva propietaria. Pero… ¿eso no significa que podría darte permiso para quedarte un poco más y perderte un entrenamiento?

—Eso es cosa del entrenador, mamá. Pero necesito ir al entrenamiento, ya me he perdido demasiados por la lesión de la rodilla.

Una mujer con camisa blanca, pantalones negros y chaleco negro se acercó.

—Señora Knox, ha llegado un invitado que estaba en la lista, pero no encontramos su nombre en las tarjetas de posición. ¿Podría ayudarnos a averiguar dónde lo sentamos?

—Por supuesto. —Se giró hacia nosotros—. El deber me llama. Volveré. A tu hermano se le está haciendo un poco tarde, pero debería estar aquí en quince minutos. Tyler, ¿me ayudas con el plano de los asientos, por favor?

—Claro, mamá.

Dejé escapar un suspiro de alivio cuando se alejaron.

Christian levantó una ceja.

—¿Ha sido terrible?

—No, para nada. Es muy dulce. Simplemente estaba… nerviosa.

Christian me cogió la mano.

—Venga, vayamos a tomar un poco el aire antes de que llegue Jake o alguien más se nos acerque y quieras salir corriendo de aquí.

Caminamos por un pasillo en la parte trasera del restaurante y Christian abrió la puerta del fondo. Sacó algo del bolsillo y lo metió entre la cerradura y el marco de la puerta para evitar que se cerrara. De repente, estábamos en un pequeño patio cubierto.

—¿La tarjeta que has metido en la puerta es la que has traído para tu hermano? —pregunté.

—Sí.

—Se está arrugando. ¿Por qué no buscamos una piedra o algo?

Christian le restó importancia con un gesto de la mano.

—No le importará una mierda si está arrugada y con un poco de grasa de la puerta. Al menos, cuando vea el regalo que le he traído. Con lo blandengue que es, seguro que se echa a llorar.

No había visto ningún paquete en el avión, ni a Christian guardando nada en sus bolsillos.

—¿Qué le has traído?

—Un dólar.

Me reí.

—¿Un dólar hará llorar a tu hermano?

—Es un dólar especial.

—¿Qué lo hace tan especial?

—Es el dólar de la victoria. Cuando teníamos once o doce años, éramos el número uno y dos en el equipo de atletismo del instituto. Cada cierto tiempo, uno batía el récord del otro. Somos supercompetitivos y físicamente similares, por lo que el primer puesto cambiaba mucho de manos. Todo dependía de cómo estábamos en la competición. Un día, cuando terminamos el entrenamiento, vimos un billete en el césped al mismo tiempo. Fuimos a por él y terminamos partiéndolo por la mitad.

Sonreí.

—Os visualizo a los dos haciendo eso hoy en día…

—Oh, sin lugar a dudas. —Christian negó con la cabeza—. En cualquier caso, durante unos días nos peleamos por quién debía darle a quién la mitad del dólar, hasta que se me ocurrió la brillante idea de dejar todo en manos de una carrera. El ganador se quedaba con la mitad del perdedor. Gané y tuvo que sentarse a la mesa y verme pegar las dos mitades aquella noche, pero nunca me lo gasté. Los dos jugamos al voleibol en primavera y Jake ganó el premio al jugador más valioso del equipo al final de la temporada, así que le di el dólar. Han pasado veinte años y nos hemos pasado ese dólar varias veces. Ninguno de los dos es muy bueno felicitando el otro, así que dar el dólar es nuestra forma de decir: «Estoy orgulloso de ti, lo has hecho bien». Pero hasta ahora solo nos lo hemos dado por eventos deportivos.

—Oh, eso es muy dulce…

Christian trató de restarle importancia.

—Bueno, simplemente soy tacaño.

Le rodeé el cuello con los brazos.

—No es así, Christian Knox. Puede que seas un hombre de acero por fuera, pero por dentro eres pura papilla.

Me frotó los brazos.

—Lara es una chica fantástica, no sé qué ha visto en ese burro.

—Papilla —bromeé.

—Te voy a enseñar yo lo que es papilla… —Christian presionó sus labios sobre los míos en un beso duro y cálido. Ahuecó la mano en mi mejilla mientras profundizaba el beso y, cuando se echó hacia atrás, mi cerebro sí que era pura papilla.

Me miró primero a un ojo y luego al otro.

—¿Quieres casarte y tener hijos algún día, jefa?

El corazón me dio un salto mortal en el pecho.

—Sinceramente, nunca he pensado mucho en ello. Mis relaciones no suelen durar tanto como para empezar a soñar en vestidos y en el nombre de los niños.

—No sé si la duración de una relación es lo que te hace pensar en el futuro con una persona, creo que más bien se trata del momento correcto.

Las palabras y la expresión de su rostro me impactaron y cuando tragué saliva, la noté salada.

Tras un instante, Christian sonrió.

—Quiero una tribu, me refiero a los niños. —Me guiñó un ojo—. Ya que lo has preguntado.

—¿Cuántos hay en una tribu?

Se encogió de hombros.

—¿Tal vez seis u ocho?

Puse los ojos como platos.

—¿Quieres tener seis u ocho hijos?

Sonrió.

—Nah, con dos o tres debería bastar. Pero ahora no parece tan aterrador, ¿verdad? ¿Lo ves? Estoy aprendiendo a tratar contigo.

Le di un golpecito en la barriga.

—Qué idiota.

Christian se rio.

—Vamos, será mejor que volvamos al restaurante para no perdernos la llegada.

A Jake Knox le temblaron las manos cuando se arrodilló. Ver a un chico rudo y grande tan nervioso era algo muy entrañable. Hacia el final de la cena, le pidió a Lara que se situara en el centro de la sala para hacer un brindis por la cumpleañera. A ella le sorprendió mucho cuando el momento se convirtió en algo más, pero saltó a sus brazos cuando aún estaba arrodillado y lo derribó. El anillo salió volando y tuvo que escarbar para encontrarlo. Todo el mundo silbó, gritó y vitoreó. Busqué a Christian con la mirada, tenía los ojos vidriosos.

—¡Estás llorando! —dije.

Se secó los ojos.

—Qué va. Demasiada pimienta fresca en la pasta.

Me reí.

—Claro.

Me rodeó los hombros con el brazo y me dio un apretón.

—Lo ha hecho bien.

Poco después, tuvimos que regresar al aeropuerto. En la ciudad solo eran las nueve, así que la fiesta de verdad apenas comenzaba cuando nos marchamos, pero eran las once en Nueva York, y todavía teníamos que volar a casa y llegar puntuales al trabajo por la mañana. En mi caso, al menos, aunque estuviera cansada, ningún defensa de más de ciento treinta kilos me haría un placaje, cosa que él no podía decir.

El pequeño avión privado que Christian había alquilado tenía unos asientos amplios y reclinables. Nos sentamos el uno frente al otro mientras despegábamos, pero cuando estuvimos volando, Christian reclinó el asiento y me llamó con el dedo.

—Ven aquí.

—¿Adónde?

Se dio unos golpecitos en el pecho.

—Acuéstate encima de mí.

Lo señalé con el dedo.

—No voy a tener sexo contigo en ese asiento. Ni en ningún lugar de este avión, para que conste.

Sonrió.

—Solo quiero abrazarte.

Este chico era irresistible cuando mostraba su lado tierno, así que me desabroché el cinturón y me acurruqué encima de él. Christian me acarició el pelo.

—Gracias por venir conmigo.

—Me lo he pasado bien, pero aún me cuesta hacerme a la idea de lo mucho que os parecéis tu hermano y tú. De hecho, ha sido un poco raro ver al hombre con el que me estoy acostando ponerse de rodillas para proponerle matrimonio a otra mujer.

Christian dejó de mover la mano sobre mi cabeza.

—¿Crees que podemos utilizar la palabra «novio»?

Arrugué la nariz.

—¿A qué te refieres?

—En vez del hombre «con el que te estás acostando».

—Oh.

Me atrapó la mirada.

—Por si no había quedado claro, eso es lo que me gustaría ser… Tu novio.

—¿Qué significa eso para ti?

—Significa que pasamos tiempo juntos de forma habitual. De vez en cuando nos quedamos a dormir en la casa del otro. Somos sinceros entre nosotros y cuidamos de las necesidades del otro. También significa que no nos acostamos con otras personas, ni tenemos citas con nadie más. —Christian se detuvo para asegurarse de que le prestaba toda mi atención—. Especialmente con Julian.

Negué con la cabeza.

—No he pensado en Julian desde que apareciste para arruinarnos la cita.

—Me da miedo pedir demasiado y asustarte, pero también tengo que ser realista. Me volvería loco si salieras con otra persona al mismo tiempo que conmigo. Y no es porque sea un chico posesivo. He mantenido relaciones casuales sin compromiso. Pero, cuando se trata de ti, no puedo evitar sentirme posesivo. ¿Puedes vivir con ello?

Lo pensé antes de asentir.

—A mí tampoco me gustaría que salieras con otra persona.

Christian me dio un beso en la frente.

—Bien, entonces todo arreglado.

En realidad, no sentía que nada de eso estuviera arreglado. Mi única esperanza era dejar que el tiempo hiciera su trabajo.

—¿Sabes qué me ha dicho mi madre mientras hablabas con Jake y me despedía de ella?

—¿Qué?

—Que era la primera vez que me oía usar tanto el pronombre «nosotros».

—No entiendo…

—Me ha preguntado si iría a visitarla a Florida cuando terminara la temporada. Le he dicho: «Sí, ya se nos ocurrirá algo». También me ha preguntado por qué tenía que irme tan pronto y he dicho: «Tenemos que levantarnos temprano». Supongo que llevo tanto tiempo hablando en singular que le ha llamado la atención que empezara a usar el plural. Lo jodido es que ni siquiera me he dado cuenta. Me ha salido así porque te veo en mi futuro.

Tenía miedo de imaginar un futuro con alguien porque las personas de mi vida no habían sido precisamente de confianza, pero quería creer que con Christian era posible. Sonreí.

—Deberías dormir un poco.

—Tú también.

—Sí, debería. ¿Sabes que algunas personas tienen mucha energía aunque duerman poco? Yo no soy una de esas. —Empecé a bajarme del regazo de Christian, pero él me mantuvo quieta.

—¿Adónde vas?

—Necesito recogerme el pelo antes de dormir.

Me liberó de su abrazo y encontré un coletero en el bolso. Christian me observó mientras me recogía el cabello en una cola alta. Entonces volví a acurrucarme en el asiento con él y nos cubrió con una manta.

—Deberías hacerte coletas. —Sonrió—. Como cuando estabas en primaria. Y tal vez ponerte un uniforme…

Levanté la cabeza para mirarlo.

—Pensaba que no habías visto el álbum de fotos.

Christian cerró los ojos.

—Lo siento. Sí que lo he visto.

—¿Y por qué has mentido sobre eso?

Negó con la cabeza.

—No sé. Ha sido una tontería. Pero terminaba de forma tan abrupta cuando eras adolescente que me ha puesto triste. He pensado que podrías sentirte mal si te decía que había ojeado las páginas.

—Me pongo un poco triste cuando le echo un vistazo.

—¿Quieres saber toda la verdad? También he leído el artículo del periódico. Se ha caído cuando estaba guardando el álbum.

Negué con la cabeza.

—Ni siquiera estoy segura de por qué lo conservo.

—No sabía que fue un atropello y el conductor se dio a la fuga. ¿Lo detuvieron?

—Lamentablemente, no. La investigación duró un año, pero nunca averiguaron quién había sido. El accidente sucedió cerca de una entrada del estadio. Justo allí hay una cámara de seguridad, pero en ese momento no funcionaba.

—¿Qué hay de los testigos? El artículo decía que había al menos uno.

—Había dos. Ambos dijeron que fue una especie de coche clásico. Pero cuando la policía les mostró fotos, los testigos se contradijeron. Uno eligió un Ford Thunderbird azul de los cincuenta y el otro, un Jaguar rojo. Recuerdo que el inspector responsable comentó que los testigos que presencian un evento traumático en realidad son los peores. La policía encontró un faro roto en la escena. Según el material del que estaba hecho, la única conclusión a la que llegaron era que el coche se fabricó antes de 1957.

Christian arqueó las cejas.

—¿Un Thunderbird azul de los cincuenta fue uno de los coches que describieron?

—Sí, ¿por qué?

Se quedó en silencio unos segundos.

—Por nada.

Apoyé la cabeza sobre su pecho.

—Estoy muy cansada.

Christian me dio un beso en la cabeza y me abrazó.

—Duerme un poco.

Capítulo 19

Bella

—¡Vamos, vamos, vamos, vamos, vamos!

Talia me miró y sonrió.

—Te metes mucho en el partido.

Miller estaba sentado a mi otro lado, en los asientos exteriores del palco presidencial del estadio de los Bruins. Se inclinó hacia adelante.

—Se está tirando al *quarterback*.

Talia abrió los ojos como platos.

—¿En serio? ¿Has decidido salir con él?

Asentí.

—Christian y yo empezamos a salir hace poco. Iba a contártelo hoy, pero esta es la primera vez que no estamos rodeados de veinte adolescentes. Y, entonces, por supuesto... —Señalé a Miller—. Este no podía esperar a que te lo contara yo.

Miller se inclinó sobre mí en dirección a Talia.

—No consigo que me diga lo grande que la tiene. Pero he montado un tablero en Pinterest con muchas fotos de él sin camiseta, por si quieres verlas.

Talia se rio entre dientes. Conocía bien a Miller.

Ese era el primer partido en el que Christian volvía al campo y también íbamos a celebrar la fiesta de cumpleaños de Wyatt. Afortunadamente, la azafata del palco, Miller y Talia habían hecho la mayor parte del trabajo, así que podía centrarme en el partido.

—Entonces, ¿es una cosa puramente sexual? —preguntó Talia—. ¿O hay algo más?

Miller volvió a inclinarse hacia adelante.

—Ella solo quería follárselo, pero él no lo aceptó. Ahora es su novio. ¿Puedes creer que nuestra chica tenga novio? Lo aviso desde ya. Voy a ser la madrina. —Señaló a Talia—. Tú serás una dama de honor.

Negué con la cabeza.

—Creo que te estás adelantando un poco.

—Uh, no, claro que no. Tendrías que ver cómo la mira. Ha estado aquí hace un rato, unas horas antes del partido. La princesa no quiere que nadie lo sepa, así que él no la toca en público, pero la mira como si quisiera comérsela viva. Hablando de eso… —Se giró hacia mí—. ¿Me vas a decir al menos si lo hace bien?

Lo ignoré y abrí la carpeta de tres anillas para anotar que no habíamos anotado en la jugada.

Miller se levantó.

—Cámbiame el sitio. Ese estúpido cuaderno y tú sois un obstáculo para chismear.

Entrecerré los ojos, pero le cambié el sitio. Así, podía prestar atención al partido y anotar las estadísticas que quería registrar. Además, no le daría comba a Miller y su continua necesidad de hablar de mi relación. Durante el descanso, fuimos al baño y me di cuenta de que Talia se agarraba el costado derecho.

—¿Estás bien? Te estás agarrando el costado. También he visto que lo hacías antes.

—Sí, estoy bien —dijo—. Creo que tengo un poco de indigestión. Esta mañana he llevado a Wyatt a desayunar tacos para celebrar su cumpleaños. La salsa ranchera siempre me sienta fatal.

Rodeé a mi amiga con el brazo.

—Te he echado de menos. Siento como si no te hubiera visto en años.

—No sé cómo puedes echarme de menos si te estás enrollando con Christian Knox. —Apoyó la cabeza en mi hombro—. Pero yo también te he echado de menos.

—¿Qué hay de ti, qué te cuentas? —pregunté.

—Lo mismo de siempre… ¡Oh! Casi se me olvida decírtelo. Dos entrenadores más han invitado a Wyatt a visitar universidades, la del Estado de Míchigan y la de Ohio. Cuando le conté al entrenador de la MSU que no estaba segura de cuándo podría llevarlo, se ofreció a que lo hiciera un alumno, un *kicker* que también jugó en la NFL un tiempo. No recuerdo su nombre.

—¡Genial!

—Sí, y todo gracias a que trajiste a los medios de comunicación al partido de Wyatt.

—No puedo atribuirme el mérito por eso. Siguieron a Christian.

—Bueno, espero tener la oportunidad de agradecérselo en persona. Me gustaría conocer al chico que ha logrado que te conviertas en una novia de pleno derecho.

Sonreí.

—Lo harás. Ha dicho que después del partido, en cuanto pueda, subirá para pasar un rato con Wyatt y sus compañeros de equipo.

—Madre mía, se volverán locos.

El teléfono me vibró en el bolsillo. Cuando lo saqué, vi el nombre de Julian en la pantalla. Me había dejado dos mensajes esta semana y no le había respondido. Talia vio quién me llamaba.

—Iba a preguntarte por él. ¿Se acabó? Te gustaba, ¿no?

—Creo que somos muy compatibles. Es decir, los algoritmos polinómicos no mienten. Tenemos los mismos gustos, intereses, carácter, experiencias en relaciones y en la vida, valores y creencias: Julian y yo tendríamos un noventa y nueve por ciento de compatibilidad en Hinge y Christian y yo probablemente seríamos extremos opuestos del espectro. Julian y yo tenemos sentido. Christian y yo, no.

—El amor no siempre tiene sentido, Bella. Puede ser irracional.

—La irracionalidad me provoca urticaria.

Talia se rio.

—Lo sé. ¿Recuerdas cuando salí con Rory?

—Por supuesto, estuvisteis juntos casi un año.

—Quería amarle con todas mis fuerzas. Él quería y aceptaba a mi hijo y era muy bueno conmigo. Incluso me senté una noche y escribí una lista de razones por las que lo quería. Cuando la terminé, me di cuenta de que todo lo que había escrito eran razones por las que me gustaba, pero no lo amaba. El amor no es algo fácil de expresar con palabras. Es un sentimiento más abstracto que concreto. Y, a menudo, terminas amando a alguien que no solo marcaba las casillas de los requisitos de tu compañero ideal, sino que añadía casillas a la lista que ni siquiera sabías que querías.

Asentí.

—Como sentirse a salvo. Nunca en la vida habría añadido esa casilla a una lista de cosas que quería de un compañero. Llevo sola desde los quince años y estoy orgullosa de ser independiente. Pero cuando Christian me envuelve en sus brazos, me hace sentir a salvo y es una sensación más que física. Siento que puedo confiar en que me protegerá de formas que no sabía que necesitaba.

Talia me abrazó.

—Me alegro mucho de que hayas encontrado a alguien.

Miller regresó del baño con una botella de vino y tres copas. Las levantó.

—Podría acostumbrarme a esta vida. La azafata nos las ha traído.

Sonreí.

—Disfrutad. Aprovechando el descanso, bajaré un momento a ver a mi abuelo.

—¿Por qué no ve el partido aquí arriba? —preguntó Talia—. ¿Pensaba que veinte adolescentes sería demasiado con lo que lidiar mientras veía el partido?

Negué con la cabeza.

—Le encanta su asiento detrás del banquillo del equipo local. Le hace sentir parte de la acción.

—Está bien. Bueno, ve a hacer lo que tengas que hacer —dijo Miller—. Pero no te prometo que quede algo en la botella cuando vuelvas.

—Está bien. La azafata vio que la última vez que estuviste aquí trajiste limonada Mike's Hard Lemonade, así que ahora han llenado la nevera con un montón de botellas.

Bajé y me senté con mi abuelo hasta que empezó el tercer cuarto. Me habría quedado más rato, pero hoy estaba acompañado por una mujer de la residencia en la que vivía. Sentí que tal vez le estaba arruinando una cita, aunque en ningún momento dijo nada.

Cuando terminó el partido, nos comimos la tarta de cumpleaños de Wyatt y Talia le dejó abrir todos los regalos que los chicos le habían traído. Un poco más tarde, Christian llegó y los chicos se abalanzaron sobre él. No logró pasar del umbral de la puerta; en cuanto se asomó, los adolescentes lo rodearon. No dejaban de hacerle preguntas y lo felicitaban por la victoria. Cuando les dijo a los chicos que necesitaba beber un poco de agua, al fin pude hablar con él.

Le presenté a Talia y Miller lo saludó mientras le ofrecía una botella de agua.

—Creo que tengo algo en el ojo —dijo Christian cuando me giré. Se dirigió al baño—. Es probable que sea un poco de césped, suele ocurrir. ¿Te importaría echarle un vistazo a ver si lo ves? La luz es mejor ahí dentro.

—Claro.

Christian y yo entramos en el baño. Cerró la puerta detrás de nosotros y, de repente, me dio la vuelta y me aplastó contra la puerta. El grito de sorpresa que se me escapó quedó ahogado por un beso, uno épico, de esos que provocaban un cortocircuito en el cerebro y te hacía rodear una cintura con las piernas. Incluso me hizo olvidar que había veinte chavales justo al otro lado.

Entonces, Christian gimió. Y ese gemido que salió de los labios unidos me atravesó de arriba abajo y encendió mi entrepierna. Cuando nos detuvimos para tomar aire, estaba tan necesitada que probablemente le habría dejado poseerme ahí mismo. Pero, afortunadamente, uno de los dos no había perdido por completo el sentido de la vergüenza.

Christian apoyó la frente contra la mía.

—Hola.

Sonreí.

—Me gusta tu forma de saludar.

Utilizó el pulgar para limpiarme por debajo del labio inferior.

—Y no imaginas cómo te diré después que te he echado de menos los últimos días.

—¿En serio?

A Christian le brillaban los ojos.

—Ven conmigo a casa. Podemos pedir algo de comer y celebrar juntos la victoria.

Había olvidado por completo el partido.

—Has estado increíble hoy. Enhorabuena por la victoria en tu primer partido de vuelta.

—Gracias. ¿Tus amigos y tú pensáis llevar de vuelta a todos esos chicos de la misma forma en que habéis venido? ¿En tren?

Asentí.

—Les hemos dicho a sus padres que los llevaríamos de vuelta al barrio de Wyatt sanos y salvos. Desde allí se irán a pie o cogerán el metro.

—¿Qué tal si os llevo yo? Había dicho a los entrenadores personales que iba a utilizar la furgoneta del equipo para llevar al entrenador a casa, pero me ha dicho que su amiga se encargaría. Por cierto, ¿quién es?

—Vive en la misma residencia.

—¿Lo de hoy era una… cita?

Me encogí de hombros.

—No lo sé. Yo me he hecho la misma pregunta. Cuando vaya a visitarlo esta semana, cotillearé un poco.

Christian asintió.

—Entonces, ¿qué me dices sobre lo de llevar a los chicos?

—Creo que les encantaría. Pero ¿cabrán todos?

—Hay dos filas de seis asientos a ambos lados. Los jugadores ocupan uno entero, pero ellos pueden ir de dos en dos. Así que cabrán veinticuatro chicos, además del conductor y el copiloto.

—Oh, entonces sí. Hay veintidós chicos y Talia. ¿Podríamos también llevar a Miller?

—Por supuesto. ¿Vendrás conmigo a casa después?

—¿Es una condición para llevar a los chicos?

Christian puso mala cara.

—No.

Sonreí.

—Entonces sí.

—Qué mujer… —refunfuñó—. Ahora déjame probar otra vez esa boca antes de que tengamos que salir ahí fuera.

Christian me dio un besazo por segunda vez. Cuando se separó, me volvió a poner en pie con suavidad y me alisó el cabello.

—Será mejor que salgas primero. Necesito un minuto. —Miró hacia abajo.

Lo seguí con la mirada.

—Oh, chico. Más bien parece que necesitas una hora.

Me dio un beso en la frente.

—Saldré en un ratito.

A Talia se le iluminaron los ojos cuando salí. Enganchó un brazo con el mío y susurró:

—Sé lo que estabais haciendo ahí dentro. Se te nota en la cara.

Me toqué la mejilla.

—¿En serio? ¿Se nota?

Sonrió.

—Estás sonrojada y tienes esa mirada vidriosa en los ojos.

—Solo nos hemos besado, lo juro.

—Habrá sido un señor beso…

Se me nubló la vista solo con recordarlo.

—Besa muy bien.

Talia chocó el hombro conmigo.

—Vale, antes he dicho que me alegraba por ti, pero ahora me estás dando envidia.

Una hora después, subimos a los chicos a la furgoneta. Tuvieron que ir al aparcamiento subterráneo del estadio para montarse en ella. Eso los emocionó un montón. Cuando llegamos al edificio de Talia, los chicos se bajaron y se turnaron para estrecharle la mano a Christian mientras yo me despedía de mi amiga.

—Gracias de nuevo por todo. Ha sido el mejor cumpleaños que ha tenido jamás. —Talia hizo una mueca y se volvió a agarrar el costado derecho.

—¿Estás bien? ¿Otra vez ese dolor?

—Sí. Creo que he comido y bebido demasiado.

Tras unos veinte segundos, su rostro volvió a la normalidad y parecía que volvía a estar bien, pero el hecho de que le hubiera ocurrido más de una vez hoy me dio mala espina.

—Si te sigue pasando, ¿me prometes que me llamarás? ¿O que irás a urgencias y luego me llamarás?

Se llevó el bolso al hombro y se despidió con la mano.

—Sí, mamá.

Negué con la cabeza y le di un beso en la mejilla.

—Te llamaré mañana para ver cómo te encuentras.

—Muchas gracias. —Echamos un vistazo a Wyatt, que ahora estaba hablando con Christian—. Parece un tipo genial. No huyas de este, dale una oportunidad. Hay algo en cómo os miráis que me hace pensar que podría ser el indicado.

Christian y Wyatt chocaron las manos y luego volví a mirar a Talia.

—Creo que tienes razón. Podría ser el indicado. Solo queda por ver si es el indicado para mí o el que me romperá el corazón.

Capitulo 20

Christian

—Es el tuyo. —Me incliné, desenchufé el teléfono que estaba vibrando y se lo pasé a Bella. Parecía profundamente dormida, pero cuando le dije que era Talia, se incorporó enseguida.

—Talia no llamaría a las tres de la madrugada si algo no fuera muy mal. —Rápidamente, deslizó el dedo sobre la pantalla para responder.

—¿Hola?

Escuché una parte de la conversación.

—Oh, no. —Apartó las mantas—. ¿Dónde estás?

Silencio.

—¿Wyatt está contigo?

Silencio de nuevo.

—Vale. Llegaré lo antes posible.

Bella colgó y se levantó corriendo de la cama.

—¿Qué pasa? —Me levanté y empecé a ponerme la ropa interior antes de saber siquiera por qué me estaba vistiendo.

—A Talia le ha reventado el apéndice. Necesita cirugía urgente. —Bella recorrió la habitación en busca de la ropa que le había quitado unas horas antes.

Cogí el sujetador y se lo tendí.

—¿Dónde está?

—En Lennox Hill con Wyatt.

Cogí el teléfono.

—Pediré un Uber, será más rápido que ir al garaje y sacar la furgoneta.

—Gracias.

Media hora después, llegamos a urgencias y vimos a Wyatt. Estaba en una silla de plástico naranja con la cabeza entre las manos. Bella se acercó corriendo. Me quedé detrás de ella con la mano en su hombro.

—¿Wyatt? ¿Qué ha pasado? ¿Dónde está tu madre? —preguntó.

Wyatt se levantó y la abrazó.

—Se la acaban de llevar al quirófano. Han dicho que tenía una infección en la sangre. —Se echó hacia atrás y se pasó una mano por el pelo—. Es culpa mía. Llevaba cuatro días con dolor, desde mi fiesta. Tendría que haberla obligado a ir al hospital.

Bella negó con la cabeza.

—No es culpa tuya, es mía. Se suponía que iba a llamarla el lunes para ver cómo estaba, pero entre una cosa y otra no la llamé. Lo siento mucho.

Apreté el hombro de Bella.

—No es culpa de nadie. ¿Han dicho cuánto tiempo duraría la operación?

—Han dicho que, si todo iba bien, entre una y dos horas.

Asentí.

—Vale. ¿Se supone que aquí es donde tenemos que esperar? Suele haber una sala de espera especial cerca de la zona de quirófanos.

—Me han dicho que tenía que subir a la cuarta planta. Pero como Bella sabía que estábamos en urgencias, he decidido esperar aquí.

—De acuerdo —dije—. Déjame preguntarle al guardia de seguridad cómo llegar a la cuarta planta.

Por suerte, el guardia no me reconoció y los tres pudimos subir por las escaleras hasta llegar a una zona de espera más tranquila. Hablamos con la enfermera del mostrador y le dije que estábamos allí por Talia Kane. La mujer dijo que preguntaría cómo iba todo y que en media hora nos informaría.

Wyatt se volvió a sentar y extendió las piernas.

—¿Sabías que si le ocurre algo yo me quedo contigo?

—No le va a pasar nada —dijo Bella—. Pero sí, lo sabía. Tu madre y yo hablamos de ello hace años.

—¿Qué es un poder médico? Mamá también le ha dicho a la enfermera que tenías uno.

—Un poder médico es un documento legal en el que nombras a alguien para que tome decisiones médicas por ti, en caso de que seas incapaz de tomarlas tú mismo.

—¿Mamá no podrá tomar decisiones después de esto?

Bella negó con la cabeza.

—No, cariño. Estoy segura de que podrá. Rellenó el formulario hace años, cuando me nombró tu tutora legal en caso de que hubiera cualquier emergencia. Son cosas que los adultos hacen para planificar, por si ocurre lo peor. Pero este no es el peor de los casos. Una apendicectomía es un procedimiento muy rutinario.

—¿Tienes poder de atención médica?

Bella frunció el ceño.

—En realidad, no. Pero debería.

Wyatt me miró.

—¿Qué hay de ti?

—Yo sí.

—¿Quién toma las decisiones por ti?

—Mi hermano Jake. —Miré a Bella a los ojos, quería comunicarle que Wyatt estaba muy nervioso.

Se acercó y se sentó a su lado.

—Te prometo que se pondrá bien. ¿Alguna vez te he mentido?

Wyatt negó con la cabeza.

—No. Excepto aquella vez cuando estaba en sexto y me dijiste que los Crocs que me había comprado mamá con la ropa de la vuelta al cole me quedaban genial. Se burlaron de mí en cuanto pisé el colegio.

Bella lo despeinó un poco.

—Eso no es una mentira, chaval. Es mi gusto. Yo misma tengo un par de Crocs. Quizá la próxima vez que quieras consejos de estilo no se los pidas a una friki de los ordenadores.

Veinticinco minutos después, la enfermera del mostrador asomó la cabeza en la sala de espera.

—He hablado con la enfermera de quirófano. Todo va según lo previsto y deberían acabar en unos cuarenta minutos.

Wyatt dejó escapar el aire de forma audible.

—Muchas gracias por informarnos —dijo Bella.

La mujer sonrió.

—Os avisaré cuando esté en la sala del postoperatorio. En la mayoría de los casos, pasa otra hora hasta que pueden subir a planta.

Cuando la enfermera se marchó, acompañé a Wyatt al pasillo para asaltar la máquina de aperitivos. Terminamos gastando dieciocho dólares en patatas fritas y chocolatinas y el chico se comió tres cuartas partes del botín él solito. Luego se quedó dormido sobre tres sillas hasta que lo despertamos para decirle que la operación de su madre había terminado y que podría verla pronto.

Wyatt se frotó los ojos.

—Voy un momento al baño.

—Vale, cariño —dijo Bella.

Cuando salió de la sala, se giró hacia mí.

—Deberías marcharte, son casi las cinco. Dentro de unas horas tienes entrenamiento.

—Estoy bien. Iré un poco cansado o le mandaré un mensaje al entrenador Brown para decirle que hoy no voy.

—¿No te sancionarán?

—El entrenador es quien decide si aceptar una ausencia o sancionar al jugador. Si me sanciona, que me sancione.

—No quiero que te sancionen.

Me encogí de hombros.

—No falto a menudo, así que creo que lo dejará pasar. Pero si no lo hace, me da igual, solo es dinero. Quiero estar aquí para ti.

El rostro de Bella se suavizó. Me incliné y le di un beso en la frente.

Cuando llegó el momento de entrar y ver a Talia, la enfermera nos dijo que solo podíamos entrar de dos en dos. Le dije a Bella y a Wyatt que entraran ellos, pero entonces el doctor salió, me reconoció y, de repente, se podían romper las reglas, así que entramos los tres juntos.

Talia estaba aturdida, pero sonreía. Wyatt dejó caer la capa de frialdad que todos los adolescentes solían llevar, salió corriendo hacia ella y la abrazó. Los tres hablamos hasta que el doctor se acercó y preguntó si podía hablar del estado de Talia con todos los presentes. Talia miró a su hijo, que inmediatamente negó con la cabeza.

—No pienso irme.

Talia sonrió al doctor.

—Olvidé que mi hijo ya es casi un hombre. Podemos hablar con todos los presentes.

El doctor nos contó que la cirugía había transcurrido sin problemas, pero que debido a la apendicitis, Talia tenía una infección en la sangre que necesitaba tratamiento. En circunstancias normales, un paciente se quedaba solo un día o dos en el hospital después de una apendicectomía, pero creía que deberíamos barajar entre dos y cuatro días para asegurarnos de que todo fuera bien. Así, podría regresar a casa y cuidar de Wyatt sin preocupaciones. Le prometí que colaboraría. En ese momento, una enfermera se acercó a tomarle los signos vitales a Talia y nos dijo que la paciente tenía que descansar, había que terminar la visita.

Nos despedimos y nos marchamos con Wyatt. Talia no vivía lejos del hospital, así que caminamos un par de calles hasta su apartamento.

—Anoche no dormiste mucho —le dijo Bella—. ¿Por qué no te tomas el día libre y no vas al instituto?

Wyatt negó con la cabeza.

—No puedo faltar. Voy a meterme en la ducha ahora mismo para no llegar tarde. —Desapareció en el baño.

—Vaya, cómo han cambiado las cosas —dijo Bella—. Recuerdo cuando odiaba el colegio y cada dos por tres fingía que estaba enfermo para no ir. Ahora ni siquiera quiere llegar tarde.

Sonreí.

—Si faltas al instituto, no puedes entrenar. Y si llegas tarde y te castigan, no puedes entrenar.

—Oh —se rio—. Debería haberlo sabido.

—¿Hay otra habitación? —pregunté mientras echaba un vistazo al apartamento, que tenía un diseño similar al de Bella.

Ella negó con la cabeza.

—No. Wyatt dormía con Talia, pero ahora ella duerme en el sofá. El apartamento es de renta antigua, es un lujo hoy en día y eso le permite pagar la matrícula en el instituto privado.

—¿Vas a quedarte aquí mientras cuidas de él?

—No había pensado en la logística. Podría quedarme en el sofá, pero puede que Wyatt se sienta raro si está en la misma habitación con una mujer que no es su madre y mi apartamento no es mucho mejor. —Hizo una pausa—. Tal vez lo lleve a un hotel. Estoy segura de que habrá alguno elegante con dos habitaciones por la zona.

—¿Por qué no os quedáis en mi casa? Tiene tres dormitorios y mañana me voy a California para el partido del domingo.

—Oh, se me había ido el santo al cielo. Ni siquiera recordaba que el partido era este fin de semana. Tendré que verlo en la tele o supongo que podría llevar a Wyatt después de su partido del sábado. La verdad, no quiero que te sientas obligado a nada. Te agradezco la oferta, pero nos quedaremos en un hotel.

—No me siento obligado a nada, Bella. —Puse los brazos en jarras—. Eso es lo que hacen las parejas, se ayudan mutuamente, confían el uno en el otro.

No parecía convencida. Entonces, cuando Wyatt salió del baño, pensé en hacerlo de otra manera.

—Oye, tío.

—¿Sí?

—¿Preferirías quedarte en un hotel los próximos dos días o en mi casa? Tengo tres dormitorios, una tele de ochenta pulgadas y el trofeo al jugador más valioso del equipo de la Eastern Conference con el que te puedes hacer *selfies*.

A Wyatt se le iluminó la cara.

—En tu casa.

Metí las manos en los bolsillos y sonreí a Bella.

—Parece que Wyatt prefiere quedarse en mi apartamento.

Me lanzó una mirada torva.

Levanté la barbilla hacia Wyatt.

—Prepara una maleta de ropa para unos cuantos días. ¿A qué hora termina el entrenamiento esta tarde?

—Como a las cinco.

—El mío termina a las cuatro. Te recogeré y te llevaré a ver a tu madre antes de ir a mi casa.

—Genial. —Wyatt sonrió, cogió algo de ropa y regresó al baño.

Bella todavía estaba mirándome.

—Umm… Soy perfectamente capaz de recogerlo del entrenamiento y llevarlo a visitar a Talia.

Coloqué las manos sobre sus hombros.

—Lo sé. Probablemente no haya mucho que no seas capaz de hacer por ti misma. Pero ya no estás sola. Me tienes a mí. Y piensa que casi nunca sales del trabajo antes de las seis o las siete, así que haz lo que tengas que hacer y yo me encargo de esto. Además, te quedarás sola cuando coja el avión.

Parecía que le estaba dando vueltas a algo, así que agaché la cabeza y la besé hasta que las ganas de discutir desaparecieron de su rostro.

—¿Estamos bien? —Le acaricié la mejilla con el pulgar.

Asintió con la cabeza y suspiró.

—Gracias por acogernos.

—No es necesario dar las gracias. Ahora estoy aquí para ti, Bella. Solo necesitas aceptarlo.

A última hora de la tarde, Wyatt y yo llegamos a casa después del entrenamiento y de pasar por el hospital. Le había dicho a Bella que el portero le daría una tarjeta para entrar si llegaba antes que nosotros.

La encontré junto a los fogones en la cocina y el apartamento olía jodidamente bien.

—La cena está casi lista. Pensaba que llegaríais a casa hace una hora —dijo Bella.

Wyatt respondió.

—Ese era el plan, pero un grupo de enfermeras ha acosado a Christian.

Bella entrecerró los ojos.

—¿Ah, sí?

—Oh, oh… —Wyatt me miró—. Estás metido en problemas. Lo siento, tío.

Me reí.

—No estoy metido en problemas. Bella sabe que solo he sido educado. ¿Por qué no vas a darte una ducha antes de la cena? Tu dormitorio es el primero a la izquierda.

Wyatt arrojó la mochila y el monedero sobre la encimera y salió corriendo por el pasillo. Bella volvió a remover algo en una olla. La rodeé por la cintura con los brazos, le aparté el cabello a un lado y le di un beso en el cuello.

—Huele muy bien. Podría acostumbrarme a esto, a llegar a casa y que me estés preparando la cena.

—O podrías pedirle a una de las enfermeras que te haga algo…

La giré en mis brazos para ponerla frente a mí.

—¿Son celos lo que noto en tu voz?

—No, pero podrías haberme llamado para decirme que ibais a llegar tarde.

—Tienes razón, debería haberlo hecho. Discúlpame, he perdido la noción del tiempo. Ahora dame un beso.

Todavía estaba hablando cuando sellé mis labios con los suyos. Me encantó sentir que se derretía en mí en tan solo unos segundos. Un minuto después de saciarme, la solté antes de empezar a toquetearla y que el chico nos pillara.

Bella se aclaró la garganta.

—Estaba pensando que esta noche debería dormir en el otro cuarto de invitados.

Entrecerré los ojos.

—¿Qué dices?

—Bueno, Wyatt está aquí y, ya sabes, acabamos de empezar a salir. No quiero darle la impresión de que hay que meterse en la cama con alguien tan rápido. Creo que ni siquiera ha tenido novia todavía. Podía ser una mala influencia.

Había visto cómo las chicas en las gradas lo miraban con los ojos saltones después del entrenamiento y cómo lo saludaban cuando nos marchábamos. Eso por no mencionar que unas cuantas enfermeras jóvenes habían sido muy amables con él y él había charlado con ellas.

—Tiene diecisiete años, Bella.

—¿Y? Es un joven inocente de diecisiete años.

—El niño ya se ha acostado con chicas, cariño.

Abrió los ojos de par en par.

—No.

El monedero de Wyatt estaba en la encimera, así que lo levanté y abrí el cuero por un lado. Me lo imaginaba y lo comprobé. Allí estaba el familiar anillo de un condón en el interior.

—Odio decírtelo —anuncié mientras lo levantaba—, pero no es inocente. Te quedas en mi cama.

Wyatt regresó por el pasillo, así que Bella dio un paso atrás y la conversación se pospuso por el momento.

—La cena estará en breve —dijo—. ¿Por qué no ponéis la mesa?

Unos minutos después, nos sentamos a comer los *fetuccini* Alfredo con pollo.

—¿Cuánto tiempo tardaste en comprar este apartamento? —preguntó Wyatt con la boca llena—. Quiero decir, ¿lo compraste el primer año que llegaste a la liga profesional?

—No, lo compré hace unos tres años.

—Pero podrías habértelo permitido entonces, ¿verdad?

—Wyatt —lo regañó Bella—, es de mala educación preguntarle a la gente lo que puede o no puede permitirse.

Me encogí de hombros.

—No pasa nada. Me aconsejaron muy bien sobre cómo gastar el dinero cuando comencé y debería compartir esa información. Wyatt tiene una gran pierna. Si lo logra, tal vez recordará lo que hablemos hoy. Sí, podría haberme permitido comprar una casa como esta durante mi primer año, pero no lo hice. ¿Sabes por qué?

—¿Por qué?

—Porque alguien con el que había mantenido una relación muy cercana durante años y que, de hecho, entrenó a mi equipo de fútbol americano infantil, me dijo que el cuarenta por ciento de los jugadores de la NFL finalizan su carrera de forma prematura a causa de las lesiones. Y que más del sesenta por ciento tienen que operarse y, como consecuencia, su forma de jugar cambia. Me dijo que nunca esperara que mi carrera durara más que la temporada en la que estaba. Por ello, el primer año, después de que el Gobierno se llevara su trozo del pastel, destiné el cincuenta por ciento del salario a comprar una anualidad. ¿Sabes lo que es?

Wyatt y yo nos servimos una segunda ración. Él negó con la cabeza.

—Le das dinero a una empresa hoy y ellos acceden a pagarte más dinero del que les has dado durante un largo periodo de tiempo. Entonces, si mi primer año fuera el último, sabía que al menos podría contar con un sueldo para vivir durante veinte años.

—Oh…

Sonreí.

—No es tan emocionante, ¿no?

—No precisamente.

—Usé el resto del dinero para pagar la casa de mi madre, alquilar un sitio decente en el que vivir y comprar un coche llamativo que no necesitaba y que ya he vendido.

Wyatt se terminó la comida.

—¿Te parece bien si me hago unos cuantos *selfies* con los trofeos del jugador más valioso del equipo para enseñárselos a mis amigos?

—Adelante. Puede que yo también me haya hecho unos cuantos *selfies* con los trofeos en el pasado.

Bella y yo recogimos la mesa juntos y luego Wyatt y yo vimos *reels* del equipo con el que los Bruins jugaban este fin de semana. La idea era encontrar cualquier defecto entre los defensas que quizá pudiera aprovechar. Bella se puso a trabajar en el portátil y antes de que nos diéramos cuenta, eran casi las once.

—¿Listo para irte a la cama, Wyatt? —preguntó Bella.

Él asintió y se giró hacia mí.

—¿Puedes recogerme mañana otra vez del entrenamiento?

—Lo siento, tío, no puedo. Nos marchamos para la costa oeste por la tarde. Cuando tenemos que viajar a un sitio tan lejos y con diferencia horaria, solemos volar el viernes para que podamos adaptarnos antes del partido.

Frunció el ceño.

—Oh, vale.

—¿Qué hay del lunes?

Bella apagó la luz de la sala de estar.

—Lo más probable es que tu madre esté en casa para entonces, Wyatt.

—Oh, es verdad.

—¿Tienes partido la semana que viene? —pregunté.

Wyatt negó con la cabeza.

—Es nuestra semana de descanso. El próximo partido es un viernes por la noche, dentro de dos semanas.

—Intentaré ir a ese, ¿vale?

Sonrió, pero entonces intentó restarle importancia. Típico de los adolescentes.

—Eso estaría bien. Es decir, si puedes…

Le despeiné el pelo.

—Vete a dormir y que tengas un buen fin de semana. En la planta inferior hay un gimnasio fantástico, por si quieres echarle un vistazo. Le diré al vigilante de seguridad que te deje algunos pases de invitados en la recepción.

En el dormitorio, Bella comenzó a prepararse para acostarse. Había traído una bolsa de viaje y sacó una camiseta y unos pantalones, pero me quité la camiseta que llevaba y se la arrojé. Luego cogí los pantalones de la pila.

Me miró.

—Eh, ya sabes, creo que intentas decirme algo, pero los humanos usamos palabras para eso, así que no puede ser.

Sonreí y me acerqué antes de cerrar las manos alrededor de su cintura.

—Bella, por favor, ¿podrías ponerte mi camiseta, preferiblemente sin ropa interior?

Colocó las manos sobre mi pecho.

—Puedo hacerlo. Pero… nada de tonterías. Wyatt está justo en la otra habitación.

—Está al otro extremo del pasillo. Le he dado la habitación más alejada de la nuestra adrede.

—Aun así, no quiero que nos oiga.

Sonreí.

—Eres un poco ruidosa.

Me dio un golpe en el pecho.

—No, a menos que haga ruido por tu culpa, algo que no pasará.

Hice un puchero.

—Pero mañana me voy a California. No te veré en los próximos días.

Se rio.

—Voy a cepillarme los dientes.

Cuando acabó, me metí en el baño. Salí y estaba sentada en el borde de la cama con mi camiseta puesta. Me acerqué y le levanté las piernas sobre el colchón para ayudarla a recostarse. Entonces, me subí encima de ella y le di un beso en el cuello.

—Se me ha ocurrido una solución.

—Déjame adivinar, ¿vas a insonorizar rápidamente la habitación?

—No, pero es una buena idea para el futuro, en caso de que alguien más se quede en casa.

Se rio entre dientes.

—Casi me da miedo preguntar. ¿Cuál es la solución?

Me encogí de hombros.

—Brazos largos.

—¿Brazos largos?

—Sí, yo tengo brazos largos.

—Vale…

Le di un beso en los labios antes de bajar por su cuerpo hasta colocar la cara entre sus piernas. Entonces alcé la mano y le tapé la boca.

Bella abrió mucho los ojos y empezó a decir algo que no entendí porque el sonido quedaba amortiguado. Me llevé el índice a los labios para hacer el gesto universal de silencio y luego levanté el dobladillo de la camiseta que llevaba puesta. Me sumergí en su interior sin ninguna advertencia, lamiendo y chupando cada centímetro de su piel. Cuando terminé y retiré la mano, parecía extasiada. Tenía los ojos vidriosos y entrecerrados mientras sonreía adormilada.

—Dios bendiga a los brazos largos —susurró.

Me acerqué a ella y la hice girar de tal manera que yo quedé boca arriba y ella encima de mí con la cabeza contra mi pecho.

—Duerme un poco —dije—. Han sido veinticuatro horas muy largas.

—¿Qué hay de ti?

La atraje más hacia mí.

—Estoy bien. Aquí tengo todo lo que necesito.

Capítulo 21

Bella

Dos semanas después, llegó el día que esperaba con ansias, pero que, al mismo tiempo, temía.

Las cosas iban muy bien. A Talia le habían dado el alta en el hospital y estaba en casa recuperándose, ahora había tres universidades detrás de Wyatt dándole información sobre becas de fútbol para estudiar en sus centros. Christian y yo nos habíamos adaptado a una rutina en la que unas cuantas veces a la semana uno se quedaba en la casa del otro y no me aterrorizaba. Yo incluso había llamado a un agente inmobiliario para empezar a buscar un nuevo apartamento.

Pero hoy teníamos la reunión de la planificación de los contratos del equipo, el día en que los entrenadores exponían sus planes para las renovaciones y las cesiones de la plantilla. Una vez aprobadas, las ofertas se enviaban a los agentes de los jugadores en unas pocas semanas.

Cuando llegué, había al menos veinte personas sentadas alrededor de la mesa de conferencias, incluidos el director financiero, el director general, los entrenadores ofensivos, defensivos y especiales del equipo, el jefe de reclutamiento, el director de personal, el médico del equipo, el director ejecutivo y copresidente en funciones, mis hermanas, el abogado principal y un grupo de vicepresidentes y directivos de alto nivel. Habían dejado libre la cabecera de la mesa para mí, pero pensé que era importante mostrar a los demás que hablaba en serio cuando dije que este año mi objetivo era observar y aprender. Por ello, me quedé de pie detrás de la silla y se la ofrecí al director ejecutivo y copresidente.

—Tom, ¿por qué no te sientas aquí para que todos puedan verte?

Tom estaba a mi izquierda. Sonrió y se levantó mientras asentía con la cabeza.

—Gracias, Bella.

Me senté a escuchar y tomar notas durante las primeras horas. En ese lapso, no hubo ninguna sorpresa. El director general había recomendado renovar tres contratos que estaban vigentes, colocar a un jugador en la lista de traspasos y prorrogarle el contrato a otro que querían conservar, pero que estaba considerando retirarse. Entonces llegamos al jugador que estaba esperando, el que la mayoría estaba esperando, la renovación del contrato de Christian.

Como habíamos hecho con los demás jugadores, el médico del equipo fue el primero en hablar y ofreció una descripción general de su estado de salud. Después, el director ejecutivo entregó una revisión del salario actual y las primas. A continuación, los entrenadores solían hablar de otros equipos que hubieran expresado interés por el jugador, así como cualquier comentario que hubiera hecho el jugador respecto a lo que quería para su futuro. Esta ronda fue un poco distinta.

—En lo que respecta a Christian Knox —dijo el director general—, creo que podríamos ahorrarnos tiempo si hablamos de los equipos que no están interesados en él. Ahora que vuelve a estar en forma, no me cabe duda de que le quedan otros cinco años, si no más, así que me gustaría blindarlo durante ese tiempo. —Señaló la carpeta—. Si miráis la página treinta y cuatro, propongo una cifra que lo convertirá en el segundo *quarterback* mejor pagado de la liga, pero tendría la mayor cláusula de rescisión, que sabemos que es importante para los jugadores más veteranos. El último contrato que firmó lo dejó como el octavo mejor pagado y creo que la oferta le gustará.

Todos los presentes agacharon la mirada y estudiaron las cifras. Paseé mis ojos por la mesa para ver si alguien parecía descontento, pero la mayoría ni siquiera se había inmutado, aunque la cifra era mayor de lo que había previsto. Cuando miré a mis hermanas, Tiffany estaba observándome.

Una sonrisa maléfica le cruzó la cara mientras levantaba la mano.

—Tom, tengo una pregunta.

—Adelante.

Tiffany señaló la página mientras me miraba directamente a mí.

—¿Esta bonificación incluye el pago por los servicios personales a la propietaria?

Cerré los ojos.

—¿Disculpa? —dijo Tom.

—Ah, y Larry… —Se giró hacia el abogado principal del equipo—. ¿Cómo funciona eso? Dado que pagar por sexo no es legal en el estado de Nueva York, ¿el contrato es siquiera ejecutable?

Quería atravesar la mesa con el brazo y darle una bofetada. Me detuve porque no estaba dispuesta a rebajarme a su nivel, pero sabía que tenía que decir algo antes de que mi encantadora medio hermana continuara, así que me puse en pie. Todos los ojos estaban puestos en mí.

Junté las manos y respiré profundamente.

—Creo que mi hermana se refiere de forma no muy sutil a mi relación con Christian Knox. Si bien prefiero mantener mi vida personal en privado, tal vez lo mejor sea que salga a la luz. —Miré a mi hermana—. Christian y yo estamos saliendo.

—Pfff… —se burló mi hermana—. La está usando para conseguir una buena renovación de su contrato. Y veo que ha funcionado.

Tom se aclaró la garganta.

—Yo no estaba al tanto de la relación de Christian con Bella, pero sí puedo confirmar que Bella y yo no hemos discutido ninguna de las recomendaciones que estoy presentando hoy. —Miró a los entrenadores—. ¿Alguno de vosotros ha hablado sobre el contrato de Christian con Bella o ha sido influenciado por ella de alguna forma?

Todos negaron con la cabeza.

—Con el debido respeto a Bella, entiendo que una relación personal entre un jugador y una propietaria podría verse con malos ojos en cuanto a la influencia indebida en los contratos. Pero la primera vez que Bella y yo hablamos, me dijo que este año iba a limitarse a escuchar y aprender, y que yo debía dirigir el equipo. —Asintió con la cabeza—. Ha cumplido con su palabra. Por lo tanto, mi recomendación no cambia después de conocer la relación que tiene con Christian Knox.

—Gracias, Tom. —Miré a Tiffany—. ¿Podemos continuar?

Ella puso los ojos en blanco, así que me senté y miré a Tom, que captó la indirecta y continuó donde lo había dejado.

Cuando finalmente la reunión llegó a su fin, horas más tarde, pillé a mi hermana por banda mientras salía.

—Tiffany, ¿podemos hablar un momento?

Frunció los labios y cruzó los brazos sobre el pecho, lo cual interpreté como un sí.

Cerré la puerta detrás de la última persona que salió de la sala de conferencias para que las dos estuviéramos solas.

—¿Sabes? Me he esforzado mucho por ponerme en tu lugar. ¿Cómo me sentiría si creciera en un entorno privilegiado y averiguara, tras la muerte de mi padre, que él había tenido una hija fuera del matrimonio y que le había dejado una herencia muy generosa? Estoy segura de que tampoco me haría gracia. Desde que llegué aquí, he intentado tenerlo presente en todo momento y tomar siempre la decisión correcta. Pero quizá sea hora de que tú también recuerdes algo. Soy de la calle, no de un ático, como tú. Puede que ahora esté sentada aquí contigo, pero sigo siendo la chica del refugio para personas sin hogar. —Me acerqué—. Así que, si alguna vez vuelves a hablar de forma negativa sobre Christian en mi presencia, te daré una patada en el culo.

Tiffany abrió la boca con asombro.

—Qué vulgar eres.

Le ofrecí una sonrisa de oreja a oreja y abrí la puerta de la sala de conferencias.

—Y no lo olvides.

Me estremecí cuando salió hecha una furia. Me supo muy bien tras decirle lo que sentía. Y aunque no quería que mi relación con Christian fuera de dominio público, una parte de mí sentía alivio ahora que la gente lo sabía. Tiffany había buscado hacerme daño, pero resultó contraproducente. Me sentía imparable.

Mientras regresaba a mi despacho, sonó el teléfono. Pensé que podía ser Christian, pero en la pantalla apareció el nombre de Julian. Me dio un poco de bajón, pero quería aclarar las cosas y ahora tenía el valor para hablar con él también.

Me había llamado dos veces en las últimas dos semanas y no le había devuelto la llamada. Julian no se merecía mi falta de respeto, debía ser honesta.

Respiré hondo y deslicé el dedo por la pantalla para responder.

—Hola, Julian.

—Oh, hola. Ya me estaba preparando para que saltara el buzón de voz.

—No, aquí estoy, aunque acabo de salir de una reunión. Por eso he tardado tanto en contestar.

—¿Cómo va todo? Debes de estar muy ocupada. Te llamé hace unas semanas y no he recibido respuesta.

Cerré la puerta de mi despacho y me senté en la silla.

—La verdad es que he estado bastante ocupada. Lamento no haberte llamado, tendría que haberlo hecho.

—No pasa nada, lo entiendo. Estaba sentado en mi escritorio trabajando en la ponencia del congreso de inteligencia artificial y he pensado en ti. Hemos contratado a un nuevo codificador. Se sienta en el cubículo, no muy lejos de mi despacho, y tiene una alergia terrible.

—Vaya…

—Estaba pensando que, si trabajara para ti, probablemente te desmayarías por la falta de oxígeno. No para de estornudar.

Me reí.

—Oh, vaya tela. Yo me desmayaría, pero seguro que tú te pasas el día dando vueltas por la oficina cabreado.

—Estoy pensando en ascenderlo solo para que tenga un despacho privado al otro lado de la oficina.

—Seguro que harías algo así. ¿Qué más te cuentas?

Julian y yo hablamos durante un rato, sobre todo acerca de su trabajo. Cuando la conversación llegó a una pausa natural, se aclaró la garganta.

—Bueno, había pensado que tal vez podríamos vernos antes de que me marche al congreso la semana que viene —comentó—. ¿Qué te parece una cena el viernes por la noche?

—Sí, emm… Sobre eso… —Uf, realmente detesto decepcionar a gente agradable—. Quiero ser honesta contigo, y creo que es mejor que seamos amigos.

—Oh…

—Me encanta nuestra amistad y eres una de las personas más inteligentes que he conocido jamás, pero en nuestra última cita me di cuenta de que, simplemente, no hay chispa romántica. Y te prometo que creí que podría haberla. Además, he conocido a alguien.

—Ya veo…

—Pero espero que podamos seguir siendo amigos.

—Claro, por supuesto.

Aunque prometimos ser amigos, jamás seríamos de esos amigos que pasan tiempo juntos. Probablemente, el contacto que mantendríamos se limitaría a darle «Me gusta» a publicaciones en las redes sociales de vez en cuando.

Durante el incómodo silencio que siguió, llamaron a la puerta de mi despacho y Christian asomó la cabeza. Sonreí, le hice un gesto para que entrara y entonces levanté un dedo y señalé el teléfono.

—Está bien. Bueno, sé que estás ocupada —dijo Julian—, así que te dejo seguir con lo tuyo.

—Vale.

—Te llamaré pronto.

—Eso suena bien.

—Adiós, Bella.

—Adiós, Julian. Buena suerte con la ponencia en el congreso.

La cara de Christian era un poema cuando pulsé el botón rojo de la pantalla para finalizar la llamada y dejé el teléfono sobre el escritorio.

—Hola.

—¿Interrumpo algo? —preguntó.

—En realidad, sí.

Christian tensó la mandíbula, pero no dijo nada.

—Julian me había llamado un par de veces en las últimas semanas y no le había devuelto las llamadas. Ahora me ha vuelto a llamar y he pensado que debía responder.

—¿Te ha propuesto una cita?

Me puse en pie y rodeé el escritorio.

—Sí, y le he respondido que no. Le he dicho que quería que fuéramos amigos y que había conocido a alguien.

Relajó los hombros.

—Ah, ¿sí? Has conocido a alguien, ¿eh?

Sonreí.

—Es muy guapo. Puedo presentártelo, si quieres.

Christian me rodeó la cintura con un brazo y me levantó contra él.

—Qué graciosa.

Le di un golpecito en el pecho con un dedo.

—Tendrías que haberte visto la cara. Parecía que fueras a romperte un diente, tenías la mandíbula muy rígida.

Deslizó una mano por mi espalda y me agarró del cuello, aunque no tan suavemente.

—Voy a enseñarte yo lo que es rígido.

Me reí mientras me besaba. Pero, en algún momento, el tono juguetón desapareció y le estaba agarrando la camiseta con los puños cerrados. Christian se echó hacia atrás y me tiró del labio inferior con los dientes mientras se alejaba.

—Te he echado de menos.

Había sido una semana ajetreada y no nos habíamos visto en cuatro días.

—Yo también te he echado de menos.

Me acarició la mejilla con suavidad.

—¿Qué tal el día?

—Oh, ¡casi me olvido! Tiffany ha decidido anunciar nuestra relación en la reunión de hoy, con Tom, el director general, todos los entrenadores y el equipo ejecutivo al completo.

—¿Qué ha pasado?

Negué con la cabeza.

—No importa, pero he reconocido que estábamos saliendo y, luego, he pillado por banda a Tiffany después de la reunión y la he amenazado con darle una patada en el culo.

Christian arqueó las cejas.

—¿En serio?

—Sí, y me ha gustado.

—¿Qué parte? ¿Regañar a tu hermana o reconocer que estamos juntos?

—Las dos.

Sonrió.

—¿Sí? ¿Entonces ahora te parece bien no esconder nuestra relación?

Asentí.

—De hecho, me siento aliviada con que esto salga a la luz.

Christian me tomó las manos y se las llevó a la boca para besarlas. Luego se giró y se dirigió abruptamente hacia la puerta del despacho.

—¿Adónde vas?

Su respuesta fue echar la cerradura de la puerta.

—A ningún sitio. —Caminó en mi dirección con una mirada depredadora en los ojos, me levantó del suelo y me colocó encima del escritorio. Me quitó las gafas y las lanzó sobre el hombro.

—¿Qué haces? —Me reí.

—Celebrarlo... —Enterró la cabeza en mi cuello—. ¿Sabes lo jodidamente *sexy* que te pones cuando no aguantas las tonterías de los demás?

Me chupó el cuello hasta que cerré los ojos y eché la cabeza hacia atrás.

—¿Eso significa que te alegrarás cuando no aguante tus tonterías? —pregunté sin aliento.

—Nunca aguantes mis tonterías.

Capturó mi boca en un beso apasionado y le rodeé la cintura con las piernas. Todas las emociones del día alimentaron nuestra frenética conexión y mi necesidad de acariciar su piel desnuda se volvió abrasadora. Deslicé las manos por debajo de su camiseta y arrastré las uñas a lo largo de la cálida espalda. Christian gimió y me subió la blusa. Alcanzó el sostén con los pulgares y me lo quitó para liberar los pechos. El aire fresco me acarició los pezones, ya endurecidos, que se estremecieron aún más con la caricia de Christian.

—He fantaseado contigo sentada en este escritorio con las piernas abiertas desde el día en que nos conocimos. —Se inclinó, capturó un pezón con los dientes y lo mordió antes de calmarlo con la lengua. Sentí una sacudida entre las piernas y me froté contra él.

Christian deslizó la mano por debajo de la falda y tocó las costuras de la ropa interior.

—Joder, me encantan las faldas.

Apartó la tela y dirigió el pulgar hacia el clítoris. Ya estaba mojada, así que deslizó el dedo con facilidad en mi interior. Lo movió adentro y afuera unas cuantas veces antes de sacarlo por completo e introducir dos dedos. No pasó mucho tiempo hasta que sentí que no podía más. Lo necesitaba en mi interior.

—Por favor… —Extendí el brazo en busca de la cinturilla de sus pantalones. No podía esperar más.

Christian me agarró la mano.

—No he traído nada, cariño. Déjame hacer que te corras.

Volvió a meter y sacar los dedos. No había duda de que podía hacerlo, pero lo deseaba muchísimo.

—Christian —jadeé—, estoy tomando la píldora.

Se le congelaron los dedos.

—¿Me estás diciendo que me quieres a pelo, nena?

Asentí.

—Estoy limpia, y confío en ti si me dices que tú también lo estás.

Miró al techo.

—Hoy son todo regalos por tu parte.

Christian apartó la mano que había frenado la mía en sus pantalones. Agradecí que hubiera venido después del entrenamiento y no tuviéramos que perder el tiempo con la cremallera y el botón. Sonreí y metí la mano en los pantalones.

—Joder, me encantan estos pantalones.

Se rio entre dientes, pero se puso serio cuando le liberé la erección y la dirigí a mi entrada.

—Siento lo caliente y húmeda que ya estás. Esto no será bonito.

Empujé las caderas hacia adelante para que el prepucio se hundiera en mi interior.

—No importa.

Christian masculló una serie de maldiciones mientras me penetraba con un fuerte empellón y se enterraba en lo más profundo de mí. Era exactamente lo que necesitaba.

—¡Dios mío! ¡Sí! —grité—. Me gusta.

Me cubrió la boca con una mano antes de volver a empujar. Y otra vez. Y otra. Sabía que le gustaba que lo mirara a los ojos, pero al cuarto empellón, perdí la batalla y cerré los ojos. Cuando empecé a gemir en su palma, Christian me inclinó las caderas y acarició el lugar perfecto. Cada empujón exprimía más y más el orgasmo. Cuando comencé a recuperarme, me liberó la boca.

—Agárrate a los lados del escritorio —gruñó.

Si antes había pensado que era duro, lo que vino a continuación era otra cosa. El escritorio se movía, mi cuerpo se sacudía y no solo tuve que agarrarme al escritorio, sino que los nudillos se me pusieron blancos por la fuerza mientras aumentaba la intensidad de las penetraciones. Christian me folló como si fuera la Super Bowl de los polvos. Se le nubló la vista cuando arremetió por última vez y se liberó. Pasaron unos minutos hasta que volvimos a respirar con normalidad.

—Guau. —Negué con la cabeza—. Nunca he experimentado un terremoto, pero cuando hemos terminado he pensado que sería muy parecido a lo que he sentido en ese momento, las réplicas se han extendido por todo mi cuerpo y no estaba muy segura de lo que acababa de suceder.

Christian me apartó el cabello húmedo de la cara y sonrió.

—Sí, yo he sentido lo mismo. —Me besó con suavidad—. No quiero moverme, pero si no cojo algo, vas a llevar la falda pringada. No te muevas.

La orden de no moverme me pareció divertida, teniendo en cuenta que sentía las piernas como gelatina y apenas tenía energía para hablar.

Christian fue al baño y regresó con una toalla. Señaló con el pulgar por encima del hombro mientras presionaba la tela entre mis piernas.

—Nunca había entrado ahí. Ese baño es más grande que tu apartamento.

Sonreí y cogí la toalla para terminar de limpiarme.

—No por mucho tiempo. He llamado a un agente inmobiliario. Quiero buscar un apartamento con un poco de más espacio.

Christian me estudió.

—¿Qué?

—Le has dicho a Julian que no estabas interesada en él, has reconocido que tenemos una relación, me has dejado hacerlo a pelo y vas a buscar otro apartamento. No tengo motivos de queja, pero ¿qué ha provocado todo este cambio?

Terminé de arreglarme la ropa desaliñada y me encogí de hombros.

—No estoy segura, supongo que ya era hora.

—¿Hora de qué?

Pensé en ello durante unos segundos y luego le tendí una mano a Christian.

—Hora de empezar a confiar de nuevo.

Capítulo 22

Christian

—Oye, ¿qué vas a hacer esta noche?

Había llamado al entrenador cuando salí del entrenamiento. Últimamente, no había ido a verlo, el equipo me mantenía ocupado y había pasado bastante tiempo con Bella, así que le pregunté si le importaba que lo llevara al partido de Wyatt. Aunque ya no entrenaba, le encantaba ir a ver partidos de jóvenes, pero desde que había tenido el ictus ya no lo hacía muy a menudo.

—Tengo planes —dijo—. Voy a decidir entre el pollo al horno Stouffer con puré de patatas o el pastel de pollo de Marie Callender. ¿Por qué? ¿Quieres venir a comer el que no quiera?

Me reí.

—Aunque suena tentador, creo que voy a pasar, pero tengo algo mejor para ti. Voy a ir a un partido de instituto, el St. Francis en Queens. Bella también irá. Un chico del equipo es el hijo de su amiga, y el chaval es muy bueno. ¿Quieres venir?

—¿Me vas a invitar a comer?

—¿Un perrito caliente y un *pretzel* de un puesto de comida cuenta?

—Ahora nos entendemos. ¿A qué hora?

Sonreí.

—Te recogeré a eso de las seis. Empieza a las siete y media.

—Genial. Nos vemos a esa hora.

Llegué a la camioneta y metí la mochila en el asiento trasero antes de mandarle un mensaje a Bella.

Christian: El entrenador viene.

Se pasaba la mitad del tiempo en reuniones, así que no esperaba que respondiera pronto. Pero el teléfono vibró cuando metí la llave en el contacto para arrancar el coche.

Bella: ¡Genial! Nos vemos allí.

—Entonces, ¿vas a contarme en algún momento que te estás liando con mi nieta o piensas guardártelo para ti?

Miré al entrenador y volví la vista a la carretera.

—De hecho, iba a hablarte de ello.

—Seguro que sí...

—Lo digo en serio. No hemos tenido ocasión de hablar en un tiempo y Bella, al principio, quería que nos lo tomáramos con calma. Está tratando de ganar credibilidad con el equipo, así que no quería que la gente supiera que salía con un jugador. Ya sabes cómo es esto, llevo a una mujer a un evento y los medios de comunicación o me casan con ella o la estoy engañando al cabo de una semana.

—Supongo que la credibilidad se ve afectada cuando sales con un payaso...

—Venga ya, viejo.

El entrenador se rio.

—¿Hace falta que hablemos de lo difícil que lo ha tenido Bella en la vida? Es una chica fuerte y con cerebro, pero ya sabes que la gente de su entorno tiende a desaparecer. Eso acarrea problemas de confianza y cuando una persona con ese pasado le ofrece su confianza a alguien y luego la decepciona, es como volver a meter el dedo en una herida abierta, no solo hacer una nueva.

Me quedé en silencio durante un rato mientras conducíamos y dejé que ese mensaje ahondara en mí. Al final, asentí.

—Entiendo lo que dices, pero estoy loco por ella. No es una mujer más con la que paso el tiempo porque estoy aburrido o necesito foll… —Me contuve y negué con la cabeza—. Lo siento, pero ya sabes a lo que me refiero.

El entrenador miró por la ventana.

—Entonces, vale.

Me incorporé a la autopista desde el carril de aceleración y, justo cuando entraba, un coche del carril central se desvió a la derecha sin mirar. Di un volantazo y evité el choque, pero le grité una sarta de insultos al idiota.

—¿Qué coño haces? —Agité el brazo derecho mientras hundía la mano izquierda en el claxon—. ¡Mira antes de cambiar de carril, imbécil!

El entrenador comentó:

—Un Buick Skylark del 53. Cuando era pequeño, era un coche popular. Ese hombre no debería conducir, tiene pinta de ser lo bastante mayor como para ser el propietario original.

Negué con la cabeza.

—Alguien debería decirle eso.

Me coloqué detrás del coche clásico. Solo iba a unos sesenta kilómetros por hora, aunque circulábamos por una vía de ochenta. En cuanto fue seguro, me incorporé al carril central para adelantarlo. Por supuesto, adopté la típica actitud de chico inmaduro y me acerqué al imbécil antes de adelantarlo, lo miré y le hice una mueca.

El conductor parecía tener alrededor de setenta y cinco años, lo que me hizo sentir como un matón, así que pisé más a fondo el acelerador y me concentré en la carretera.

El entrenador miró hacia atrás por el espejo retrovisor.

—Ya no fabrican coches como ese. John tenía uno del 57 en su colección.

Eso me recordó algo.

—¿No tenía también un Ford Thunderbird azul de los cincuenta?

—Sí, de 1954. Una belleza.

—¿Qué pasó con los coches?

—Cuando murió, heredé toda la colección. Acertó con esa decisión, porque él y yo siempre disfrutamos de los coches clásicos, pero, en realidad, no puedo hacer nada con ellos, ni siquiera puedo conducir. Cuando él era pequeño, los viernes íbamos a eventos de intercambio y muestras de coches. Seguimos yendo unas cuantas veces al año hasta que murió.

Recordé que, cuando llegué al equipo, me invitaron a la casa de John Barrett. Tenía un garaje con más de una decena de coches. Fumamos puros y me los enseñó todos.

—Los conducía de forma ocasional, ¿no?

Asintió.

—Solía ir a la tienda o dar una vuelta por la ciudad. Se supone que hay que conducir los coches al menos una vez al mes para que las juntas no se sequen y no tenga fugas.

—¿Alguna… vez los llevaba al estadio?

—De vez en cuando, si hacía buen tiempo. ¿Por qué lo preguntas?

Ni siquiera estaba dispuesto a insinuar lo que se me había pasado por la cabeza porque, para empezar, era una idea ridícula. Me encogí de hombros.

—Por nada, mera curiosidad. —Di unos toquecitos al volante, perdido en mis pensamientos—. ¿Aún tienes los coches?

—Claro. Quizá debería donarlos a organizaciones benéficas o algo, porque ahora mismo están cogiendo polvo.

—¿Dónde están?

—En un almacén. Tienen un garaje para coches con control de la temperatura adjunto al edificio principal. Por un poco de dinero extra, el gerente los arranca y los deja en ralentí una vez al mes, pero, en realidad, necesitan que los conduzcan, no simplemente que los dejen con el motor en marcha un rato.

Reflexioné sobre ello durante unos minutos.

—¿Y si vamos a verlos algún día? —ofreció.

—¿Los coches?

—Sí, estaría muy bien. Hace años que no los veo.

—Mañana por la tarde me marcho para el partido. ¿Tal vez el sábado que viene? Solo tendremos un entrenamiento relajado para repasar las jugadas.

—Deja que mire mi agenda. —El entrenador se rascó la barbilla—. Sí, parece que estoy libre.

Había mucho tráfico, pero por fin llegamos al campo de fútbol. Ayudé al entrenador a sentarse en la silla y nos dirigimos a las gradas para buscar a Bella. No resultó difícil encontrarla. Estaba junto a la valla, gritando como una loca.

—¿Qué me he perdido? —pregunté.

Se dio la vuelta y sonrió.

—¡Ah, hola! Han anulado el gol por una falta de Wyatt, pero la defensa tenía demasiados chicos en el campo y el árbitro no se ha dado cuenta. —Bella se inclinó y abrazó al entrenador, pero luego vaciló. Parecía como si no estuviera segura de cómo saludarme. Resolví su conflicto interior: le pasé una mano por la nuca y le di un beso rápido en los labios. Después, desvié la boca hacia su oreja.

—Lo sabe.

—Oh… —Asintió con una sonrisa incómoda—. Vale.

Sabía que necesitaría un tiempo para acostumbrarse a estar conmigo en público, pero no la presioné.

—¿Quieres subir a las gradas? El entrenador lo verá mejor desde allí.

—Sí, claro. No estaba segura de si querrías sentarte en medio de la gente. Hoy está bastante lleno.

—No pasa nada.

Los tres nos acomodamos en la primera fila de las gradas y vimos el partido. Para cuando el árbitro hizo sonar el silbato al final del primer cuarto, era casi de noche y las luces del campo estaban encendidas. Eso me trajo un montón de recuerdos. Miré a mi alrededor y no me di cuenta de que estaba sonriendo hasta que Bella me dio un codazo.

—¿Qué pasa? Estás sonriendo como un gato que se ha comido un canario.

—Nada, solo pensaba en los viejos tiempos. En el instituto, me encantaban los partidos de los viernes por la noche con las luces encendidas. —Arqueé las cejas—. Y, después, lo que pasaba bajo las gradas.

Negó con la cabeza.

—¿Sabes lo que hacía yo los viernes por la noche en el instituto?

—¿Qué?

—Leía libros sobre combinatoria.

—¿Qué demonios es eso?

Sonrió.

—Es la rama de las matemáticas que más me interesaba.

El entrenador estaba sentado al otro lado de Bella, pero la silla de ruedas estaba situada frente a los asientos de las gradas. Se echó hacia atrás para captar mi atención.

—¿Dónde están el perrito caliente y el *pretzel* que me prometiste?

Sonreí y miré a Bella.

—¿Quieres algo?

—Claro. Un perrito caliente, por favor.

—Lo mismo para mí —dijo el entrenador.

Me levanté.

—Vuelvo enseguida.

Estábamos en la mitad del segundo cuarto cuando regresé.

—Ya era hora, me muero de hambre —dijo el entrenador.

Les pasé una bandeja a cada uno con un perrito caliente, un *pretzel* y un refresco. Luego, tomé asiento.

—Había una cola muy larga.

—Vaya… —Bella dio un mordisco al perrito caliente y se cubrió la boca con la mano mientras hablaba—. ¿Nadie ha dejado pasar a la superestrella y has tenido que esperar como un simple mortal?

—Listilla…

En el descanso, los equipos iban empatados. Me levanté para ir al baño y cuando regresé, Bella estaba hablando por teléfono. Colgó justo cuando me senté.

—¿Todo bien? —pregunté.

—Sí, solo estaba poniendo al día a Talia con el partido.

—¿Cómo se encuentra?

—Muy bien, aunque tiene ganas de volver al trabajo y a su rutina habitual. El doctor dijo que el lunes ya podría hacer vida normal. El entrenador del equipo ha invitado a Wyatt al Estado de Ohio para ver las instalaciones y asistir a su próximo partido del sábado.

—¿En serio?

Asintió.

—Le he dicho a Talia que yo me encargaría de llevarlo, ella ha faltado mucho al trabajo por lo del apéndice.

—Le encantará. Esos fans están locos, hacen temblar el estadio.

—He pensado que podríamos volar el viernes por la noche o el sábado temprano, hacer el *tour* y luego ver el partido. Después, podría llevar a Wyatt al partido de Cincinnati, está a solo dos horas en coche. —Bella negó con la cabeza—. Oh, vaya, acabo de caer en que hace dos minutos le he dicho a mi abuelo que os acompañaría el sábado.

—¿El sábado?

—Me ha dicho que ibais a ver una colección de coches que le dejó mi padre en la herencia. Ha pensado que quizá os querría acompañar.

Joder, estoy bastante seguro de que esa teoría en mi cabeza es una locura, pero tampoco es buena idea que venga.

—No te preocupes, no te vas a perder mucho. —Me acerqué a ella para que el entrenador no me oyera—. Solo intento sacarlo un poco de casa.

—Oh, vale.

El resto del partido fue de morderse las uñas. Los equipos lucharon hasta los últimos diez segundos. Al final, el partido dependía de un intento de gol de campo en largo.

Bella y yo nos levantamos cuando Wyatt corrió hacia el campo.

—Esto es muy estresante —exclamó—. No me imagino lo que sentirá ahora mismo.

Sonreí.

—Este es el momento crucial del partido.

Se llevó una mano al corazón.

—Yo no podría hacerlo. Me desplomaría por la presión.

—Nah, lo harías genial. En momentos como este, descubres lo fuerte que eres. Pero incluso si no aciertas el tiro, hay que regresar al día siguiente para trabajar más duro y tener una oportunidad mejor de lograrlo la próxima vez que sea necesario. Como tú cuando entraste en la empresa el primer día y tu hermana te jodió. No dejaste de volver. Eso es lo que te hace mejor en tu profesión.

Años de charlas motivacionales con decenas de entrenadores habían influenciado claramente lo que acababa de decir, pero cuando Wyatt retrocedió y pateó la pelota, no voy a mentir, contuve la respiración.

—¡Lo ha conseguido! —Bella saltó una y otra vez mientras que yo me metí dos dedos en la boca para emitir un silbido ensordecedor.

Las gradas enloquecieron y es posible que me quedara sin palabras cuando el equipo cargó a Wyatt sobre sus hombros y desfilaron por el campo.

—Maldita sea —gritó el entrenador—. ¡Ha sido un partidazo!

Entre la celebración después del partido y la gente pidiéndome *selfies* y autógrafos, tardamos casi dos horas en salir de allí. Luego llevamos al entrenador a su residencia y a Wyatt con Talia antes de regresar a casa.

—Me lo he pasado muy bien esta noche —dijo Bella.

—Yo también, ha sido un gran partido. —Estábamos sentados en el sofá y la coloqué sobre mi regazo para acariciarla mientras tomaba un sorbo del vino que le había servido.

—Sí, pero ha sido más que eso. He sentido que pasaba la noche en familia.

La miré a los ojos.

—¿Sí?

Asintió.

—Hacía mucho tiempo que no me sentía así. Desde que descubrí lo de mi padre y conocí a mi abuelo, mis visitas han sido sobre todo para averiguar cosas de él y la familia que no sabía que tenía. Y aunque eso es genial y me encanta escuchar sus historias, ha estado genial salir sin más esta noche. Ahora me doy cuenta de que, durante los últimos dos años, he perdido el tiempo intentando completar las piezas que faltaban. Es que, mientras lo hacía, no pasaba página y disfrutaba de quién es él hoy en día.

—¿Qué ha cambiado?

Contempló la copa de vino unos instantes. Esa era una de las cosas que me encantaban de Bella: no llenaba los silencios. Pensaba cuidadosamente las palabras que iba a decir y eso les daba mucho más valor.

—Creo que yo he cambiado. He pasado los últimos catorce años con miedo de encariñarme con alguien nuevo porque duele mucho cuando te abandonan. —Bella me miró a los ojos—. No es que ya no tenga miedo, pero por fin he encontrado a personas que hacen que valga la pena correr el riesgo.

Le cogí la copa de la mano y la dejé en la mesa de centro antes de acariciarle las mejillas.

—Me alegro de que te sientas así porque estoy loco por ti, Bella.

Se le llenaron los ojos de lágrimas, pero eran de felicidad.

—No quiero mirar atrás nunca más. Quiero seguir adelante y estar agradecido por lo que tengo.

Le acaricié la mejilla con el pulgar.

—Eso me parece un buen plan.

Y era uno muy bueno. Qué lástima que el siguiente fin de semana yo no siguiera la norma de no mirar atrás…

Capítulo 23

Christian

Sentí que estaba haciendo algo malo.

El sábado siguiente, después del entrenamiento, llevé al entrenador al garaje, como habíamos planeado. Me había pasado toda la semana dándole vueltas a si debía cancelar el plan, meterme en mis asuntos y dejar las cosas como estaban, porque Bella parecía decidida a pasar página y no volver a mirar atrás. Sin embargo, aquí estaba, observando la puerta del garaje mientras subía poco a poco, con la sensación de que estaba metiendo las narices en algo que no me incumbía. Además, no tenía ni idea de qué demonios estaba buscando, aparte del Ford Thunderbird azul de 1954 que brillaba desde el otro lado del espacio cuando la puerta se acabó de abrir.

El entrenador negó con la cabeza.

—Maldita sea, había olvidado que estas anticuallas traen recuerdos. —Señaló un Chevelle blanco que había delante de todo—. Nancy Woodrow me dio el primer chupetón en la parte trasera de uno de estos.

Giré la silla y abrí la puerta del conductor para que viera el interior. Se inclinó e inhaló profundamente.

—Huele igual.

—¿Nancy olía a cuero? Me gusta que las mujeres tengan un olor más femenino, floral o algo así.

El entrenador se rio entre dientes.

—Cabeza hueca.

Di una vuelta alrededor del Chevelle para echarle un vistazo, pero no pude evitar mirar al Ford unas cuantas veces. Al menos, me las arreglé para contenerme y no ir directo hacia allí en cuanto entramos.

El siguiente coche en el que nos detuvimos era un Jaguar antiguo.

—Este es un coche de segmento D de 1955 —dijo el entrenador—. Hace unos años, uno de estos se vendió en una subasta por más de veinte millones.

Arqueé las cenas.

—¿Veinte millones? ¿Es una maldita broma?

—Aquel ganó en Le Mans y tenía todas las piezas originales. Este no costaría tanto ni de lejos. Tiene muchos kilómetros, no conserva la pintura original y la parte inferior está muy oxidada. John lo compró unos meses antes del diagnóstico. Quería restaurarlo y encontrar todas las piezas originales que pudiera, pero eso nunca ocurrió.

—¿Eso es lo que da valor a los coches clásicos? ¿Tener todas las piezas originales?

El entrenador asintió.

—En parte. —Señaló el coche rojo—. Ese Corvette es totalmente original y también el Ford Thunderbird que hay al fondo. A John le ofrecieron una buena cantidad de dinero y el intercambio con otros, pero se negó. A diferencia de los coches nuevos que pierden diez mil dólares de su valor en cuanto los sacas del concesionario, estos se revalorizan. Son una buena inversión. Además, le encantaba conducirlos.

Vi que el Chevelle no tenía matrícula, así que eché un vistazo al resto. No podía ver todas las partes delanteras y traseras, pero ninguno parecía tener matrícula.

—¿No necesitas matrícula para conducirlos?

El entrenador sonrió.

—Sí, aunque John solía usar un juego de matrículas normales para todos los coches. Eran propiedad de una sociedad anónima que había registrado como distribuidor, ya que compraba y vendía a menudo. Probablemente, no sea del todo legal, pero no iba demasiado lejos cuando los conducía.

A medida que caminábamos de coche en coche, mi ansiedad aumentaba. Cuando por fin llegamos al Ford, seguía sin tener ni idea de qué demonios buscaba.

—Este era el favorito de John —anunció el entrenador.

—¿En serio?

—Lo compró cuando firmó su primer contrato como jugador.

—Entonces, hacía mucho que lo tenía.

Lo confirmó con un gesto de la cabeza.

—Cada pocos años, los tasaba en una casa de subastas. Le recomendaron que condujera menos este para no aumentar mucho el kilometraje, pero eso nunca lo detuvo.

—¿Alguna vez… lo llevó al estadio?

—No estoy seguro. Siempre llegaba antes que yo y se quedaba hasta bastante después de que me fuera.

Caminé por la parte de atrás y me tomé mi tiempo para examinar los laterales. Cuando llegué a la parte delantera, me di cuenta de que había un espacio un poco más grande en el lado izquierdo del capó que en el derecho. Apenas se notaba, pero ahí estaba, y sabía que era una señal reveladora de que un automóvil había sufrido un accidente.

—¿Se venden por menos cuando se han visto implicados en un accidente? —pregunté.

—Claro, generalmente eso implica que hay que cambiar la carrocería. Pero este es virgen. Todo original, sin accidentes, sin modificaciones en la carrocería.

Me incliné frente al coche para mirar de cerca los faros. Noté que el de la izquierda tenía dos burbujas diminutas por debajo de la pintura; sin embargo, en el de la derecha, la pintura estaba totalmente lisa.

No era ni de lejos un experto en coches, pero eso me hizo pensar que tal vez hubieran retocado la pintura. Como no quería levantar sospechas, pasé a revisar el interior. Allí no había nada que me llamara la atención. Y, sinceramente, no estaba seguro de que las cositas que había encontrado en el exterior fueran relevantes. El coche tenía setenta años, por el amor de Dios. Quizá era normal que el capó se moviera un poco y la pintura tuviera unas minúsculas burbujas por la erosión natural. ¿Qué demonios sabía?

Me puse en pie y miré a mi alrededor.

—¿Sigues pensando en donar la colección a una organización benéfica?

—Aquí no hacen más que acumular polvo. No necesito el dinero ni tampoco las hijas de John. Ellas heredarán lo que deje cuando estire la pata, así que supongo que podría hacerlo.

Asentí.

—¿Tienes alguna en mente?

—Siempre sentí un cariño especial por la fundación Campamento para niños, que paga el campamento de verano a los padres que no se lo pueden permitir. Conseguí que John la apoyara también. Él hacía donaciones y se aseguraba de que los jugadores visitaran los campamentos de vez en cuando.

Sonreí.

—Seguimos haciéndolo. Yo fui hace un par de años, tienen un programa fantástico.

—Creo que el dinero le sería más útil al campamento que a mí. Hablé sobre la donación con el encargado del área económica hace un tiempo y me sugirió que tasara los coches. John lo hacía a menudo para aumentar la cobertura del seguro, pero yo no me molesté en hacerlo, así que llevan un par de años acumulando polvo. Al parecer, puede que tenga que pagar algún impuesto si valen más. Llevo un tiempo dándole vueltas a este proceso para ponerlo en marcha, pero no es tan fácil. Las cosas sencillas como encontrar a alguien que haga la tasación implican pedir ayuda, y ya sabes que no es mi fuerte.

—Bueno, no tienes que pedírmelo. Me ofrezco voluntario. Si quieres, yo me encargo de la tasación.

—¿Estás haciéndome la pelota porque ahora sales con mi nieta?

Negué con la cabeza con una sonrisa.

—¿Importa eso?

—Supongo que no. Tampoco es que tenga gente haciendo cola para el puesto de lacayo.

—Me siento muy apreciado…

El entrenador echó un vistazo al garaje una vez más.

—Es difícil deshacerse de algo que le gustaba tanto a tu hijo, pero creo que es hora de seguir adelante.

Miré el Ford azul por última vez.

«Parece que todos quieren seguir adelante. Entonces, ¿qué demonios estoy haciendo?».

Una semana después, el teléfono sonó mientras iba de camino al entrenamiento. La pantalla mostraba un número que no reconocí, así que dejé saltar el buzón de voz. Después, un sonido me indicó que había un nuevo mensaje, así que lo reproduje.

—Hola, Christian, soy Aaron Winkleman. Fran Quinn de Quinn Financial, que trabaja con Marvin Barrett, me ha dado tu número. El señor Barrett quiere tasar una colección de coches clásicos y me ha proporcionado tus datos de contacto para que pudiera ir a ver los vehículos. Te agradecería que me devuelvas la llamada cuando puedas. Gracias.

Aquel día me las arreglé para dejar las ideas descabelladas en el garaje, y ahora me preocupaba que, si regresaba con los coches, volvieran a dominar mi mente. Pero quería ayudar al entrenador, así que guardé el número en mis contactos, luego pulsé «Devolver llamada» en la pantalla del coche y hablé a través del altavoz.

—Aaron Winkleman.

—Hola, Aaron, soy Christian Knox. He oído el mensaje que me has dejado.

—Hola, Christian. Gracias por devolverme la llamada. Antes de empezar, déjame que te pregunte una cosa: ¿estoy hablando con Christian Knox? ¿El *quarterback?*

—Sí, soy yo.

—Guau, soy muy fan del equipo. Lo siento si suena poco profesional, pero no puedo evitarlo.

Sonreí.

—Gracias, te agradezco el comentario.

—Bueno, te he llamado porque me han dado tu número para concertar una cita para tasar unos coches. ¿Supongo que ya sabes de qué va la cosa?

—Sí. ¿Cuándo te iría bien organizarlo?

—Teniendo en cuenta que estamos en plena temporada y que tu agenda es mucho más importante que la mía, puedo adaptarme a tu disponibilidad.

—Gracias. ¿Y podrías orientarme con cuánto tiempo durará la tasación?

—Una hora o dos por cada vehículo, pero vendré con algunos compañeros, así que no nos llevará todo el día. Con los clásicos hay que cotejar los números de las piezas y registrar cuáles son originales y cuáles son repuestos, porque eso marca una gran diferencia en la valoración.

—Solo por curiosidad, ¿también puedes confirmar si un coche se ha pintado?

—Por lo general, sí, porque aunque el color coincida a la perfección, la capa base que se utiliza hoy es distinta a la que se empleaba hace años. Además, tenemos herramientas para ver lo que el ojo humano no puede.

Me quedé en silencio unos instantes.

—¿Podríamos quedar por la tarde? —pregunté.

—Siempre y cuando haya una buena iluminación.

—El garaje está muy bien iluminado. ¿Qué tal el jueves? ¿Tal vez a eso de las cinco?

—Déjame hablar con el equipo que me acompañará porque ahora mismo no sé qué disponibilidad tienen fuera de la jornada laboral. Pero dame media hora y te digo algo.

—Muy bien, genial. ¿Te importaría mandarme un mensaje a este número? No creo que pueda contestar llamadas dentro de un rato.

—Claro, no hay problema.

—Gracias.

Conduje el resto del camino hacia el estadio perdido en mis pensamientos. Justo cuando estaba a punto de cerrar la taquilla y dirigirme al campo, el teléfono vibró. Abrí la puerta de nuevo y revisé la pantalla.

Aaron: Los compañeros pueden el jueves a las cinco. Mándame la dirección cuando tengas un hueco. Nos vemos allí.

—¿Para qué es eso?

Aaron y su equipo llevaban unos cuarenta y cinco minutos trabajando en los coches. En ese momento, sostenía un dispositivo contra el capó del Corvette, algo que había hecho en otros puntos antes de acercarme.

—Es un medidor de pintura. Indica el grosor de la pintura. La capa original de pintura suele medir un milímetro y medio, pero una segunda capa por lo general es más gruesa, entre dos y ocho milímetros. Compruebo cualquier punto que típicamente vuelve a pintarse para reparar daños: el capó, los paneles laterales y los parachoques, y así podemos confirmar si la pintura es original.

—Caramba, es una tecnología muy avanzada solo para saber si han vuelto a pintar un coche.

Sonrió, se acercó al guardabarros y movió el aparato por varios sitios.

—Revela el noventa y cinco por ciento de los trabajos de pintura que no se han informado y a los departamentos de policía les encanta porque la mayoría de la gente no sabe que existe y creen que estas cosas solo las puede detectar el ojo humano.

—¿Y qué pasa con el cinco por ciento restante?

—Hay que palpar los bordes del coche. Así… —Deslizó la mano por la parte trasera del guardabarros y la movió por la zona—. Algunos talleres pueden conseguir pintura que dé el grosor de los niveles de fábrica, pero la fábrica aplica la pintura de forma electrostática, lo que deja la superficie lisa en todas las partes que tocas. Ni siquiera los mejores talleres pueden replicar eso en los bordes, siempre queda algún pequeño desnivel. Así se detecta el otro cinco por ciento.

«Algún desnivel…».

—Te dejo trabajar. Pero avísame si necesitas cualquier cosa.

En las siguientes dos horas, Aaron y su equipo fueron de coche en coche. Como el Ford estaba al fondo, fue uno de los últimos que examinaron. Por fin, Aaron comenzó la inspección. Al igual que había hecho con los demás, empezó por el interior y tomó varias notas en un portapapeles antes de levantar el capó. De nuevo, comprobó las piezas y tomó más notas antes de arrancar el coche y escuchar el motor. Era realmente metódico en las evaluaciones, así que después de que apagara el motor y cerrara el capó, supe que era hora de salir de dudas.

No pasó mucho tiempo hasta que centró su atención en el espacio que había notado a lo largo del capó. Lo estudió por un momento y entonces acercó el pequeño dispositivo medidor de pintura por todos lados. Se detuvo en el panel delantero izquierdo y tomó unas cuantas notas, luego deslizó las manos por todos los bordes y por debajo. Lo había observado todo a un metro de distancia, así que, cuando levantó la vista, hicimos contacto visual.

—El medidor de pintura vuelve a atacar.

Me acerqué e intenté parecer relajado.

—Ah, ¿sí? ¿Han repintado algo?

Hizo una señal con la mano.

—La ligera hendidura en el capó es un indicio de que pasó algo y la pintura es demasiado gruesa como para que sea de fábrica. Además, no es tan suave como debería. —Aaron se agachó frente al faro. Sacó la linterna del bolsillo y lo iluminó—. Faro nuevo. Los fabricados a partir del 83 tienen un nivel de claridad distinto. Cambiaron la tecnología, así que hasta los que se supone que son una réplica de los antiguos tienen esa claridad distinta.

—¿Hay forma de saber cuándo se reemplazó?

—No, pero normalmente puedo saber cuándo se fabricó la pieza por el número de componente. ¿Quieres que lo compruebe?

—Umm… Si puedes, sí. Hay un hombre que arranca y conduce los coches para mantenerlos en buenas condiciones, y no sabría decir si el daño que has detectado es nuevo o no. Me gustaría tener una idea de cuándo sucedió, por si acaso.

—No hay problema. Dame unos minutos para anotar el número identificador y buscarlo en el iPad.

Descubrir que en algún momento habían dañado el coche no probaba nada, pero aun así sentiría un gran alivio si regresaba y decía que el faro se había fabricado años después del accidente de la madre de Bella, ya que la reparación se habría hecho de inmediato.

Pero claro, no iba a resultar tan fácil.

Poco después, Aaron se acercó con el iPad.

—Parece que ese faro se fabricó hará unos catorce o dieciséis años.

«Genial». La madre de Bella murió hace catorce años, así que mi tranquilidad se esfumó.

Capítulo 24

Bella

—¿Qué pasa?

Christian miró hacia ninguna parte. Se había quedado sentado en el sofá esperando mientras me vestía para salir a cenar con la vista fija en la ventana. Por primera vez en diez minutos, enfocó la mirada.

—¿A qué te refieres?

—Parecía que estabas en Babia.

Respiró hondo y exhaló.

—Lo siento, es que estoy cansado. Llevo un par de noches sin dormir bien.

—¿Te preocupa algo?

Vaciló antes de encogerse de hombros.

—Supongo que es por el partido del domingo.

—¿Te inquieta el partido contra Phoenix? Ellos tienen una formación de dos y cinco; nosotros, de cinco y dos.

—Cada partido es una final cuando se acercan las eliminatorias.

—Es cierto, pero habéis ganado las últimas siete veces que habéis jugado contra ellos, nueve si solo tienes en cuenta los partidos jugados en su estadio. Además, Joe Rexon está descartado para el partido, Assad Fenton está en pleno divorcio y todo indica que van a despedir al entrenador defensivo al final de la temporada.

Christian sonrió.

—Alguien ha hecho los deberes.

—En realidad, he comenzado a buscar en Google los diez mejores jugadores de los equipos rivales para encontrar noticias de ellos. Después, incluyo la información en mi modelo, que, por cierto, te da catorce puntos de ventaja esta semana.

—Google me ha reemplazado.

—Jamás. —Sonreí, cogí un par de pendientes del joyero y me los puse mientras le hablaba al reflejo de Christian en el espejo—. ¿Te dije que he cambiado de planes para asistir al partido de esta semana? Wyatt tiene partido el sábado por la noche, así que no podré volar hasta el domingo por la mañana. Y tengo una reunión el lunes temprano, así que me iré en cuanto termine el partido. Sé que después del partido os quedáis unas horas para revisar las jugadas y atender a la prensa. —Me acerqué y me senté a horcajadas en su regazo con una sonrisa coqueta—. ¿Hay algo que pueda hacer para ayudarte a aliviar el estrés?

Le devolví la sonrisa, pero sé que no me llegó a los ojos.

—¿Qué tal si te contesto a eso después de cenar? Si no salimos ya, perderemos la reserva.

No era propio de él dejar a un lado el sexo para ir a un restaurante, pero no lo presioné. En vez de eso, le di un beso rápido y terminé de prepararme. El restaurante de *sushi* en el que íbamos a cenar estaba en la otra punta de la ciudad, así que tuvimos que pedir un Uber.

—Puede que haya encontrado un apartamento —dije cuando ya estábamos sentados a la mesa.

—Ni siquiera sabía que habías ido a visitar alguno.

—No, los he visto por internet. Le mencioné a Josh que iba a echar un vistazo y al final del día me envió una lista de apartamentos por *email,* aunque no le había pedido ayuda. Hay uno que me gustó mucho.

—¿Dónde está?

—En Kipps Bay, cerca del tren PATH, por lo que puedo llegar con facilidad a Nueva Jersey para los partidos y los entrenamientos. El edificio tiene portero veinticuatro horas, gimnasio y espacio abierto en la azotea para los inquilinos. El inmueble tiene un balcón pequeño junto a la sala de estar y está a solo seis calles del apartamento de Talia y Wyatt.

—Eso suena genial.

—Creo que lo iré a ver mañana. Si organizo la cita para última hora de la tarde, ¿te apetecería acompañarme?

—Claro. Mañana solo tenemos repaso de jugadas, a esa hora ya habré terminado.

La camarera se acercó a la mesa, tomó nota de las bebidas y dejó la carta. Ya había comido en este restaurante, así que ya sabía lo que iba a pedir sin tener que mirar la carta.

—Esta tarde he ido a visitar a mi abuelo y me ha dicho que lo estás ayudando. Ha mencionado algo de una tasación de coches que quiere donar.

Christian asintió.

—Sí, le cuesta moverse, así que me encargué yo de ir al garaje para que hicieran la tasación.

—¿Qué tipo de coches son? ¿Deportivos?

Christian se encogió de hombros.

—No sé mucho de coches, supongo que son caros y clásicos. —Dejó la carta a un lado—. ¿Qué vas a pedir?

—El rollo increíble.

—Yo pediré lo mismo.

Me reí.

—¿Acaso sabes lo que es?

—Nah, pero no soy exigente.

Bebí un sorbo de agua.

—¿Vas a vender los coches y donar el dinero a una organización benéfica, o solo donarás los coches?

—El entrenador quiere hablar con la fundación Campamento para niños y ver qué prefieren hacer, una vez llegue la tasación. Puede que opten por conservar algunos, ya que tienden a revalorizarse con el paso de los años.

—¿Campamento para niños? Leí algo sobre ese programa en el registro de organizaciones benéficas con las que colabora el equipo. Dos jugadores fueron a visitar los campamentos en el norte de Nueva York este verano, Tyrrell Pough y Randall Emory, creo.

Christian asintió.

—El programa ya se patrocinaba cuando llegué al equipo. El entrenador siempre fue un gran mecenas y colaborador de la organización, e involucró a John.

Negué con la cabeza.

—Otra cosa difícil de asimilar. Mi padre se preocupaba por los niños en riesgo lo suficiente como para donar dinero para que pudieran salir de las calles e ir a un campamento de verano. Pero, por otro lado, se quedaba de brazos cruzados viendo cómo yo vivía en las calles y en un refugio. ¿Cómo es posible que a un hombre le importen más los niños que no conoce que el bienestar de su propia hija?

Christian pasó el dedo por el borde del vaso de agua. Tenía el rostro sombrío.

—No lo sé. Me pregunto si realmente conocía al verdadero John Barrett.

—Lo siento. —Negué con la cabeza—. Estoy estropeando el momento. Cambiemos de tema: tengo buenas noticias.

—¿Sí?

—Wyatt ha recibido una oferta del Estado de Ohio, ¡una beca de fútbol equivalente a una beca completa!

—¡Eso es genial! Apuesto a que recibirá más ofertas, es muy bueno.

—Sí, pero podría haber pasado sin pena ni gloria, como muchos otros chicos con talento. —Extendí el brazo por la mesa y entrelacé los dedos con los de Christian—. Si no ha sido así es gracias a ti.

—Las universidades lo habrían encontrado en algún momento.

—Tal vez, pero no tuvieron que encontrarlo porque tú los guiaste. Había planeado ahorrar algo de dinero para pagarle la universidad a Wyatt, pero estoy segura de que a Talia no le habría hecho gracia. Ha conseguido todo lo que tiene a base de trabajo duro y cree que es importante que Wyatt haga lo mismo. Pero de solo pensar que hoy en día los chicos salen de la universidad con tantas deudas… Bueno, sé que ya te he dado las gracias, pero estaba pensando que tal vez después de cenar pueda demostrarte lo agradecida que estoy.

Christian sonrió, pero volví a sentir que le pasaba algo.

—¿Estás seguro de que solo estás preocupado por el partido? —Le apreté los dedos—. ¿O quizá es la perspectiva de envejecer un año más? Se acerca tu cumpleaños.

Miró nuestras manos unidas.

—Es por el partido.

No sé por qué, pero el instinto me decía que no era así. Sin embargo, lo achaqué a lo difícil que me resultaba confiar en la gente y traté de no pensar en ello el resto de la noche.

No fue demasiado complicado, en especial con las increíbles horas que pasamos en la cama al llegar a casa. Le había prometido a Christian que se lo agradecería de forma apropiada, pero, al final, resultó que fue él quien me lo agradeció a mí… dos veces. La semana había sido larga y la combinación del vino de la cena y un par de increíbles orgasmos me dejaron noqueada.

Me quedé dormida en los brazos de Christian, pero a las tres de la madrugada me desperté sedienta. Christian estaba mirando al techo.

—¿Por qué estás despierto? —susurré.

Me dio un beso en la cabeza.

—Vuelve a dormir.

—Tengo sed. La cena estaba muy rica, pero era salada. Voy a por agua. ¿Quieres un poco?

—No, gracias.

Después de beberme media botella, volví a acurrucarme contra él.

—Eres el primer hombre con el que he pasado la noche, ¿sabes?

Christian me estaba acariciando el hombro. Su mano se detuvo en seco.

—¿De verdad?

Asentí.

—Me gustaba ser yo la que se marchaba, así que no le daba opción a la otra persona de hacerlo antes que yo.

Christian permaneció en silencio un instante.

—Sin embargo, aquí estamos, durmiendo juntos, uno en casa del otro, la mitad de las noches de la semana.

Me giré, apoyé la cabeza en la mano y me incliné sobre su pecho.

—Confío en ti.

Christian cerró los ojos.

—Sé lo que eso significa para ti.

—Seguro que te parezco un ejemplar de la triste especie de los compromisofóbicos.

—No diría triste, sino precavida.

Sonreí.

—¿Quieres que te cuente un secreto?

—Dime.

—Me asustas más que nadie que haya conocido jamás, pero no quiero huir de ti.

—Me alegro. Yo también tengo un secreto.

—¿Qué?

—Si sales corriendo porque te resulta demasiado, yo también lo haré. Pero para ir detrás de ti. En algún momento, te pillaré.

Sentí el corazón henchido.

—Voy a exigirte que cumplas eso, Knox.

Christian me cogió la mano y se la llevó a los labios.

—Cuento con ello.

—Deberías dormir un poco —dije.

—Tú también. Dulces sueños.

Esa noche, por primera vez en mi vida, me quedé dormida preguntándome cómo podría ser posible que los sueños fueran más dulces que la realidad que estaba viviendo. Nunca creí que los sueños se hicieran realidad, pero quizá me equivocaba.

Capítulo 25

Christian

La conciencia me jodió hasta en el entrenamiento.

O, tal vez, fue la falta de sueño de la noche anterior debido a que le estaba escondiendo algo tan importante a Bella. Pero, sea como fuere, afectó a todo lo que tocaba, incluida mi relación con ella.

Era demasiado inteligente para pasar por alto mis distracciones y me aterrorizaban las consecuencias si descubría que había sospechado algo y no se lo había contado. Pero tampoco me atrevía a decir: «Oye, creo que tu padre mató a tu madre» sin tener ninguna prueba concreta. Las posibilidades de que me equivocara eran altas. Tal vez lo del coche no fuera más que una enorme coincidencia. Se había dicho a sí misma que no quería mirar atrás nunca más, así que tenía que estar seguro antes de contarle nada. O, al menos, más seguro de lo que estaba ahora.

Como el entrenador había insistido en que tenía la cabeza en otra parte durante la sesión, decidí hacer una llamada.

Sentado en el coche, en el aparcamiento del estadio, busqué el número de mi hermano Tyler.

—¿Ha muerto alguien o necesitas que te rescaten? —respondió.

—¿Qué? ¿No puedo llamar a mi hermano mayor para preguntarle cómo le va?

—Claro que puedes, pero no lo haces. ¿Qué te pasa?

—Nada. Necesito un consejo o tal vez un favor. ¿Te va bien hablar ahora?

—Sí, hoy tengo descanso. ¿Qué ocurre?

Suspiré.

—¿Te parece bien si hablamos de manera hipotética? Es un tema legal y no quiero ponerte en un compromiso, ya que eres policía.

—Oh, oh. Entonces, ¿te has metido en problemas?

—No, no soy yo, te lo prometo. Pero me gustaría conseguir una copia del expediente de un caso antiguo. ¿Es posible? ¿La gente tiene acceso a esas cosas?

—¿Qué tipo de caso es?

—Atropello y fuga.

—¿Cuál es el estado del caso?

—Creo que cerrado. El accidente fue hace catorce años y la investigación dejó de estar activa al cabo de un año, al menos que yo sepa.

—Entonces es un caso sin resolver. Probablemente. La mayoría de los registros gubernamentales se pueden obtener según la Ley de la Libertad de Información, a menos que pueda interferir con el procedimiento de una investigación o de un tribunal. Pero si es antiguo y está sin resolver, no creo que sea el caso. ¿Es de Nueva Jersey?

—Sí.

—¿Mi distrito?

Mi hermano trabajaba en el sureste de Jersey, lejos del estadio.

—No.

—Y quieres el archivo del caso… ¿Por qué?

Suspiré.

—Puede que me haya topado con algo relevante para el caso.

—Entonces, ¿por qué no se lo dices a la policía y dejas que decidan ellos? ¿Qué pasa con toda esa mierda de capa y espada?

—Porque, si estoy equivocado, reabrirá un montón de heridas sin ninguna necesidad.

—¿Sabes qué buscas en el archivo del caso?

—Ni idea. La verdad, no tengo ni idea.

Mi hermano se rio.

—Eso ayuda mucho.

—Lo siento.

—¿Quieres que vea lo que puedo conseguir? Quizás pueda mover algunos hilos. ¿Estás seguro de que no podrías estar implicado en ninguna información relevante que hayas encontrado, verdad?

—No, claro que no. No tiene nada que ver conmigo. Cuando sucedió el accidente, yo todavía iba a la Universidad de Notre Dame.

—Entonces, bien. Si es lo que quieres, lo conseguiré. Te ahorraré el problema de tramitar una solicitud con la FOIA, y mantendremos el asunto en privado. La solicitud a la FOIA es pública y tu nombre es muy conocido. Incluso podría filtrarse que la has realizado.

Me pasé una mano por el cabello. Menos mal que me lo había dicho.

—Te lo agradezco, siempre que no te cause ningún problema.

—Para nada. Pero tendrás que darme el nombre.

Me quedé en silencio un instante mientras analizaba las opciones.

—La víctima se llama Rose Keating.

—Keating… ¿De qué me suena el apellido?

—Conociste a su hija en la fiesta de compromiso de Jake. Rose era la madre de Bella.

—Oh, mierda. No sabía que su madre murió en un atropello con fuga. Entonces, ¿por qué tanto secretismo si estás buscando algo para tu novia?

—Es una larga historia, pero la cuestión es que ella no tiene ni idea de que estoy investigando el caso.

—¿Qué opinas? —preguntó Bella.

Eché un vistazo al pequeño apartamento.

—Es un edificio bonito, en una buena ubicación. Tiene una seguridad decente veinticuatro horas y todas las instalaciones básicas. Dime qué opinas tú.

Sonrió de oreja a oreja.

—Me encanta.

Esta mujer era dueña de un equipo de fútbol que valía más de mil millones de dólares. No había demasiados apartamentos en la ciudad que no se pudiera permitir. Sin embargo, un inmueble sencillo, de algo más de cien metros cuadrados, la hacía feliz.

Le rodeé la cintura con los brazos.

—¿Sabes? Nunca he tenido muy claro lo que una mujer inteligente y hermosa como tú vio en un tonto como yo. Pero ahora lo entiendo todo. Eres sencilla. Menos mal.

Se rio entre dientes.

—Sé que no es grande ni elegante, pero no necesito mucho más que esto.

En realidad, nadie necesitaba gran parte de las cosas que tenía, pero eso no impedía a la mayoría de gente que las deseara. Sin embargo, Bella no era como la mayoría de gente.

—Si te hace feliz y es seguro, deberías quedártelo.

Chilló.

—¡Voy a hacerlo!

Me hacía feliz verla tan emocionada. Hasta donde yo sabía, era el primer derroche que se permitía desde que había ganado todo ese dinero, si es que eso se podía llamar derroche. Seguro que tenía un buen sueldo en su anterior trabajo y podría haberse permitido vivir aquí. Pero era conservadora, y eso me gustaba. Probablemente debería seguir su ejemplo de vez en cuando.

La agente inmobiliaria había salido para dejarnos hablar unos minutos. Llamó a la puerta y entró.

—Bueno, ¿qué opina?

—Es bonito —dijo Bella—. Pero ¿cree que el dueño podría bajar un poco el precio?

Tuve que toser para ocultar la risa que me entró. Podría comprar todo el maldito edificio, si quisiera. Sin embargo, iba a negociar el precio. No esperaba que preguntara algo así, y eso hizo que me enamorara de ella un poquito más. Por suerte, la agente no me había reconocido y supongo que tampoco tenía ni idea de quién era Bella.

—¿Su salario anual es al menos cuarenta veces mayor que el alquiler mensual? —preguntó la agente.

Bella asintió.

—Sí.

—¿Y tiene referencias su actual arrendatario?

—He vivido en el mismo apartamento durante trece años y nunca me he retrasado en los pagos.

La agente sonrió.

—¿Estaría dispuesta a firmar el contrato hoy?

—Sí.

—Deme un minuto y deje que hable con el propietario para ver lo que podemos hacer.

La agente volvió a salir al pasillo y Bella se giró hacia mí con una gran sonrisa.

Me reí entre dientes.

—¿Sabes que vas a tener que rellenar un formulario e indicar tu trabajo y el salario? La pobre mujer se va a cagar en los pantalones cuando sepa con quién estaba regateando.

La agente regresó con una sonrisa.

—He conseguido setenta y cinco dólares de descuento al mes en el alquiler. ¿Eso ayudaría?

—Por supuesto —dijo Bella. Me miró con una sonrisa pícara—. ¿Debería hacerlo?

—Creo que te lo puedes permitir.

Se giró hacia la agente.

—Me lo quedo.

La mujer sacó unos documentos y, mientras Bella rellenaba el papeleo, mi teléfono empezó a vibrar.

—Es Tyler. —Le mostré la pantalla a Bella—. Salgo al pasillo, así no te desconcentro.

—Oh, vale, gracias.

Me aseguré de cerrar la puerta y caminar hacia el otro extremo del pasillo mientras respondía.

—Hola.

—He hablado con el detective que llevó el caso, aún no se ha jubilado. Mañana, antes de empezar el turno, pasaré a verlo para recoger una copia de lo que tiene del archivo.

Me pasé una mano por el pelo.

—Vaya, qué rápido.

—Nunca pides nada, ni siquiera lo hacías cuando eras pequeño, así que he pensado que era importante para ti.

Respiré hondo.

—Así es. Gracias.

—No hay de qué. Voy a trabajar hasta las siete. El partido es a la una, ¿no?

—Sí.

—Desde la comisaría se tardan un par de horas en coche hasta el estadio. ¿Quieres que nos veamos a las ocho? Cada uno puede conducir una hora.

—Sí, genial. Gracias, Tyler.

—Buscaré algún restaurante a mitad de camino y te mandaré la dirección del sitio para que nos veamos allí.

—Perfecto, nos vemos mañana por la noche.

—No olvides la tarjeta. Tendrás que pagar la cena.

Sonreí.

—Claro que sí.

La inesperada derrota en el partido no ayudó con mi estado de ánimo. Reconozco que no estuve centrado. Era otra razón más por la que necesitaba solucionar cuanto antes todo este asunto del coche de John.

Esa tarde, después del partido, conduje una hora para ver a mi hermano. Cuando entré en el restaurante Harvest Moon, él ya estaba dentro.

Tyler se levantó mientras me aproximaba a darme un abrazo.

—Me alegro de verte.

—Yo también, tío. —Tomé asiento en el banco.

—Lo siento por la derrota. He escuchado la retransmisión mientras estaba en el trabajo. Unos cuantos chicos que conducían a más de ciento veinte por la autopista van a llegar a casa sin multas gracias a la última jugada. No quería que me interrumpieran mientras me mordía las uñas.

Sonreí a medias.

—Esta me ha dolido. La única cosa positiva es que seguimos en las eliminatorias, menos mal que Dallas también ha perdido.

La camarera se acercó. Nos trajo la carta, pero Tyler le preguntó:

—¿Hacéis sándwiches Reubens?

—Sí, y están buenísimos.

Me miró y asentí con la cabeza.

—Queremos dos y dos refrescos de cola.

—Marchando.

Tyler esperó a que la mujer se alejara para levantar un sobre de manila del asiento junto a él. Lo deslizó hacia mi lado de la mesa.

—Le he echado un vistazo esta tarde. No hay mucho de donde tirar, pero míratelo. Puede que algo te llame la atención.

Abrí el sobre y observé toda la documentación. Había fotocopias de anotaciones, algunos formularios mecanografiados y un montón de fotos con etiquetas. Mi hermano señaló una marcada como A12.

—He tenido que firmar la salida de las pruebas reales, pero el expediente tiene fotos de todo lo que hay en la caja. Si encuentras algo de ayuda, decidiremos qué hacer a partir de ahí.

—Entiendo. —Me tomé mi tiempo para examinar cada página. Cuando llegué a una foto de lo que parecían trozos de un faro roto en la calle, me detuve.

—¿Consiguieron el número de componente del faro?

Tyler negó con la cabeza.

—No, solo había unos cuantos trozos y ninguno tenía el número de identificación. Eso habría ayudado a estrechar el círculo, ya que los testigos ni siquiera pudieron concretar el tipo de coche que era. Sus descripciones fueron muy distintas, pero el informe de los forenses confirma que se trataba de un coche clásico y sitúa el tipo y la marca de los cristales rotos en un periodo de ocho años de la década de los cincuenta.

Asentí y él continuó.

—He quitado las fotografías donde se veía el cuerpo, no sabía si querrías verlas. No eran agradables. No había marcas de derrape en la calle que indicara que el conductor hubiera intentado frenar antes del impacto, por lo que se llevó un buen golpe. Tenía la cabeza abierta y todo eso. Pero si las quieres, las tengo. Simplemente, he pensado en preguntarte antes de dejarlas en el archivo. En el trabajo aprendes rápido que no puedes evitar ver mierda.

Asentí.

—No sé si eso me ayudaría. Gracias.

Seguí revisando el archivo hasta que llegué a lo que parecían marcas de neumáticos, solo que estaban en una superficie blanca y no en el asfalto de la calle, como en las otras fotos.

—¿Son marcas de neumáticos?

—Sí, es una ampliación para ver los detalles.

Acerqué la foto para examinarla.

—¿El coche saltó la acera y las huellas se imprimieron allí o algo? ¿Por qué el fondo es blanco?

Tyler frunció el ceño.

—Eso es piel de la pierna de la víctima. Llevaba falda.

Me sentí un poco mareado.

Mi hermano sonrió con tristeza.

—Creo que he tomado la decisión correcta al sacar las otras fotos de la víctima, teniendo en cuenta lo pálido que te acabas de poner.

Negué con la cabeza.

—Alguien atropelló a la mujer y continuó acelerando como si fuera un animal. ¿Qué demonios le pasa a la gente?

—La gente huye de la escena del crimen por dos razones. La más común es porque se asustan. Saben que han hecho algo mal y eso les impulsa a huir, tal vez estaban hablando por teléfono o bebiendo.

—¿Cuál es la otra razón?

—Que lo han hecho de forma intencionada.

—Dios santo. —Me pasé una mano por el cabello—. La gente está jodida.

—No hace falta que me lo digas, lo veo a diario. Y cuando crees que ya lo has visto todo y nada puede sorprenderte, algún delincuente va y te muestra que estabas equivocado. El otro día tuve un caso en el que un padre le había cortado cuatro dedos a su hija de tres años porque se le había caído un vaso y se había roto. Así la castigó.

—No me digas nada más. No sé cómo puedes hacer tu trabajo.

Revisé el resto del archivo. Las marcas de los neumáticos eran lo único que consideré que podría resultarme de ayuda para descartar la implicación del coche de John.

—¿Se pueden relacionar las marcas de los neumáticos con las de un automóvil aunque hayan pasado años de un accidente?

—No soy experto, pero supongo que depende de lo gastados que estén los neumáticos. Si confiscas un vehículo poco después del accidente, las marcas de los neumáticos pueden ser como huellas dactilares. El desgaste de cada uno es único, está creado por la combinación de la alineación del coche, las carreteras en las que se ha conducido, cómo se ha conducido y un montón de factores más. Pero si sigues conduciendo ese coche durante años, la huella cambia con el tiempo.

—Este coche en concreto es de colección, así que casi siempre está en un garaje, aunque no tengo ni idea de si han cambiado los neumáticos.

—Bueno, solo hay una forma de averiguarlo: tomar una impresión del neumático y compararlo con la foto.

—¿Cómo hago eso?

—Es muy simple. Se aplica un poco de tinta en el neumático y se pasa sobre un trozo de papel largo para captar la rotación completa de la rueda. Hoy en día, todo el mundo quiere ser un CSI, así que se pueden comprar kits de huellas de neumáticos y pulverizadores de detección de sangre en internet.

No podía creer que estuviera considerando hacer esta mierda. Tyler se quedó en silencio mientras los engranajes giraban en mi cabeza.

—¿Vas a contarme por qué esto es tan secreto? —dijo—. Mencionaste que alguien podría sufrir, pero si esto saca la verdad a la luz, quizá valga la pena. Conocer la verdad siempre ayuda a las víctimas y sus familias a cerrar el caso.

—Bella acaba de empezar a pasar página. Y, si mi corazonada es cierta, averiguar quién es el responsable abrirá una nueva herida muy profunda.

—¿Quién crees que es el responsable?

Miré a mi hermano a los ojos.

—Esto tiene que quedar entre tú y yo.

Mi hermano echó la cabeza hacia atrás.

—¿Crees que antepondría el trabajo a ti?

Negué con la cabeza.

—No, lo siento. No. —Respiré hondo—. El coche que quizá estuvo involucrado en el accidente… pertenecía a John Barrett.

Frunció el ceño mientras trataba de ubicar el nombre.

—¿El propietario de los Bruins que murió?

Asentí.

—Es el padre de Bella.

Tyler se reclinó.

—Joder. ¿Crees que su padre mató a su madre?

Tres días después, el kit de impresión llegó por mensajero. Llevé el maldito paquete hasta el ascensor de mi apartamento escondido bajo la sudadera, como si estuviera traficando con drogas. Y la caja ni siquiera decía lo que contenía. Cuando la abrí en privado, revisé el contenido y me debatí por enésima vez entre hacerlo o no.

«Debería dejarlo estar. Ahora Bella está bien. Aunque mi corazonada fuera cierta, ¿cómo la ayudaría eso? Sería devastador».

Ella merecía saber la verdad. Incluso podría ayudar a explicar la razón por la que su padre nunca se puso en contacto con ella. Tal vez se sentía demasiado culpable como para mirarla a los ojos.

«Tal vez, nadie sabe el camino correcto que hay que seguir».

¿Sería capaz de mirarla a los ojos si ocultara esa información para siempre? Ya me resulta difícil ahora y sé que se ha dado cuenta de que pasa algo. Por no mencionar que no doy pie con bola en los partidos.

Joder.

Joder. Joder. Joder.

Recogí el *kit*. Lo mejor que podría pasar es demostrar que estaba equivocado. Si ese era el caso, no se lo diría. Claro que siempre habría una posibilidad de que hubieran cambiado los neumáticos o que la banda de rodadura ya no coincidiera porque estaba demasiado gastada. Si realmente era un callejón sin salida, no quería que Bella supiera nada. No conocer una respuesta era más duro que obtener una respuesta que no te gustaba. La duda nunca permitiría aceptar lo que sucedió y pasar página.

«Tal vez debería decírselo de todos modos».

Negué con la cabeza. A la mierda. Podía pensar en ello durante todo el día y la noche, pero ¿para qué perder más tiempo cuando podría ir ahora al garaje? El entrenador ni siquiera tenía que enterarse, me había dado el código de acceso.

Miré la hora en el teléfono. Hoy teníamos entrenamiento por la tarde, pero dos horas y media podría ser tiempo suficiente para ir y volver. Si no era así, pagaría la multa por llegar tarde. Valdría la pena por acabar con esto de una vez.

Así pues, cogí las llaves y me dirigí al garaje. El *kit* de prueba era bastante sencillo de usar. La tinta venía en una botella que parecía de betún para calzado, con un aplicador de fieltro en el extremo para poner el líquido sobre el neumático. Lo hice y entonces coloqué el papel largo y blanco delante, arranqué el coche y avancé unos metros antes de apagar el motor. Entonces, esperé a que se secara la tinta, tomé una decena de fotos y enrollé el papel antes de limpiar la mierda del *kit* de prueba. El corazón me martilleaba mientras retiraba la tinta del neumático con las toallitas que venían incluidas y comprobé tres veces que no se me olvidaba nada.

Me sentí como un maldito delincuente y necesitaba salir de allí cuanto antes. Esperé hasta que estuve a cinco calles del garaje para detenerme y enviarle las fotos a mi hermano. Él había dicho que las imprimiría y se las llevaría a un compañero que trabajaba en el laboratorio de criminalística para que le diera una opinión oficial. Con eso hecho, tardé unos minutos en calmarme antes de volver a arrancar el SUV. Pero la tranquilidad no duró mucho, pues me sobresalté cuando vibró el teléfono en el portavasos.

Tyler: En cuanto tenga noticias, te diré algo. No debería tardar más de un par de días.

El viernes por la mañana, acababa de sacar el teléfono del bolsillo para apagarlo cuando el nombre de Tyler apareció de repente en la pantalla. Deslicé el dedo para contestar y hablé en voz baja.

—Hola, ¿qué pasa? Estamos a punto de salir para el partido de Las Vegas de pasado mañana.

—Vale, seré rápido. He hablado con el compañero que examinó las huellas de los neumáticos.

—¿Y?

—Coinciden, Christian. No lo puede garantizar al cien por cien, pero ha dicho que la prueba es tan válida como las que hacen ellos. Había una piedrecita en la banda de rodadura en las dos fotos y la alineación iba hacia la derecha y tienen las mismas marcas de desgaste.

Dejé caer la cabeza.

—Joder.

—Lo siento, sé que no era lo que querías oír.

—No, en absoluto.

—Dice que si tuviera la impresión original que tomaste, probablemente podría aumentar el porcentaje de precisión. Pero incluso con una foto, afirma que hay coincidencia.

—Oye, Knox —gritó el entrenador—. ¿Necesitas una invitación especial para apagar el maldito teléfono?

Susurré a mi hermano:

—Tengo que colgar.

—Lo he oído. Si hay algo que pueda hacer, dímelo.

—Vale. Y gracias, Tyler.

Bajé el teléfono y estaba a punto de colgar cuando escuché:

—¡Ey, espera!

Volví a subir el teléfono hasta la oreja.

—¿Qué pasa?

—Casi me olvido. Si no hablo contigo el lunes, feliz cumpleaños.

No era el único que casi lo había olvidado.

—Gracias.

Las cinco horas de vuelo me dieron mucho tiempo para pensar en cómo iba a decírselo a Bella. Aunque no sirvió de mucho porque cuando aterricé, no estaba mejor preparado que cuando había despegado del JFK. Tenía que ser una conversación en persona, y como ella llegaría al partido el domingo poco antes de que empezara y se marcharía justo después de que terminara, tenía un respiro de unos pocos días. Pero tendría que decírselo lo antes posible cuando volviera a casa, porque no podría enfrentarme a ella sabiendo lo que ahora sabía.

Capitulo 26

Bella

El domingo, en cuanto subí a la limusina que me esperaba en el aeropuerto de Las Vegas, mi teléfono sonó.

—¿Hola?

—¿Bella?

La voz me resultaba familiar.

—¿Sí?

—Soy Jake, el hermano de Christian.

—Oh —me reí—. Claro que tu voz me resultaba familiar, es igual que la de Christian.

—Sí, a veces me hago pasar por él y cuela, como ayer cuando hablé con tu administrador, Josh, para que me diera tu número de teléfono. Le dije que era Christian y que se me había estropeado el teléfono y tenía tu número guardado allí, pero no en mi corazón. Disculpa por la mentirijilla, pero no se me ocurría de qué otra forma conseguir tu número y sabía que no volverías a la oficina hasta el lunes.

—¿Por qué no se lo has pedido a Christian?

—Ah… no, eso me lleva a la razón por la que te estoy llamando. El lunes es el cumpleaños de Christian. Bueno, también el mío, porque el egomaníaco no podía dejarme tener toda la atención un día al año. De todos modos, esta noche tengo partido en Filadelfia y el lunes descansamos, así que he pensado en viajar hasta allí y sorprender a Christian.

Lara viene para el partido con sus hermanas, así que se me ha ocurrido que podríamos montar una pequeña fiesta. Hablaré con Tyler, a ver si también viene. La última vez que lo celebramos juntos fue hace diez años, para nuestro veintiún cumpleaños.

—Suena bien, estoy segura de que le encantará.

—Genial. ¿Crees que puedes averiguar a qué hora tiene entrenamiento mañana, para que pueda hacer algunos planes?

Sonreí.

—Creo que podría preguntárselo al entrenador, sí.

—Perfecto. —Se rio entre dientes—. Ahora tienes mi número, así que envíame un mensaje y organizaré algo.

El lunes estaba hecha polvo. El vuelo de las seis de la tarde que había cogido para volver a casa el día anterior en realidad despegó a las nueve, hora de Nueva York, así que cuando aterricé eran las tres de la madrugada. Por su parte, el equipo no saldría hasta las nueve, así que el cumpleañero probablemente no entraría por la puerta hasta que saliera el sol. El entrenamiento de hoy consistiría en una reunión del equipo a las cuatro, así que esperé hasta la una para enviarle un mensaje, al suponer que a esa hora ya estaría despierto.

Bella: ¡Felicidades!

Unos minutos después, oí una notificación de mensaje.

Christian: Gracias. ¿A qué hora llegaste a casa?

Bella: A las 04:30. ¿Y tú?

Christian: A las 08:00, pero he dormido en el avión.

Bella: ¿Te apetece celebrar tu cumpleaños esta noche? Hice una reserva solo por si acaso, pero no sabía si te apetecería.

Christian: ¿Te importa que nos quedemos en casa para charlar?

Fruncí el ceño.

Bella: ¿Tenemos algo de lo que hablar?

Vi los puntos suspensivos en la pantalla y luego se detuvieron. Unos minutos después, por fin aparecieron de nuevo.

Christian: Lo siento, quería decir quedarnos a descansar. Acabo de despertarme y tengo el cerebro frito.

Bella: Jajaja, vale. Quedarse en casa también suena bien. ¿Qué tal si voy a tu casa? Llevaré la cena.

Christian: Buena idea. Acabaré el entrenamiento hacia las seis. ¿Quedamos a las ocho?

Bella: Nos vemos a esa hora.

Cambié al chat para escribir al otro Knox.

Bella: El entrenamiento es una reunión del equipo por la tarde. Debería acabar a las seis. Se supone que he quedado con Christian a las ocho en su casa. ¿Tal vez podríamos quedar a las ocho y media?

Jake me contestó al momento:

Jake: ¿Qué tal si lo sorprendemos en su casa primero? Una vez que digamos dónde estamos, no tendremos diez minutos de privacidad.

Ojalá pudiera ofrecer mi casa para que lo sorprendieran allí, pero apenas cabían dos personas.

Bella: Eso sería genial, pero no sé si podremos entrar.

Jake: Eso no es problema. ¿Sabes cómo se llama el portero?

Bella: Creo que el que trabaja por las tardes entre semana es Fred.

Jake: ¿Cómo es?

Bella: Rondará los sesenta años, cabello canoso, siempre sonriente. ¿Por qué?

Jake: Porque cuando entre como propietario del inmueble haciéndome pasar por Christian y le diga al portero que se me ha olvidado la tarjeta de acceso, será mejor saber cómo se llama.

Oh, qué buena idea.

Bella: ¿Qué debería llevar?

Jake: Me he encargado de todo. ¿A qué hora es lo más temprano que puede llegar a casa?

Bella: Diría que a las siete.

Jake: Vale. Estaré allí a las 18:30, por si acaso.

Bella: Haré lo mismo. ¡Pero envíame un mensaje si algo se tuerce y no puedes entrar!

Jake: Lo haré. Pero no habrá problema. He engañado a nuestra madre.

Me reí. Me encantaba la relación que tenían esos dos y pensé que una pequeña fiesta sorpresa podía ser exactamente lo que Christian necesitaba. Últimamente había estado muy estresado por el partido y llegar a las eliminatorias, así que una doble celebración por la victoria y por su cumpleaños debería ser perfecto.

—Hola, señorita Keating —me saludó Fred, el portero. Señaló el ascensor con el pulgar—. Christian ha entrado hace unos minutos. Ha dicho que vendría y que la dejara subir.

Esperaba que con Christian se refiriese a Jake, ya que el entrenamiento había acabado antes de lo previsto. Sonreí.

—Gracias.

Cuando llegué al apartamento de Christian, todavía no estaba segura de si sería él o su hermano hasta que vi a Lara, la prometida de Jake. La encontré en la sala de estar con dos mujeres que había visto en la fiesta de compromiso, pero que no tuve la oportunidad de saludar. Estaban colgando un cartel de feliz cumpleaños en lo alto de las ventanas y ya había un montón de comida repartida por la mesa del comedor.

—Hola. —Bajó de la silla y me saludó con un abrazo.

—¿Supongo que ha funcionado?

—Da un poco de miedo la facilidad con la que esos dos pueden hacerse pasar por el otro. —Me rodeó con un brazo—. Ven, quiero que conozcas a mis hermanas.

Lara me presentó a Kara y Sara.

—¿Os llamáis Lara, Kara y Sara? ¿Tenéis hermanos?

—Afortunadamente, no. Porque si Kara hubiera sido un chico, nuestra madre lo habría llamado O'Hara.

Jake se acercó y me levantó con un abrazo de oso.

—Hola, jefa.

Me reí.

—¿Christian te ha dicho que me llama así?

Me bajó.

—No, pero compartimos el mismo ADN, así que no me sorprende.

Realmente, era asombroso lo mucho que se parecían.

—Estaba pensando mientras subía en el ascensor… ¿Crees que Fred estropeará la sorpresa? Verá llegar a Christian cuando no lo ha visto salir.

—Ya he pensado en eso antes, así que lo he llamado hace un momento y le he dicho que os dejara subir a ti y a mi hermano gemelo cuando llegarais.

—Oh, bien pensado. —Miré a mi alrededor—. ¿Tyler ha podido venir?

—Nah, trabaja hasta medianoche.

Asentí con un gesto de la cabeza.

—El entrenamiento ha terminado antes de lo previsto, así que no creo que Christian tarde mucho. ¿Nos vamos a esconder cuando llegue?

—Por supuesto. Los dos nos hemos escondido detrás de las puertas y asustado el uno al otro desde que éramos pequeños, así que sería un error no hacerlo ahora.

Sonreí.

—Vale. Entonces dejaré el bolso y la chaqueta en el dormitorio y, de paso, voy al baño.

En el dormitorio de Christian, vi que la cama no estaba hecha y que las almohadas estaban tiradas por el suelo. Después de hacer pis, se me ocurrió que podría hacer la cama para que el dormitorio estuviera arreglado si alguien entraba. Cuando subí la sábana y la colcha, noté que había algo debajo. Un sobre de manila estaba medio enterrado y debajo había un montón de papeles esparcidos al azar. Lo puse todo en un montón y lo coloqué en la mesita para terminar de hacer la cama. Entonces, caminé por la habitación para recoger las almohadas. La última estaba en el suelo, a los pies de la cama, y la arrojé encima.

El movimiento creó una suave brisa y algunos papeles que acababa de colocar volaron al suelo. Me agaché para recogerlos. No estaba prestando atención hasta que el encabezado en negrita de la parte superior de una página conectó con mi cerebro: Departamento de Policía del condado de Bergen.

¿Christian había tenido un accidente? No pude evitar fisgonear. Solo había leído unas cuantas líneas cuando se me detuvo el corazón. «Nombre de la víctima: Rose Keating».

¿Qué demonios era eso?

Examiné el resto de la página, confusa. Parecía una copia del informe policial del accidente en que murió. Pero ¿por qué Christian tenía esos documentos? Hojeé el montón de páginas con un nudo en la garganta, parecía que todas eran sobre el accidente de mi madre. Algunas me resultaban vagamente familiares de las visitas semanales a la comisaría de policía tras el homicidio. El detective del caso fue muy amable y me trató como una adulta, aunque solo tenía quince años. A veces, compartía información nueva conmigo y me mostraba material del archivo cuando podía. Alrededor de un año más tarde, me dijo que iban a trasladar el expediente a casos sin resolver y que las visitas semanales ya no tenían sentido. Prometió que me llamaría si había alguna información nueva. Nunca lo hizo.

Tras revisar los documentos sueltos, vacié el contenido del sobre de manila en el suelo. «Más cosas del accidente». Esto tenía que ser todo el archivo policial. Con cada página que examinaba, me temblaban más las manos. Una página en concreto captó mi atención: una foto de marcas de neumáticos. Verlas desató un recuerdo de cuando tenía quince años.

Unas cuantas semanas después del accidente, estaba sentada en el escritorio del detective de la comisaría. Era la primera vez que iba a hablar con él. Abrió el expediente para mostrarme algunos documentos de la investigación y encima había una foto de marcas de neumáticos. Enseguida pasó la página. Cuando le pedí verla, me dijo que creía que no era buena idea. Cuando insistí, frunció el ceño y explicó en voz baja que las marcas de los neumáticos no estaban en el asfalto. Estaban sobre el cuerpo.

Cuando volví a mirar la foto, las marcas de los neumáticos se desvanecieron y lo único que veía era lo que había debajo. «Piel». La piel pálida del cadáver de mi madre. Las náuseas llegaron a toda prisa desde el estómago. Salí corriendo hacia el baño con la hoja todavía en la mano y tropecé con el inodoro justo a tiempo para vaciar todo lo que había comido.

Tenía la cabeza colgando sobre la porcelana mientras la frente se me perlaba de sudor. Sentí que podría volver a vomitar, pero la repentina necesidad de huir me llevó a ponerme en pie para salir de allí cuanto antes. Cogí el bolso y dejé tras de mí los papeles tirados en el suelo.

La prometida de Jake estaba en la sala de estar. Me vio la cara y bajó la decoración que tenía en la mano.

—¿Te encuentras bien? Estás muy pálida.

Negué con la cabeza.

—Sí, emm… En realidad, no. No me siento demasiado bien. Creo que me ha sentado mal algo que he comido. Tengo náuseas.

—¡Oh, no!

Señalé la puerta.

—Me voy. No quiero arruinar la fiesta y… Por si acaso tengo un virus y no se debe a lo que he comido, no me gustaría pegárselo a nadie.

—Oh, pobrecita.

Forcé una sonrisa y me despedí rápido de todos antes de dirigirme a la puerta.

Durante todo el camino a casa, me devané los sesos tratando de averiguar por qué Christian tenía el viejo archivo policial de mi madre. No se me ocurría ninguna razón, pero algo dentro mío me decía que, cuando supiera la verdad, me sentiría mucho peor que ahora.

Capítulo 27

Christian

Saltó el buzón de voz por tercera vez.

—¿Sigue sin responder? —preguntó Lara.

Llegué a casa después del entrenamiento y mi hermano, su prometida y sus hermanas me dieron un susto de muerte. Ni siquiera sabía que él estaría en la ciudad hoy, pero siempre me alegraba de verlo y hacía mucho tiempo que no celebrábamos nuestro cumpleaños juntos. Haber nacido justo en plena temporada de fútbol no nos dejaba ocasión para fiestas. Pero la alegría y las ganas de festejar cambiaron cuando Lara me dijo que Bella había estado en casa y que se había marchado porque no se sentía bien.

—¿Tal vez esté durmiendo o se haya quedado sin batería?

Ambas opciones tenían sentido, pero estaba inquieto al no saber nada de ella. Conociéndola, lo más probable era que hubiera cogido el metro y ni siquiera hubiera pensado en reservar un Uber o un taxi. Jake se acercó mientras se comía una gamba. Se la metió en la boca y habló sin esperar a tragársela.

—Vete, nos veremos en el restaurante.

Su prometida arrugó la nariz.

—¿Ir a dónde?

—Quiere ir a ver cómo está Bella, pero está intentando ser educado, porque todos estamos aquí.

Mi hermano me conocía bien. Además, si Lara fuera la que hubiera enfermado y no respondiera al teléfono, se sentiría igual. Entonces, asentí con la cabeza.

—Gracias. Voy a cambiarme de ropa y cogeré un taxi. Le pediré al conductor que me espere mientras subo corriendo a comprobar cómo está. Luego iré al restaurante.

Mi hermano levantó una mano.

—No te preocupes, tómate tu tiempo.

Casi había llegado al armario del dormitorio cuando me quedé congelado.

Los documentos del caso estaban esparcidos por el suelo. Parpadeé mientras observaba la cama. Yo no la dejaba hecha, solo se hacía cuando venían a limpiar o cuando Bella se quedaba a dormir. «Oh, joder».

Lara había dicho que Bella se había sentido mal, así que me dirigí al baño.

El atisbo de esperanza de que tal vez mi hermano o su prometida hubieran hecho la cama y accidentalmente hubieran tirado los papeles se desvaneció cuando vi la foto de la marca de neumático sobre el cadáver de la madre de Bella en el suelo, junto al inodoro.

Cerré los ojos.

Esto no era bueno.

Tenía que ir a verla.

Ahora.

Suspiré de alivio cuando Bella abrió la puerta y la estreché entre mis brazos antes de que dijera una palabra.

—Me alegro mucho de que estés bien.

Se echó hacia atrás.

—No estoy bien, Christian. ¿Qué demonios está pasando?

—¿Puedo entrar?

Asintió.

No estaba seguro de cómo o por dónde empezar, y ella no iba a darme tiempo para encontrar una forma delicada de explicar las cosas.

Cerró la puerta y cruzó los brazos sobre el pecho.

—¿Por qué tienes el archivo policial de mi madre?

Hice un gesto en dirección al sofá.

—¿Podemos sentarnos?

—Me estás asustando muchísimo, Christian. ¿Qué está pasando?

—¿Por favor? —Me dirigí hacia el sofá y le extendí una mano—. Estás pálida y me sentiría mejor si te sientas.

Resopló, pero me hizo caso.

—Ya estoy sentada. Habla.

Tomé asiento a su lado y me froté la nuca.

—Le pedí a mi hermano una copia del archivo.

—Vale…, pero ¿por qué? Si querías saber más sobre el caso, podrías habérmelo dicho. En mi opinión… —Negó con la cabeza—. No lo sé, parece como si hubieras invadido mi privacidad o algo así.

—Lo siento, no era mi intención.

—Entonces, ¿por qué lo hiciste?

Exhalé una o dos veces.

—Es una larga historia, pero empezó cuando mencionaste que el conductor que abandonó la escena iba en un coche de colección. Dijiste que dos testigos dieron descripciones distintas del coche, pero uno dijo que era un Ford Thunderbird antiguo y azul.

—¿Y?

—Conocía a alguien que coleccionaba coches clásicos y tenía un Ford Thunderbird azul de 1954. También trabajaba en el estadio.

Bella abrió los ojos como platos.

—¿Estás de broma? ¿Por qué no me lo dijiste?

La miré a los ojos.

—Porque esa persona era John Barrett.

Bella frunció el ceño.

—¿Qué?

—No quería decírtelo hasta estar seguro.

—¿Estar seguro de qué?

—De que fue su coche el que mató a tu madre.

Bella se llevó la mano al pecho, a la altura del corazón.

—¿Crees que John Barrett mató a mi madre?

Le cogí la otra mano y la apreté.

—No puedo demostrar que él fuera el conductor, pero su coche fue el que la atropelló, Bella. El entrenador heredó la colección de coches de John tras su muerte. Todavía los tiene, así que le pedí a alguien que comparara las marcas de neumáticos. Coinciden.

Bella se levantó abruptamente.

—Voy a vomitar otra vez. —Se fue corriendo al baño y se puso de rodillas frente a la taza del inodoro. Le recogí el cabello y se lo aparté de la cara mientras vomitaba. No salió nada, pero su cuerpo lo intentó de todas formas. Tras unos minutos, levantó la cabeza.

—¿Estás seguro? —Tenía un gesto de súplica y deseé con todo mi corazón no estarlo.

Pero asentí con la cabeza.

—Sí.

—¿Cómo es posible que la policía no lo supiera? Hablaron con todos los propietarios de la zona sobre los dos coches que los testigos describieron, recuerdo que el detective me lo contó.

—Los coches clásicos no están registrados, así que probablemente solo comprobaron esos. John tenía un montón de coches de colección y los compraba y vendía bajo el paraguas de una razón social. La empresa era un concesionario, por lo que tenía matrículas de concesionario que usaba para conducirlos, lo que significa que no tenía que registrar coches individuales.

Apoyó un codo sobre la taza del inodoro y se sujetó la cabeza.

—El estadio tenía cámaras en todas las salidas, pero la que podría haber captado el accidente estaba estropeada aquella noche. Al menos, según el estadio… que era propiedad de John. —Bella negó con la cabeza—. ¿Cuánto tiempo pensabas ocultármelo? ¿Hasta que se renovara tu contrato?

—¿Qué? —Me sobresalté—. Claro que no. La renovación del contrato no tiene nada que ver con esto. No te lo había dicho todavía porque esperaba estar equivocado, y quería evitar tener que reabrir heridas del pasado. Dijiste que no querías volver a mirar atrás.

—¿Desde cuándo lo sabes?

—No lo sé. —Me encogí de hombros—. ¿Tal vez un mes?

—¿Un mes?

—En realidad, lo olvidé durante unas semanas. Hace un tiempo mencionaste el tipo de coches involucrados en el accidente de tu madre. John me enseñó una vez la colección de coches clásicos y creí recordar que tenía un Thunderbird azul, pero supuse que estaba loco por pensar siquiera que podría estar involucrado en el accidente y que nadie lo hubiera descubierto. Pero luego, unas semanas más tarde, el entrenador me habló de la colección y le pregunté por los coches. Una cosa llevó a la otra.

—¿Mi abuelo lo sabe? ¿Por eso de repente quiere deshacerse de los coches?

—No, por supuesto que no. No le hablé de mis sospechas. Cuando le pregunté por los coches, simplemente se acordó de que quería donarlos.

Bella miraba fijamente a algún punto.

—¿Mató a mi madre de forma intencionada?

—No lo sé, Bella.

Volvió a quedarse callada, hasta que abrió mucho los ojos.

—Oh, Dios mío. ¿John Barrett es siquiera mi padre? ¿O el equipo es su forma de compensarme por lo que le hizo a mi madre?

Fruncí el ceño.

—¿Qué quieres decir? ¿No tuviste que demostrar que era tu padre durante el proceso de impugnación del testamento? Recuerdo que Tiffany y Rebecca dieron una rueda de prensa cuando se publicaron las primeras noticias sobre la herencia. Dijeron que recurrirían a los tribunales para pedir una prueba de ADN y comprobar si eras la hija de John porque no se lo creían.

—Mi abogado dijo que no importaba porque no cambiaría el resultado de la herencia. El testamento se había redactado para que el equipo quedara en manos de Bella Keating, no de su hija. Todas las posesiones de mi padre estaban en una carta aparte que no formaba parte del testamento. En realidad, no tenía ningún problema con hacerme la prueba, pero el abogado estaba en contra porque no habría sido más que una pérdida de tiempo y dinero. Sumado a eso, pensó que era una violación innecesaria de mi privacidad y tampoco quería que mi ADN fuera a parar a cualquier base de datos sin una razón de peso. El juez estuvo de acuerdo. Además, ¿por qué un extraño le dejaría a alguien una herencia de mil millones de dólares? Y mi madre trabajaba para él, así que tenía sentido que se hubieran conocido.

—Madre mía. —Me pasé una mano por el pelo—. ¿Qué podemos hacer ahora?

—No lo sé. Necesito tiempo para procesar esto.

—Sí, por supuesto.

Bella seguía negando con la cabeza.

—Tendrías que habérmelo dicho, Christian.

—Iba a hacerlo. Siento que lo hayas averiguado así.

—Yo también. —Frunció el ceño—. Me gustaría que te fueras.

—¿Adónde?

—Necesito estar sola, pensar. No entiendo nada.

Irme era lo último que quería, pero no podía ponérselo más difícil después de la bomba que había soltado. Asentí con la cabeza.

—Vale. Te dejaré espacio, pero prométeme que me llamarás si quieres hablar más tarde o si necesitas algo.

Asintió a medias, sin comprometerse realmente. Me incorporé.

—¿Puedo al menos ayudarte a levantarte y llevarte al sofá?

—Estoy bien.

Me detuve en la puerta del baño y me di vuelta. Tenía muchas ganas de decirle que la quería antes de marcharme, porque estaba locamente enamorado de ella. Pero no era el momento.

Sentí una punzada de inquietud en la boca del estómago cuando salí del apartamento. Mientras cerraba la puerta, lo único que deseaba era poder decírselo pronto.

Capítulo 28

Bella

A la mañana siguiente, salí de casa para ir al apartamento de Miller, pero no terminé allí.

—¿Chica? —Mi abuelo abrió la puerta—. Bueno, menuda sorpresa. Al menos, creo que lo es. ¿O me dijiste que ibas a venir y lo he olvidado?

Me incliné para darle un beso en la mejilla e, inesperadamente, los ojos empezaron a escocerme. Había venido en busca de respuestas, pero luego caí en la cuenta de que podría hacerle daño a mi abuelo. Era la primera vez que lloraba desde que me enteré de la noticia. Las lágrimas habían amenazado con caer varias veces, pero me las había apañado para contenerlas. Ahora, de repente, ya no podía hacerlo.

Mi abuelo me echó un vistazo a la cara y abrió los brazos.

—Oh, cariño. Sea lo que sea, pasará. Ven aquí…

Me incliné y dejé que me consolara. Había pasado mucho tiempo desde la última vez que lloré en los brazos de alguien. Cuando al final me detuve, la camiseta de mi abuelo estaba completamente empapada.

—Te he estropeado la ropa. —Reía y lloraba al mismo tiempo mientras la señalaba.

Mi abuelo también tenía los ojos llenos de lágrimas no derramadas, pero sonreía con calidez.

—No pasa nada mientras no te suenes la nariz con ella.

Resoplé y me sequé las mejillas.

—Lo prometo.

Inclinó la cabeza hacia la sala de estar.

—Vamos, voy a preparar un té y me podrás contar a quién tengo que darle una patada en el culo por ponerte triste.

Lo seguí, pero una parte de mí se arrepintió de haber venido. Tal vez debería haber ido a casa de Miller, como había planeado, pero necesitaba respuestas y sabía que él solo tendría más preguntas. Cuando regresó, el abuelo llevaba una bandeja en el regazo con dos tazas humeantes, mientras que con el brazo bueno movía la silla de ruedas. Tuve que hacer un esfuerzo para no ayudarlo. Debía respetar lo que me había dicho en más de una ocasión: le gustaba hacer las cosas por sí mismo. Consideraba que esa silla de ruedas no era él, sino que solo era un medio de transporte hasta que un fisioterapeuta pudiera hacerlo caminar por su cuenta otra vez.

—Aquí tienes —dijo—. Justo como te gusta, con media cucharada de azúcar.

—Gracias.

Colocó la silla de ruedas en diagonal respecto a donde me había sentado en el extremo del sofá.

—Cuéntame. Será mejor que todo esto no sea culpa de Knox. Si es él, necesitaré que me encuentres un palo enorme antes de que te vayas, para golpearlo en las corvas y bajarlo a mi nivel para darle un buen puñetazo.

Sonreí con tristeza.

—No es por Christian, al menos directamente.

Las lágrimas amenazaban con salir otra vez mientras miraba a los ojos a este hombre amable, pero me las arreglé para contenerlas.

—No sé por dónde empezar.

—El principio suele ser un buen punto de partida. Tómate tu tiempo, cariño. No hay prisa.

Durante los siguientes veinte minutos, se lo conté todo. Si hubiera tenido dudas sobre si Marvin Barrett sabía lo que su hijo había hecho, su cara confirmaba que estaba tan impresionado como yo.

Pero cuando conté en voz alta la historia por primera vez, muchas piezas encajaron. Nunca había tenido sentido que a John Barrett le importara lo suficiente como para seguirme y hacer locuras, como donar una biblioteca junto al refugio donde vivía, y, por otro lado, que nunca hubiera admitido que era mi padre. Ahora entendía que lo hizo porque se sentía culpable, pero su libertad era más importante para él que limpiar su conciencia.

Mi abuelo negó con la cabeza.

—Ni siquiera sé qué decir. ¿Cómo podría haber hecho semejante cosa y ocultarla?

Esa era la pregunta del millón. Si hubiera sido un accidente, se habría detenido a prestar ayuda. Entonces, o no había sido un accidente o existía una razón por la que había actuado así.

—Durante los partidos, en el palco, ¿bebía? —pregunté.

Mi abuelo frunció el ceño.

—Le gustaba tomarse unas copas. Hubo una época, justo después de la muerte de Celeste, en que se dejó arrastrar por el alcohol. Recuerdo que me preocupé porque las cosas estaban yendo demasiado lejos. Tenía dos hijas que cuidar y todo eso. Acababan de perder a su madre y lo último que necesitaban era un padre borracho. Pero, entonces, algo cambió y pareció volver a ser él. No dejó de beber, pero tenía más control sobre el alcohol, o al menos eso pensaba.

—¿Recuerdas cuándo fue eso? ¿O tal vez cuánto tiempo tuvo problemas con la bebida?

El abuelo se dio unos golpecitos en el labio con el dedo índice.

—No exactamente, pero fue en algún momento justo después de la muerte de Celeste, creo que fue el día de San Patricio. Y para el final de la temporada de ese año, parecía tener las cosas bajo control.

—Su mujer murió siete meses antes que mi madre. Recuerdo que lo leí cuando descubrí que él era mi padre. Murió en marzo y el accidente de mi madre fue a finales de octubre.

—Vaya… —Negó con la cabeza—. Entonces, ¿crees que estaba borracho y por eso huyó de la escena?

—Es lo único que tiene sentido. Eso o que la atropelló de forma intencionada.

—No me lo imagino haciendo algo así —dijo mi abuelo—. Pero tampoco habría imaginado que hubiera conducido borracho, matado a una mujer y huido sin socorrerla.

—Sí…

Se quedó en silencio unos segundos.

—¿Qué hacemos ahora? ¿Vamos a la policía? ¿Les pedimos que echen un vistazo al caso con la nueva información? ¿Tal vez puedan averiguar el resto de la historia? ¿Entrevistar a la gente que estuvo con John aquella noche? Estoy dispuesto a todo lo que sea necesario para hacer las cosas bien. Sé que este error no se puede corregir, pero mereces saber la verdad, toda la verdad.

—Creo que acudir a la policía sea lo mejor, pero hay algo más. —Tragué saliva—. No llegué a hacerme la prueba de ADN. ¿Qué pasa si John Barrett no es mi padre y me dejó el equipo no por la culpa de no habérmelo dicho, sino porque se sentía culpable porque mató a mi madre y huyó?

La expresión del rostro de mi abuelo decía «¡Oh, Dios, no!». ¿Este hombre maravilloso era mi abuelo? No tenía ni idea de por qué no había caído en ello hasta ahora.

Me agarré la barriga.

—Marvin… Puede que no seas mi…

Levantó una mano.

—No nos metamos ahí, cariño. Somos familia, pase lo que pase.

Me froté el esternón.

—Creo que necesito estar segura. ¿Permitirías… que un laboratorio te hiciera una prueba de ADN? Durante el juicio, no llegué a hacerme el test para demostrar que John era mi padre, pero necesito saber… —Las lágrimas llenaron mis ojos de nuevo—… si eres mi abuelo.

—Por supuesto, haré lo que me pidas. —Me cogió la mano y me habló mirándome a los ojos—. Me haré la prueba. Pero el ADN no hace a una familia, la hace el amor. Soy tu abuelo, digan lo que digan los resultados de la prueba.

Hoy había ignorado todas las llamadas y los mensajes.

Tenía seis llamadas perdidas de Christian y un montón de mensajes, así que cuando volvió a sonar el teléfono casi a las nueve de la noche, respondí.

—¿Hola?

Escuché el suspiro de alivio a través del auricular.

—Gracias a Dios. Me he pasado todo el día preocupado por ti.

—Estoy bien.

—¿De verdad?

No, la verdad era que no estaba bien. Y también estaba cansada de mentiras.

—No, no lo estoy. Pero lo estaré. No tienes que preocuparte por mí.

—Claro que me preocupo por ti. Eres lo único en lo que pienso durante todo el día. Maldita sea, eres lo único en lo que he sido capaz de pensar desde que te conocí. Quiero ayudarte a pasar por esto, Bella, pero sé que estás molesta conmigo porque no te lo dije antes y temo presionar demasiado y empeorar las cosas.

Había pasado la mitad de la noche pensando en lo que Christian había hecho.

—No estoy molesta contigo. De algún modo, entiendo por qué no me lo dijiste, pero eso no hace que duela menos. Confié en ti y parece que esa confianza se ha roto. La mentira o la omisión no duelen ni la mitad de lo que duele perder algo que teníamos. No era un secreto que tuvieras que guardar.

—Lo sé. Y lo siento. Lo he hecho todo mal. —Se detuvo—. ¿Puedo pasar a verte? Solo necesito comprobar que estás bien.

—Necesito tiempo, Christian.

—¿Tiempo alejada de mí?

—Es más que eso, necesito tiempo para mí. He pasado los dos últimos años aprendiendo a aceptar a una familia que puede que ni siquiera sea mía. Tengo mucho que averiguar.

—Vale, lo entiendo.

La línea se quedó en silencio durante unos segundos.

—Cuídate, Christian.

—¡Espera! —Su voz sonaba asustada—. Hay algo más que no te he dicho hasta ahora y no quiero que haya más secretos entre nosotros. Y créeme, no quería decírtelo así, pero necesito que lo escuches. Te quiero, Bella. Esto no es algo pasajero. Estoy a tus pies, rendido ante ti, y es ahí donde quiero permanecer. Te quiero tanto que me asusta muchísimo perderte, así que voy a darte el espacio que necesitas, pero quiero que sepas que no me iré a ninguna parte. Hace poco, te dije que si alguna vez sentías que era demasiado y huías, te perseguiría. Lo haré y en algún momento te alcanzaré.

Las lágrimas se deslizaban por mi rostro.

—No voy a decirte adiós —añadió—. Voy a decirte hasta luego.

Capítulo 29

Me senté en el SUV frente a su apartamento, mirando hacia arriba.

No era la primera vez que lo hacía y, al ritmo al que iban las cosas, no sería la última.

Ya habían pasado dos semanas desde mi cumpleaños y tan solo había visto a Bella cuando aparcaba a una calle de distancia, conmigo apostado como un maldito acosador. Así, por lo menos, me aseguraba de que estaba físicamente bien. Emocionalmente, era una historia distinta. Ninguno de los dos parecía manejar muy bien las cosas. Bella se había tomado una excedencia en el trabajo y yo había perdido los dos últimos partidos. Al cabo de una semana, no aguanté más y le envié un mensaje, pero lo único que recibí fue una frase o dos en las que me confirmaba que estaba viva. El entrenador había sido mi única fuente de información. Evité hablar con él unos días, porque no sabía si Bella le había contado algo o lo que debía o no debía decir. Pero, entonces, me llamó y me regañó por no contarle lo que pasaba con los coches ni con su nieta. Me contó que él y Bella se habían hecho una prueba de ADN para averiguar de una vez por todas si John Barrett era su padre realmente. Los resultados deberían llegar esta semana.

Miller había pasado mucho tiempo en casa de Bella, así que no me sorprendió cuando salió a las nueve de la noche, aunque no esperaba que mirara en mi dirección en cuanto pisara la acera. Me hundí en el asiento con la esperanza de que no me viera, pero no alcancé a reaccionar porque, de repente, había abierto la puerta del copiloto de mi SUV y se montó en él.

—Conduce una o dos calles. —Señaló hacia adelante—. No quiero que mire por la ventana y me vea hablando contigo.

Arranqué el coche y me alejé de la acera.

—¿Me acabas de ver al salir o ya sabías que estaba aquí?

—Te he visto calle abajo cuando hemos llegado en el Uber y no es la primera vez que te veo en las últimas dos semanas.

Miré a Miller y luego volví a fijarme en la carretera.

—¿Bella lo sabe?

Negó con la cabeza.

—No, pero si de verdad quieres ser discreto, tienes que esforzarte un poco más. ¿Nunca has seguido a alguna novia que sospecharas que te estaba engañando?

Fruncí el ceño.

—No.

Miller puso los ojos en blanco.

—No me sorprende. —Señaló un espacio libre junto a la entrada de un pequeño parque—. Para ahí.

Aparqué y me moví en el asiento.

—Estás hecho una mierda —dijo.

Fruncí el ceño.

—Gracias.

—Supongo que encaja con cómo has jugado últimamente.

—No me lo recuerdes.

Miller suspiró.

—Bella está bien. Bueno, no es cierto. Mentalmente, está cansada de martirizarse. Pero se recuperará. Mi chica siempre lo consigue.

—¿Por qué se está martirizando?

—Oh, no lo sé. Tal vez porque tiene problemas de confianza y el primer chico en el que ha confiado le ha ocultado un secreto de la hostia. O porque hace dos años, antes de que toda su vida cambiara por completo, no insistió en hacerse una prueba de ADN para confirmar si John Barrett era su padre. O porque empezó a bajar la guardia y le gustó su nueva vida. O porque el único familiar vivo que sentía que se preocupaba por ella podría no ser su abuelo. ¿Sigo?

Me pasé una mano por el pelo.

—No, ha sido una pregunta estúpida.

—¿Tienes alguna mejor? —Miller colocó la mano en la manija—. ¿O hemos acabado?

—¿Crees que alguna vez me perdonará?

—Ahora mismo ni siquiera habla de ti, pero supongo que se recuperará. Lo que hace única a Bella es que mira las cosas desde todas las perspectivas. Es su personalidad, pero también lo que ha hecho en el trabajo durante años. Cuando creas algoritmos, tienes que pensar en lo que la gente haría en distintos escenarios. En el fondo, sabe que solo tratabas de protegerla.

—¿Volverá al trabajo?

Miller se encogió de hombros.

—No lo sé, supongo que depende de los resultados. Ella y su abuelo se han hecho una prueba de ADN para averiguar si John era su padre.

Asentí.

—Sí, el entrenador me lo contó. En cualquier caso, el resultado no cambiará que, legalmente, es la propietaria del equipo. Al menos, eso es lo que dijo, el modo en que estaba redactado el testamento de John deja claro que ella hereda la propiedad del equipo, incluso aunque no fueran familia. Esa es la razón por la que el juez denegó la petición de la prueba de ADN de las hermanas, porque el resultado no habría cambiado las cosas.

—Pero si él no es su donante de esperma, la única razón lógica que explicaría por qué le dejó el equipo sería para compensarla por lo que hizo. Y, para ella, eso sería dinero manchado de sangre.

Suspiré.

—Dime qué debería hacer. Quiere que le deje espacio, pero quiero estar ahí para ella. ¿Presiono un poco o le hago caso?

—Mi opinión personal es que cuando una relación está tambaleándose hacia el abismo, presionar solo sirve para que esa relación caiga hacia el lado incorrecto. Esto va más allá de vuestra relación personal, así que tal vez deberías encontrar una forma de apoyarla con todo lo que está pasando y no centrarte todavía en arreglar la relación.

—¿Cómo hago eso?

Miller negó con la cabeza.

—No tengo ni idea. —Abrió la puerta—. Pero buena suerte.

Al día siguiente, cada vez que vibraba el teléfono, tenía la esperanza de que fuera ella, aunque no había motivos para pensar así. Miller había dejado claro la noche anterior que Bella aún no estaba lista para hablar conmigo. Aun así, fruncí el ceño al ver el nombre de otra persona en la pantalla. Y como no era la primera vez que mi agente me llamaba, tuve que responder.

—Hola, Phil.

—¿Qué cojones pasa? Llevo una semana llamándote. No respondes los mensajes ni devuelves las llamadas.

—Lo siento, he estado lidiando con algunas cosas.

—No me digas, teniendo en cuenta que estás jugando fatal.

¿Hacía falta que todo el mundo me dijera lo mal que estaba jugando? Como si no lo supiera.

—¿Qué necesitas, Phil?

—Eh… ¿Que firmes el contrato que te envié hace más de diez días? ¿Hay algún problema?

Miré la mesa de centro. Estaba cubierta de papeles y sobres que no había leído.

—No lo he mirado.

—¿Por qué demonios no lo has hecho? Conoces los términos. No hay nada ahí que vaya a sorprenderte. Pensaba que estarías deseando cerrar el trato y convertirte en el segundo jugador mejor pagado de la liga con la mayor cláusula de rescisión a tu edad. En especial, después de desperdiciar cuatro intercepciones la semana pasada. ¿Estás esperando a no llegar a las eliminatorias para darles la oportunidad de reconsiderar las condiciones?

—Vale, vale. Lo leeré y lo firmaré.

—Necesito jubilarme —gruñó Phil—. Llama a la oficina cuando lo firmes y enviaré a alguien a recogerlo.

—Vale.

Cuando colgué, agarré el montón de papeles y me senté en el sofá. Phil había incluido una portada con un resumen de todas las cifras. El total de lo que cobraría en los próximos cinco años era una cifra que ni siquiera sabría cómo gastar. Tendría la vida solucionada. Maldita sea, ya tenía la vida solucionada, así que eso solo me daría una vida más lujosa.

Sin embargo, no estaba convencido. ¿Qué pasaba si Bella se alejaba del equipo porque recordar constantemente al hombre que lo había presidido era demasiado para ella? Se me revolvía el estómago al pensar en apoyar el legado de una persona a quien le importó más su dinero y su libertad que una pobre niña que vivía en la calle o en un refugio.

Por otra parte, estaba en juego mi carrera, todo por lo que había trabajado desde que era pequeño. Había formado parte del equipo desde que terminé la universidad. Era mi casa.

Dejé los documentos sobre la mesa de centro y me froté la cara con las manos. Necesitaba pensar más en ello. Los demás tendrían que esperar un poco.

Capítulo 30

Bella

—Tengo los resultados —dijo mi abogado.

Ahora mismo me arrepentía de haberle dicho a Miller que necesitaba pasar por esto sola, pero respiré hondo y me enderecé en el asiento.

—¿Y bien?

—El laboratorio independiente ha confirmado la opinión original y no oficial sobre las marcas de neumáticos que te dieron. Con un margen de error de un cero coma uno por ciento, el Ford Thunderbird de John Barrett coincide con las marcas que la policía encontró la noche del accidente.

Asentí con la cabeza. Lo esperaba, pero aun así era difícil escuchar la confirmación. John Barrett había asesinado a mi madre, por accidente o a propósito. La pregunta más importante era: ¿qué papel tenía John Barrett en mi vida?

Retorcí las manos en el regazo.

—¿Y la prueba de ADN? ¿John Barrett es mi padre?

El abogado levantó una hoja de papel y miró hacia abajo.

—El rango concluyente para las pruebas de un único abuelo suele ser del noventa por ciento o más. Si se hacen pruebas los dos abuelos, es decir, el padre y la madre del posible padre, los resultados pueden ser del noventa y nueve coma nueve por ciento o más. —Dio la vuelta al papel y me lo mostró—. Incluso con la prueba de un solo abuelo, el resultado es de más del noventa y siete por ciento de exclusión. —Negó con la cabeza—. John Barrett no es tu padre.

Sentí que no podía respirar.

«John Barrett no era mi padre».

«John Barrett no era mi padre».

«John Barrett mató a mi madre y me dio un equipo de fútbol para intentar limpiar la sangre de sus manos».

—Lo siento, Bella. Sé que esto no es lo que querías escuchar, pero, como te dije cuando viniste a pedirme que hiciéramos estas pruebas, los resultados no cambian nada respecto a la herencia. En retrospectiva, está claro que John Barrett eligió cuidadosamente la redacción del testamento para que la condición de beneficiario no pudiera cuestionarse si esto salía a la luz. Tu nombre estaba escrito de manera específica independientemente de cualquier parentesco.

Ahora mismo, ni siquiera podía pensar en el equipo ni en el dinero. Lo único que retumbaba en mi cabeza era que mi madre había sido asesinada y no tenía ni idea de quién era yo. «Otra vez». La cabeza me daba vueltas mientras empezaba a asumir que Marvin Barrett no era mi abuelo. Después de eso, no pude contener las lágrimas. Había llegado a querer a ese hombre, lo sentía de mi familia. Ahora, ya no tenía nada que importara.

El abogado extendió el brazo, cogió una caja de pañuelos y me la tendió.

—No sé cómo te gustaría proceder —dijo—, porque ya no hay nadie a quien procesar. Pero, si quieres, puedo presentar estos hallazgos en la comisaría para que reabran el caso.

Como no dije nada, el abogado negó con la cabeza.

—Lo siento, veo que no estás preparada para tomar una decisión ahora mismo. Solo quería decirte que puedo hacerlo, si es lo que deseas.

Logré asentir con la cabeza y me sequé las mejillas.

—Gracias.

Dos días después, todavía no había superado el bajón. No me había duchado, tenía el cabello enmarañado y lo único que había comido era un poco de helado, que ni siquiera me molesté en verter en un plato, y ahora tenía una mancha en la camiseta porque se me había caído un poco.

Decírselo a Marvin fue incluso más devastador de lo que había imaginado. Él lloró. Yo también. Al final me prometió que nada cambiaría entre nosotros. Quería creer sus palabras, pero sentí que eso era imposible.

El teléfono vibró en la mesa auxiliar que tenía al lado y ni siquiera me molesté en mirar. Había hablado con Miller unas cuantas veces y Christian me había escrito para preguntarme si necesitaba algo, así que supuse que había hablado con mi abu… con Marvin Barrett.

Dejó de vibrar, pero treinta segundos después empezó a vibrar de nuevo. Aun así, lo ignoré. Cuando llamaron una tercera vez, me di la vuelta y respondí después de comprobar a regañadientes la pantalla. Era Miller. Sabía que si estaba preocupado me llamaría todas las veces que hiciera falta, así que respondí, aunque no me apetecía.

—Estoy bien —gemí.

—Tienes que poner las noticias en tres minutos.

Me senté.

—¿Por qué? ¿Qué pasa? ¿Todo bien?

—No lo sé, pero parece que Christian va a dar una rueda de prensa a las ocho y media.

—¿Sobre qué?

—No tengo ni idea. No lo han dicho.

—¿En qué canal?

—Sports Network. Me he enterado porque el programa de *Pesadilla en la cocina* que estaban dando era repetido, así que como estaba aburrido, he leído la estúpida banda inferior de la pantalla con las noticias de última hora.

—Está bien, espera. —Cogí el ordenador de la mesita de noche y busqué la retransmisión en directo de Sports Network—. Te llamo luego, ¿vale?

—Sí, vale. Yo también voy a verlo.

Esperé a que terminaran los anuncios hasta que comenzó la rueda de prensa en directo. Christian entró y se sentó en una mesa frente de una decena de micrófonos. Detrás de él había un panel con el logo de Sports Network.

Se me aceleró el corazón. Estaba tan guapo como siempre, pero parecía que tenía el rostro más delgado y los ojos hundidos, como si no hubiera dormido muy bien últimamente. Subí el volumen al máximo mientras esperaba a que hablara.

—Buenas tardes. —Sonrió, pero no era una sonrisa de felicidad, sino más bien de cortesía—. Gracias por venir. Seré breve porque estoy seguro de que todos tenéis noticias mejores que cubrir que las mías.

No veía cuántos periodistas había presentes, pero un murmullo de risas recorrió la sala.

—Como todos sabéis, mi contrato con los Bruins vence al final de esta temporada. Hoy he tomado la difícil decisión de no continuar con el equipo el próximo año.

«Dios santo».

Los periodistas empezaron a lanzar preguntas, pero Christian hizo un gesto con las manos para que se tranquilizaran.

—El New York Bruins ha sido mi hogar durante diez años y agradezco muchísimo la dedicación que me han mostrado, pero a veces es necesario recoger las raíces y plantarlas en otro lugar. Estoy seguro de que querréis saber si se trata de una disputa contractual y estoy aquí para garantizaros que no se trata de eso. Los Bruins me han hecho una oferta muy generosa para permanecer en el equipo. Mi decisión no tiene nada que ver con el dinero.

Alguien entre los presentes gritó:

—Christian, ¿estás lesionado?

Negó con la cabeza.

—No estoy lesionado. El desgarro que me hice en la rodilla y del que me recuperé a principios de año está bien y no he tenido ningún otro problema de salud desde que recibí el alta. —Se acercó al micrófono—. No se trata de salud ni de dinero. Se trata de una decisión personal que no he tomado a la ligera.

Otra persona gritó:

—¿Te vas a retirar?

Christian negó con la cabeza.

—No, no me voy a retirar. Tendréis que aguantarme al menos otros cinco años, con suerte más.

La cámara enfocó a Mike Dietrich, un periodista deportivo conocido.

—Esta mañana, el New England ha anunciado algunas operaciones inesperadas para liberar efectivo y mantenerse por debajo del tope salarial. ¿Podrías decirnos si ese es tu destino?

—Todavía no puedo hablar de mi futuro, pero una vez se firme el nuevo contrato, seréis los primeros en saberlo. —Christian mostró su típica sonrisa arrogante—. También quiero mencionar que la zona de Nueva Inglaterra es muy bonita en otoño y que recientemente he comprado un antiguo *camping* en Vermont donde espero organizar un campamento de fútbol para niños algún día, cuando me retire.

Se me aceleró el corazón. ¿Un antiguo *camping* en Vermont? Eso no podía ser una coincidencia.

Mike Dietrich volvió a hablar.

—Ni con los intercambios que ha hecho el New England podrían pagarte lo que se rumorea que te ofrecieron los Bruins, al menos diez millones más. ¿Eso significa que estás dispuesto a aceptar un recorte salarial?

Hasta ese momento, Christian había hablado a la sala, pero ahora levantó la cabeza y miró directamente a la cámara.

—Hay cosas más importantes que el dinero. Espero que este movimiento sea un nuevo comienzo para mí y espero no estar solo en esta nueva vida.

Después de eso, no sé qué más dijeron. Christian respondió unas cuantas preguntas y luego les dio las gracias a todos por asistir y se levantó. Sports Network retomó la programación habitual, como si las cosas pudieran volver a la normalidad después de lo que Christian acababa de hacer. Me senté en la cama atónita unos cuantos minutos antes de que volviera a sonar el teléfono. Por supuesto, era Miller.

—¿Estoy loco o Christian acaba de anunciar que va a aceptar un recorte salarial de diez millones de dólares porque no puede trabajar para el equipo del tipo que mató a tu madre? ¿Y que en vez de eso se va a mudar a la ciudad donde siempre quisiste vivir y se ha comprado el *camping* donde formaste los mejores recuerdos de tu infancia?

Tragué saliva.

—Creo que eso podría ser exactamente lo que acaba de hacer.

Capítulo 31

Bella

No podría haberlo planeado mejor.

Unos días más tarde, Miller, su novio Trent y yo nos dirigimos a Vermont. Los dos se iban a alojar en algún B&B para pasar la noche y contemplar el follaje de otoño. Mi plan era presentarme sin avisar en el hotel donde Christian se alojaba. Mervin me había dicho que iba a ir a firmar un contrato con el New England. Cuando llegamos al hotel, el SUV de Christian salía del aparcamiento.

—¡Da la vuelta, rápido! —grité—. Acaba de pasar el SUV de Christian.

—¿Estás segura? —preguntó Miller.

—Cien por cien. Lo he visto al volante.

Miller realizó un giro brusco y pisó el acelerador para seguir al SUV, pero íbamos seis coches por detrás de él.

—Lleva una bicicleta en la parte de atrás —anunció Trent—. Veo la rueda que sobresale.

Me incliné hacia adelante desde el asiento trasero para mirar.

—¿Va a casa? —preguntó Trent.

Miller negó con la cabeza y señaló:

—No parece, se dirige hacia el norte. Acaba de poner el intermitente para tomar la 95, en la dirección opuesta a casa.

—Oh, madre mía. —Me agarré al asiento—. Creo que podría dirigirse al *camping*. La última vez que estuvimos aquí llevamos bicis.

—¿Quieres que lo siga?

Asentí con la cabeza.

—Si no me equivoco, el *camping* está a unos diez minutos de aquí.

Como la carretera era de un solo carril en cada sentido, era difícil permanecer cerca de Christian. Nos quedamos atrapados en un semáforo y, cuando la luz se puso verde, el SUV de Christian ya no se veía. No dimos con él hasta que entramos en la carretera que llevaba al *camping* y ya estaba al otro lado de la cadena que impedía el paso en la entrada.

—Acércate a la cadena —le pedí a Miller—. Voy a pasar.

—¿Qué piensas hacer? ¿Perseguirlo a pie? —preguntó escandalizado Miller—. No eres exactamente la corredora más rápida y te perdiste caminando por el Museo de Arte Moderno.

—Estaré bien. —Nos detuvimos y salí del coche de un salto.

Miller bajó la ventanilla y me gritó:

—¿Qué pasa si ahí no hay cobertura y no puedes encontrarlo ni llamarnos?

—¡Correré el riesgo! Id a disfrutar del día. Estaré bien aquí, aunque no lo encuentre. ¡Luego te llamo!

Tardé mucho más tiempo a pie que en bici para llegar al lugar al que me dirigía. Cuando vi el claro con el banco de pícnic en el que Christian y yo nos detuvimos en aquel paseo y donde nos besamos por primera vez, lo encontré sentado en la mesa con los pies en el asiento. Estaba mirando hacia el otro lado y el corazón se me aceleraba cada vez más mientras me aproximaba por detrás.

Cuando las hojas crujieron bajo mis pies, se dio la vuelta.

—¿Bella? ¿Qué haces aquí?

Sonreí.

—Te estaba buscando.

—¿Cómo sabías que estaba aquí? —Miró a nuestro alrededor—. ¿Y cómo diablos has llegado aquí?

—Miller me ha traído, me ha dejado en la entrada. Primero hemos ido a tu hotel, pero justo en ese momento estabas saliendo, así que te hemos seguido. Mi abue… —Me detuve porque estuve a punto de decir su nombre, pero entonces recordé la conversación que él y yo habíamos mantenido dos días atrás. Los resultados de la prueba no cambiaban nada—. Mi abuelo me dijo en qué hotel te ibas a alojar.

—¿Tu… abuelo?

Asentí y señalé la mesa.

—¿Te importa si me siento contigo?

Christian se acercó. Observó cada uno de mis pasos como si fuera un rompecabezas que estaba tratando de completar.

Suspiré mientras me sentaba en la mesa de pícnic.

—Quiere que siga llamándolo abuelo. Y aún siento que lo es. Sé que probablemente sea un poco raro, teniendo en cuenta que ahora sé que es el padre del hombre que mató a mi madre, pero es mi familia.

Christian sonrió con tristeza.

—No es raro en absoluto. No podemos elegir la genética, así que la familia es un don de Dios. Y, para mí, el entrenador también es familia.

—Muy buena forma de ver las cosas.

Busqué las palabras adecuadas para anunciar lo que había venido a decir.

—Christian, siento mucho haber huido de ti.

Tragó saliva.

—No necesito una disculpa.

—Puede que no la necesites, pero te la mereces. Siento haberte excluido de mi vida. Y siento haber dicho cosas hirientes, como haberte acusado de ocultármelo para que las negociaciones del contrato fueran mejor. —Negué con la cabeza—. En realidad, jamás pensé que fueras capaz de algo así. Estaba abrumada y confundida, así que hice lo que mejor sé hacer: me alejé, y me llevé conmigo la confianza que te había dado.

—Tendría que habértelo dicho antes.

Suspiré.

—Sí, deberías haberlo hecho, pero entiendo que solo querías protegerme. La última vez que mi mundo se vino abajo fue cuando murió mi madre. Mi tía dijo que ella cuidaría de mí y luego también murió. Entonces me fui a vivir con mi prima, pero ella no quería cuidar de mí. Así que aprendí a no depender de nadie. Desde que era adolescente, creí que el miedo que sentía de acercarme a la gente se debía a que temía perderlos. Ahora, con el paso del tiempo, creo que se trataba más bien de miedo a que no hubiera nadie en el mundo que temiera perderme a mí.

—Oh, joder. —Christian negó con la cabeza. Me cogió del asiento para colocarme en su regazo y luego ahuecó las manos en mis mejillas y me habló mirándome a los ojos—. Perderte me da un miedo terrible. No me importa nada más. Desde que tengo uso de razón, lo único que temía era no poder jugar a fútbol, pero si tuviera que elegir entre el juego y tú, no habría competencia, cariño.

Las lágrimas brotaron de mis ojos mientras la esperanza florecía en lo más profundo de mi ser.

—¿Has comprado el *camping?*

Christian sonrió.

—Me dijiste que el tiempo que pasaste aquí fue el más feliz de tu vida. La agente inmobiliaria me llamó hace una semana para hacer un seguimiento después de la visita, y comprendí que aquí pasé uno de los días más felices de mi vida. Entonces, pensé que tal vez había algo de magia en este lugar e hice una oferta. No tenía ni idea de lo que iba a hacer con esto, pero después de tomar la decisión, mi mente se aclaró. Teniendo en cuenta todo lo que pasó, sabía que los Bruins solo me traerían malos recuerdos y tampoco quería que mi trabajo fuera un quebradero de cabeza para ti, así que le pedí a mi agente que sondeara el mercado para ver qué equipo podría estar interesado en mí si no renovaba el contrato. El primer equipo en responder fue el New England. —Asintió con la cabeza—. Parecía una señal.

—No puedo creer que hayas arrancado de raíz toda tu vida de esta manera.

—Tienes que hacerlo si quieres plantar las raíces en otro sitio. —Se acercó—. Yo quiero echar raíces contigo, Bella. No me importa dónde, solo tiene que ser en un lugar donde seas feliz.

—Por fin sé dónde es eso. —Sollocé—. El lugar donde puedo ser feliz.

—¿Dónde?

—Dondequiera que estés.

Capítulo 32

—Das miedo, Knox.

Sonrió y le aparté un mechón de cabello de la cara.

—¿Cómo sabías que te estaba mirando si aún no has abierto los ojos?

—Lo he sentido.

Le cogí la mano y la deslicé entre mis piernas.

—¿Por qué no sientes esto, en vez de eso?

Bella se rio y el sonido me calentó el pecho. Después de dos semanas difíciles, las oscuras nubes que se cernían sobre nosotros por fin habían empezado a levantarse. Cuando regresamos de Vermont, Bella tuvo que tomar decisiones bastante importantes. Como era de esperar, había gestionado cada situación con gracia. Había decidido llevar a la policía la información que habíamos encontrado para que reabrieran la investigación sobre la muerte de su madre. Les llevó menos de una semana analizar las pruebas y determinar que el conductor que había asesinado a Rose Keating había sido John Barrett. Nosotros descubrimos que el coche había estado involucrado, pero la policía había terminado el trabajo.

Como el estadio entregaba pases de acceso total a los invitados del palco del propietario, todos tenían que registrarse al llegar.

Bella consiguió que el departamento de seguridad le diera la lista de invitados de la noche en la que murió su madre. De ese

modo, la policía no tuvo que perder tiempo en una orden judicial.
Después, entrevistaron a todos los presentes en el palco presidencial la noche de la muerte de Rose. Como fue un partido contra
el principal rival de los *Bruins*, y algunos invitados lo habían visto
desde allí arriba por primera vez, muchos guardaban un recuerdo
muy vívido de la noche. Siete personas confirmaron que John
Barrett había bebido mucho. Uno de los testigos recordó que le
había ofrecido llevarlo a casa en su coche clásico. El hombre había
declinado la oferta, ya que sabía que John estaba ebrio. Después
de eso, la policía localizó al chico que se ocupaba de los coches
de John y confirmó que John le había dicho que había chocado
contra un ciervo y que necesitaba reparar el vehículo.

Bella había informado a Tiffany y Rebecca sobre lo ocurrido. Su intención era ser cortés y ponerlas sobre aviso en caso
de que se hiciera público que la policía había husmeado en el
club. Por supuesto, no la creyeron. Pero Tiffany le contó al
nuevo chico con el que salía lo que Bella había dicho y él vendió la historia rápidamente a la prensa sensacionalista. Todo
saltó por los aires a partir de ahí.

Bella se colocó las manos por debajo de la mejilla y nos
acostamos de lado, cara a cara en la cama.

—Creo que he tomado una decisión sobre lo que voy a
hacer con el equipo.

—¿*Sí*?

Asintió.

—Voy a crear una organización benéfica en honor de mi
madre y donaré todos los beneficios del equipo. No quiero
quedarme nada que fuera de John Barrett, pero lo cierto es que
el dinero les vendría muy bien a otros.

Sonreí.

—Creo que es una gran idea. ¿Qué me dices de dirigirlo?
¿Te quedarás en el equipo como copresidenta?

Bella negó con la cabeza.

—He comprobado la jerarquía de unos cuantos equipos
y muchos tienen al director ejecutivo en puestos de presiden-

te y de directivo. Creo que Tom Lauren puede continuar con ambos cargos. Y yo voy a preguntarle a mi abuelo si quiere trabajar como consejero del presidente y también liderar la junta directiva de la organización benéfica que cree.

Me encantaba que ya no dudara al llamar abuelo a Marvin Barrett. Si algo bueno había salido de este lío, era la unión de ellos dos. Bueno, eso y que me había llevado a encontrar el amor de mi vida.

Asentí.

—Todo eso parece un plan muy pensado, aunque hay *dos* decisiones importantes que probablemente deberías considerar.

—¿Oh? ¿Qué me estoy perdiendo?

Le cogí la mano y me la llevé a los labios.

—¿Mudarte conmigo? Quédate aquí hasta que sea el momento de marcharnos a Vermont. Cuando estemos allí, comprémonos una casa juntos en algún lugar. Me encantaría que tuviera una gran chimenea y una parcela para que los niños corran por ahí algún día.

—¿Quieres que viva contigo?

Sonreí.

—Quiero que seas mi esposa, pero creo que podría ser demasiado pronto pedirte eso, así que voy a dar pasos de bebé. Ven a vivir conmigo.

—Pero acabo de firmar el contrato de alquiler para el otro apartamento.

—Lo compraré si no dejan que te vayas. Despertarme contigo es la mejor parte del día y quiero que seas lo último que saboree cuando me vaya a la cama por la noche.

Se colocó la mano sobre el corazón.

—Oh, Dios, ¿cómo puedo negarme cuando lo pides así?

Se me aceleró el corazón.

—Entonces, ¿eso es un sí?

Asintió.

—Es un sí.

Me incliné, ahuequé las manos en su cara y la besé con todo el corazón. Cuando finalmente nos detuvimos para tomar aire, tenía las mejillas sonrosadas. Fui a por una segunda ronda, pero Bella me detuvo. Me empujó en el pecho.

—Espera, ¿qué era lo otro?

—¿Eh? —Toda la sangre de la cabeza se había precipitado hacia la parte inferior. No tenía ni idea de a qué se refería.

Se rio.

—Has dicho que tenía dos decisiones importantes que considerar.

—Oh, es verdad. —Sonreí—. ¿Cómo lo quieres esta mañana? ¿A cuatro patas, cucharita, inclinada sobre la cabecera, sesenta y nueve? ¿O tal vez quieres montarme la cara o la polla?

Bella se humedeció los labios.

—¿Puedo elegir?

—Claro…

Se mordió el labio inferior.

—Es difícil, todo suena tan bien…

Todavía estábamos desnudos de la noche anterior, así que di un leve tirón a la sábana y sus deliciosas tetas quedaron a la vista, tan llenas, con el tono natural más *sexy* del mundo. Mientras lo meditaba, me incliné y succioné un pezón respingón con la boca, pasando la lengua y chupando antes de morderlo y darle un fuerte tirón con los dientes. Entonces, hice lo mismo con el otro.

Bella tenía los ojos vidriosos cuando acabé.

—¿Qué va a ser, cariño?

—Es difícil elegir solo uno…

—Oh, no había pedido que eligieras solo uno. Quería que me dijeras cómo quieres que *empecemos* esta mañana. No tengo que estar en el campo hasta dentro de tres horas, tenemos tiempo para hacerlo todo.

—Montarte —susurró—. Quiero montarte.

—¿La cara o la polla?

—La polla.

Dios, esas eran las dos mejores palabras que se podían escuchar de su boca. Y el hecho de que le diera vergüenza pronunciarlas, pero aun así las dijera para mí, era increíblemente *sexy*.

Me incorporé en la cama para descansar la espalda contra el cabecero y luego le tendí la mano. Bella se colocó encima de mí con un muslo a cada lado. Estaba a punto de comprobar si estaba mojada cuando lo sentí claramente contra mi piel.

—Levanta… —gemí.

Bella se puso de rodillas y me agarró la polla para colocarla cerca de su abertura. La punta se agitó de anticipación.

—Mira hacia abajo mientras te la metes. Quiero que los dos observemos tu hermoso coño tragándose a mi polla.

Bella apoyó las manos sobre mis hombros para mantener el equilibrio y no apartó los ojos de nuestra unión ni una sola vez mientras bajaba. Estaba muy mojada y suave; parecía que un guante de terciopelo me estuviera envolviendo el miembro.

—Dios… —Dejé caer la cabeza contra el cabecero—. Estás tan apretada…

Se levantó y se hundió, cada vez me hundía más en su interior. Cuando me golpeó las pelotas con el culo, levantó la cabeza y nos miramos a los ojos.

—Móntame. —La rodeé por la nuca con la mano y agarré un mechón de pelo para darle un tirón—. Móntame duro, cariño.

Con la cabeza hacia atrás, tuve acceso a su cuello. Entonces, le chupé el lateral mientras se movía con decisión y se levantaba casi por completo para volver a bajar y girar las caderas. Gimió cuando presioné el pulgar en el clítoris y lo masajeé dibujando pequeños círculos.

Le había pedido que me montara, pero no pude evitar unirme a sus movimientos. La agarré por las caderas y empujé desde abajo mientras ella bajaba para hundirme todavía más en ella.

Bella puso los ojos en blanco mientras el orgasmo se apoderaba de ella.

—¡Christian!

—Eso es, quiero que digas mi nombre mientras te corres, cariño.

Apretó el coño y yo tomé el control, la levanté y tiré de ella hacia abajo mientras yo empujaba. Dijo mi nombre una y otra vez hasta que se convirtió en un largo gemido. Entonces, nos besamos hasta el último temblor y me enterré en ella con un rugido.

Después de eso, me faltaba el aliento, era peor que cuando cruzaba corriendo todo el campo.

—Te quiero, Bella Keating. Eres un regalo.

Mostró una sonrisa torcida y arqueó las cejas.

—Yo también te quiero, Christian Knox. Pero no te pongas demasiado cómodo, tumbado ahí debajo. Si soy tu regalo, seré uno que no se acabe.

Epílogo

Bella

Siete años después

—¡Creo que necesitas gafas, árbitro! —grité—. ¿Cómo no has visto ese fuera de juego?

—Oh, mierda. —Mi marido subió las escaleras de las gradas de dos en dos. Miró a la persona que había a mi derecha y ofreció una sonrisa de disculpa—. Lo siento, tiene hambre.

—No tengo hambre. —Señalé al campo—. Ese árbitro tiene algo en nuestra contra. Lo ha tenido desde el comienzo del partido.

Christian se sentó a mi lado y me pasó un gran *pretzel*.

Fruncí el ceño.

—¿Le has vuelto a quitar la sal?

—El médico dijo que redujeras el consumo, recuerda que ya tienes la presión arterial un poco alta.

Me froté la enorme barriga y entrecerré los ojos.

—Tengo la presión arterial un poco alta porque no *sabes* hacer las cosas como una persona normal, como por ejemplo tener niños de uno en uno.

Se inclinó y me besó el vientre.

—¿Quién quiere una pequeña Bella cuando puedes tener dos?

—No dirás eso dentro de trece años cuando tengan novio.

Christian frunció el ceño.

—¿Trece? Dirás treinta, cariño.

Lamentablemente para las dos pequeñas de mi vientre, su padre hablaba en serio. Al menos tenía algunos años para ablandarlo antes de que tuviera que lidiar con los novios. Aunque no tendría tanto tiempo si teníamos en cuenta que los otros gemelos, Drew y Ben, habían recibido un saco lleno de tarjetas de San Valentín el año pasado, cuando solo estaban en la guardería. Le eché la culpa a los hoyuelos que habían heredado de su padre.

—¡Ahí está! —chilló una adolescente detrás de nosotros—. Está tan bueno…

Me giré y vi que señalaban hacia la entrada del campo, donde el entrenador asistente ya estaba corriendo. Wyatt tenía ahora veinticuatro años y era el pateador titular del *New England,* el equipo del que mi marido se había retirado la última temporada, pero también echaba una mano con el equipo de fútbol infantil de Drew y Ben. Siempre que podía, ayudaba a mi abuelo, que era el entrenador jefe. Cuatro años antes, el entrenador se había mudado a Nueva Inglaterra con nosotros. Cuando nacieron los gemelos, dijo que quería estar más cerca de la familia. Y lo estaba, porque la familia no tiene nada que ver con el ADN. Tiffany y Rebecca lo habían demostrado cuando dejaron de hablarle después de que llamara «bisnietos» a mis hijos.

Me incliné sobre Christian y susurré:

—Recuerdo aquellos tiempos pasados en que las chicas te piropeaban a ti.

—Es un testigo que pasaré con alegría.

Wyatt se sentó junto al entrenador en el banquillo. Después de hacer terapia física durante años, ahora mi abuelo caminaba muy bien con un bastón, pero, en este momento, lo estaba usando para señalar a un árbitro y gritar algo sobre la última jugada. Los dos hablaron durante un minuto antes de que Wyatt se dirigiera al banquillo y se sentara junto a Drew, que estaba de mal humor.

—Creo que necesitas que uno de ellos se interese por una posición distinta a la de *quarterback* —le dije a mi marido—. No soporto volver a casa con un niño tan triste después de cada partido.

Christian sonrió.

—La competencia es buena para ellos. Además, Drew logró permanecer en la posición correcta todo el partido el fin de semana pasado. Al final, lo descubrirán ellos solos, como hicimos Jake y yo.

Mi teléfono sonó en el bolso. Leí el nombre en la pantalla e incliné el teléfono para mostrárselo a Christian.

Él negó con la cabeza.

—Se supone que estás de baja por maternidad.

—Tienen un problema con el módulo de pronóstico. Sigue fallando y apagándose desde que lo cargaron en el nuevo sistema informático. Creo que el problema es el nuevo sistema, no el programa. —Me dispuse a contestar, pero el teléfono desapareció de mi mano antes de poder hacerlo.

—El médico dice que no trabajes más o pasarás el resto del embarazo ingresada en el hospital. Recuerda lo mal que lo pasaste la última vez, cuando tuviste que hacer reposo en cama durante un mes. No puedes tener estrés.

—Solo es una llamada, no estoy estresada...

—Nunca es solo una llamada, cariño. Cuando no puedas resolver cuál es el problema, acabarás trabajando hasta las cuatro de la madrugada para intentar arreglar las cosas desde el portátil.

Vale, tal vez eso es lo que hice la otra noche, pero me sabe fatal dejar colgados a los compañeros de trabajo, en especial porque yo había creado el *software* de pronóstico que estaban usando. Después de que Christian y yo nos mudáramos a Nueva Inglaterra para estar cerca de su nuevo equipo, me aburría en casa. Quería encontrar un trabajo con horario flexible para poder viajar a sus partidos y también regresar a Nueva York para ver alguno de Wyatt y visitar a mi abuelo. Ese trabajo me cayó del cielo cuando el director del equipo de estadísticas de los Bruins se fue al New England. Siempre le había encantado el módulo de pronóstico que yo estaba creando y me propuso que me convirtiera en consultora para el nuevo equipo de Christian y resolviera cómo mejorar el sistema. Un año después, estaba trabajando a tiempo completo y desarrollando un nuevo programa desde cero. Cuando nacieron los gemelos, mantuve el puesto, aunque a media jornada, pero no era fácil porque Christian viajaba mucho. Tener otros gemelos iba a complicar las cosas, pero al menos mi marido ahora estaba retirado y podía ayudar más.

Fruncí el ceño cuando la llamada fue a parar al buzón de voz y el teléfono permaneció en la mano de mi marido.

—Sabes que les devolveré la llamada.

—Lo sé, pero ¿qué te parece si lo haces cuando lleguemos a casa? Yo ayudaré con los deberes a Zipi y Zape y tú puedes subir y dar rienda suelta a la friki que hay en ti. Al menos, si haces las cosas de una en una, estarás un poco menos estresada. De todas formas, el partido casi ha terminado.

Poco después, Christian y yo bajamos al campo. Él iba con la neverita que traía a cada partido. Mientras nos aproximábamos, los chicos estaban agachados, con una rodilla clavada en la hierba, escuchando la charla del entrenador posterior al partido. Sin embargo, cuando vieron a mi marido, todos los jugadores se levantaron y fueron corriendo tras él. Aunque lo cierto era que, últimamente, los chicos corrían hacia Christian Knox por una razón distinta.

—¿Tienes de chocolate? —preguntó uno.

Christian lo despeinó.

—¿Te quejaste porque solo traje de vainilla la última vez?

El chico sonrió de oreja a oreja y asintió con la cabeza.

—Pues bien, hoy también he traído de chocolate. —Abrió la neverita y tuvo que apartarse para que no lo derribaran los niños, que cogían Chibwich como si fuera el fin del mundo. En cuanto los niños tuvieron su helado, se quitaron las botas y los calcetines y corrieron al campo. No dejaba de maravillarme que Christian no los hubiera incitado a hacerlo; solo había traído los helados y ellos habían hecho el resto: golpearse el uno al otro y reírse con los dedos sobre el césped y el helado en la mano.

Christian me rodeó la cintura con el brazo y nos quedamos juntos y en silencio, observando el caos del equipo y sonriendo.

—Me acabo de dar cuenta de que ahora no hay césped en casa —dije.

Hacía unas semanas que habíamos excavado en el patio para instalar una piscina cubierta y un jardín paisajístico. Planeábamos plantar césped en primavera, pero ahora esa zona era básicamente fango.

—¿Debería comprar semillas y hacer un pequeño parche como el que tenías en tu balcón de Nueva York? No querría privarte durante seis meses de tu lugar feliz para comer helado.

Christian se giró y me acercó a él. Sonrió, levantó una mano hacia mis gafas y las igualó. Seguro que se me habían torcido otra vez.

—Para eso no necesito poner los dedos de los pies en el césped —dijo—. Aquí tengo mi lugar feliz, jefa.

—Auuu, eso es muy dulce.

Desvió la boca hacia mi oreja.

—Además, que le den al Chipwich y a tu trabajo. Voy a comerte entera cuando lleguemos a casa.

Me ofreció una sonrisa pícara. Ese era Christian, la perfecta combinación de dulzura y lujuria. A veces, no podía creer que esta fuera mi vida, que fuera real y que hubiera encontrado el amor verdadero. Pero lo tenía. Había tardado bastante porque lo había encontrado donde menos lo esperaba, al otro lado del miedo.

Agradecimientos

A vosotros, los lectores. Hace diez años, tenía una carrera insatisfactoria y decidí escribir mi primera novela. Nunca esperé que mi vida diera el giro que tomó: vender millones de ejemplares en veintisiete idiomas con cientos de apariciones en las listas de los libros más vendidos, y esto es gracias a VOSOTROS. Gracias por una década de apoyo y entusiasmo. Es un honor para mí que tantos de vosotros sigáis aún conmigo y ¡espero que continuemos muchas décadas más juntos!

A Penelope, ¡la mejor cómplice que una dama podría tener! Gracias por ayudarme siempre a sacarle punta a cualquier situación de mierda.

A Chery, gracias por años de verdadera amistad y apoyo.

A Julie, ¡faltan solo seis meses para que diez deditos pisen la arena!

A Luna, ¡los que más importan son los amigos con los que puedes charlar a las cinco de la madrugada! Gracias por estar siempre ahí, de día o de noche. Tu amistad me alegra la vida.

A mi increíble grupo de lectores de Facebook, *Vi's Violets*, ¡casi 25 000 mujeres inteligentes, y algunos hombres increíbles, que aman la lectura! Me alimentáis el alma y me inspiráis cada día. Gracias a todos por vuestro apoyo.

A Sommer, gracias por descubrir lo que quiero, a menudo antes que yo.

A mi agente y amiga, Kimberly Brower, ¡gracias por ser mi compañera en esta aventura!

A Jessica, Elaine y Julia, ¡gracias por limar las asperezas y hacerme brillar!

A Kylie y a Jo de *Give Me Books,* ¡no recuerdo cómo me las arreglaba antes de conoceros y espero no tener que descubrirlo! Gracias por todo lo que hacéis.

A todos los blogueros, ¡gracias por todo lo que hacéis! Sin vosotros, no estaría donde estoy. Gracias por estar siempre presentes.

Con todo mi amor,
Vi

Chic Editorial te agradece la atención
dedicada a *El juego,* de Vi Keeland.
Esperamos que hayas disfrutado de la lectura
y te invitamos a visitarnos
en www.chiceditorial.com,
donde encontrarás más información
sobre nuestras publicaciones.

Si lo deseas, también puedes seguirnos
a través de Facebook, Twitter o Instagram
utilizando tu teléfono móvil
para leer los siguientes códigos QR: